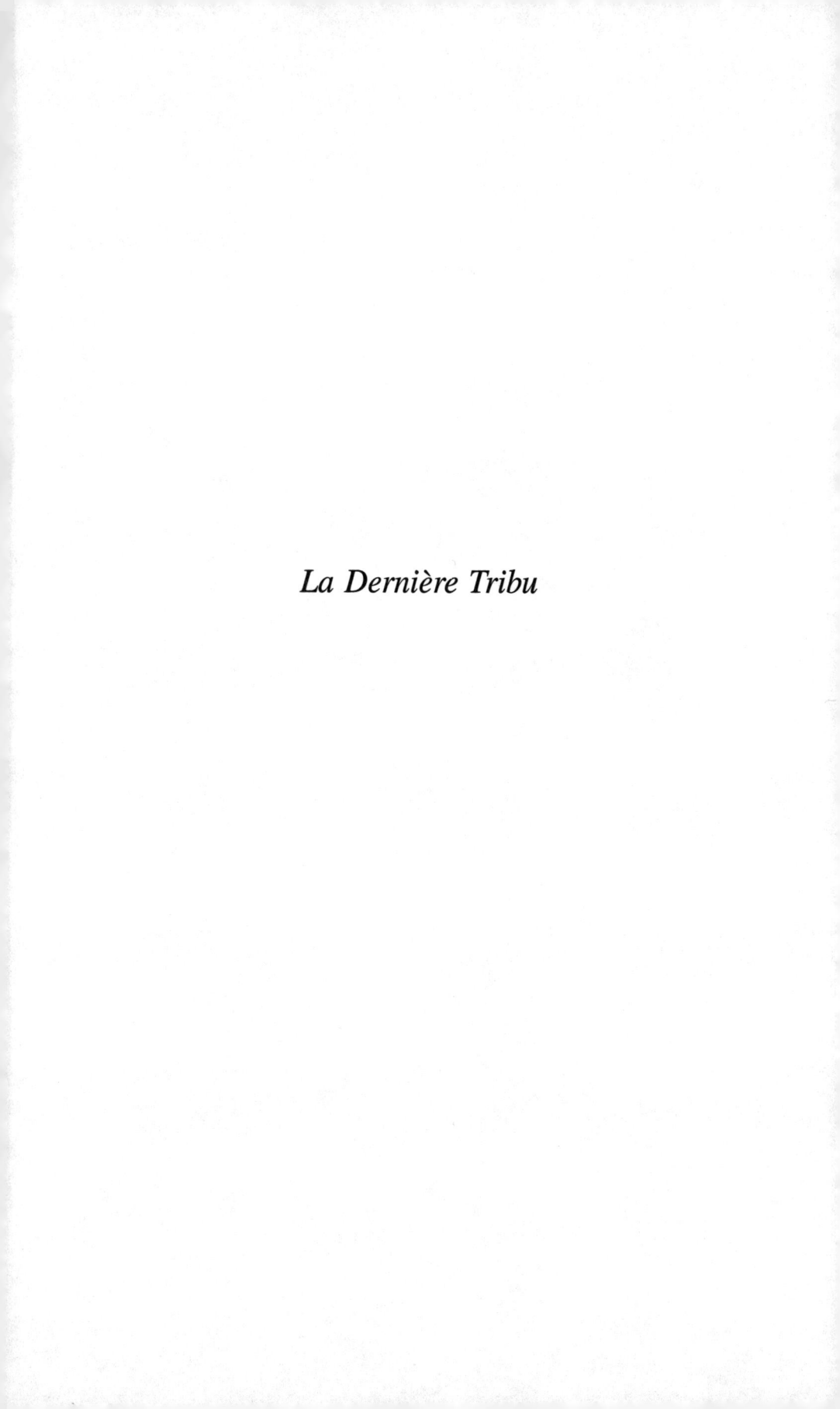

La Dernière Tribu

Éliette Abécassis

La Dernière Tribu

ROMAN

Albin Michel

© Éditions Albin Michel S.A., 2004
22, rue Huyghens, 75014 Paris
www.albin-michel.fr
ISBN 2-226-15097-8

*À Toshihiro Suzuki,
mon maître, qui m'a inspiré ce livre.*

Au début, j'ai pris mon maître comme maître,
Au milieu, j'ai pris les Ecritures comme maître,
A la fin, j'ai pris mon esprit comme maître.

SHABKAR

PROLOGUE

L'homme fut trouvé dans le sanctuaire, au-dessus de la vallée.
On accédait à l'édifice par une longue rangée d'arbres. Sur le côté, s'étendait une plage de sable, agrémentée de quelques buissons et d'herbes sans fleurs qui entouraient la bâtisse.
Un cours d'eau serpentait entre les arbres, qui s'écoulait jusqu'à une rivière en une fine cascade sur les roches creuses.
Les nuages s'étaient accumulés, après l'éclair qui déchira le ciel. Ils s'assombrissaient, enveloppant d'une aura noire les étoiles annonciatrices de la nuit.
Il se faisait tard sur le jardin avec ses arbres et ses eaux étroites autour du temple, il se faisait tard sur la vallée d'où la fumée s'élevait en volutes, il se faisait tard sur la terre.
Mais on pouvait le voir à la faible lueur du crépuscule, dans la pièce vide : il était étendu sans vie sur le sol, les bras en croix, la tête penchée sur l'épaule, le corps recouvert d'un lambeau. Ses cheveux sans couleur s'effilochaient comme des filaments, sa peau, si fine qu'elle semblait disparaître, laissait percer les os. Son visage sans expression montrait le rictus du squelette. La vigueur avait quitté ce corps que le temps consumait, les reins avaient perdu la force, la chair fondait comme la cire ; le bras était déboîté de l'épaule, les genoux

étaient comme liquéfiés. Toutes les fondations du corps s'effondraient. Les os se disloquaient, et les entrailles étaient comme un navire dans la furie de la tempête.

Devant lui, un fragment de manuscrit couvert d'une écriture noire et serrée qu'il semblait avoir tenu dans la main, il y a très longtemps...

Telle est ta vision, et tout ce qu'elle contient est sur le point d'advenir sur le monde... Au milieu de grands signes, la tribulation s'abattra sur le pays.

Et après toutes ces tueries et ces massacres, un Prince des Nations s'élèvera.

I
Rouleau d'Ary

Alors j'exprimerai pour vous mon souffle, à vous tous je dispenserai mes paroles, en paraboles et en énigmes, à ceux qui scrutent les racines du discernement et même à ceux qui suivent les mystères du merveilleux, à ceux qui cheminent, candides, et ceux dont les actes ne sont qu'intrigues au sommet du tumulte des nations, afin qu'ils discernent entre le bien et le mal, le vrai et le faux, qu'ils saisissent les mystères du péché. Ils ignorent les secrets, n'ont point questionné les chroniques, ne savent pas ce qui les attend. Ils n'ont pas sauvé leur âme, privés qu'ils étaient du secret de l'existence.

Rouleaux de la mer Morte,
Le Livre des secrets.

C'était par un matin de printemps. Le soleil se levait sur Jérusalem, il couvait ses toits de son regard mordoré, ce regard qu'il n'a que pour elle. A travers la fenêtre de mon hôtel, ses rayons filtraient, enveloppant la pièce d'une aura jaune.

Quelqu'un frappait avec insistance à la porte. Je me levai, me vêtis rapidement et ouvris.

Ce fut alors que je vis paraître celui dont j'avais redouté la présence, celui dont je craignais la nouvelle, et dont les mots plusieurs fois avaient ébranlé les fondements de ma vie. Il était là, égal à lui-même, dans toute sa puissance, la plénitude de son être. Indépassable. La démarche souple, la cinquantaine bien portée, le teint mat, les cheveux sombres sertis de fils d'argent, habillé en militaire, d'une veste et d'un pantalon de grosse toile beige.

– Shimon Delam, dis-je, comme pour le mettre à distance, ex-commandant d'armée, actuel chef du Shin Beth, les services de renseignements intérieurs d'Israël...

– Non Ary, répondit Shimon en esquissant un sourire, je viens d'être nommé à un nouveau poste. Je suis à présent au Mossad.

– Félicitations. Tu m'en vois ravi... Mais... Est-ce pour m'annoncer cette nouvelle que tu viens me trouver dans ma chambre d'hôtel, à cette heure matinale ?

– Matinale..., dit Shimon en entrant et en s'installant confortablement dans l'un des fauteuils. Je te signale qu'il est tout de même sept heures.

Je gardai la porte grande ouverte.

– Voyons, Shimon... Nous pourrons nous revoir un peu plus tard, ou plutôt... jamais !

– Je ne voulais pas te déranger, Ary, coupa Shimon d'un air faussement désolé. Mais c'est une affaire urgente.

– Une affaire urgente. Bien entendu, c'est toujours une affaire urgente...

– Urgente n'est peut-être pas le mot exact. Je dirais plutôt : *pressante*.

– Eh bien, dis-je en restant debout, car j'avais l'habitude des finasseries de Shimon... Quelle est la différence ?

Shimon eut un air satisfait.

– A la bonne heure. C'est parfait. Alors tu peux t'asseoir à présent.

J'obéis machinalement.

– Parfait ?

Shimon avait un don unique pour se sentir chez lui, quels que fussent l'heure et le moment, et aussi pour le faire comprendre aux autres.

– Oui, parfait. J'ai besoin de te parler, seul à seul. Il s'agit de travail.

– Mais, Shimon, tu sais bien qu'il n'est pas du tout question de travailler...

Shimon fit un geste qui m'indiquait qu'il ne voulait pas en dire plus. Son front buriné par le soleil se plissa, signe d'une grande inquiétude. Il me tendit une photographie.

Je la considérai, sans comprendre. Il s'agissait d'un homme gisant, les bras en croix, apparemment mort depuis un certain temps : son corps laissait paraître les os sous un morceau de tunique claire ; on discernait à peine les traits de son visage.

Il se trouvait dans un endroit qui ressemblait vaguement à une synagogue ancienne ou, plutôt, à un temple.

– Et alors ? dis-je.

– Il a été trouvé il y a douze jours.

– Il y a douze jours... Où ? Dans le nord du pays ? Une synagogue restaurée du Golan ?

– Près de Kyoto, dans un sanctuaire.

– Kyoto ?

– Au Japon.

– Mais ? m'exclamai-je. Qu'est-ce que cela peut bien avoir affaire avec...

– Avec moi ? termina Shimon en prenant un cure-dent, ce qui était signe de grande tension nerveuse chez lui.

– Oui... ?

– C'est très simple. Comme je te l'ai dit, je suis au Mossad maintenant. Ce n'est pas à toi que je vais apprendre que je suis à l'Internationale... Services secrets... Tu vois où je veux en venir ?

Il mâchonna son cure-dent, en ayant l'air de réfléchir intensément.

– Mais *moi*, Shimon ! As-tu pensé à moi ? Je ne suis pas un espion. Je n'ai pas de formation pour cela. Et d'ailleurs, qu'est-ce que j'ai à voir avec le Japon ?

– Il me semble au contraire que tu es parfaitement entraîné. Sur le tas, comme on dit. A Paris, à New York, et ici, en Israël[1]... Je dirais même que tu as la meilleure formation du monde pour ce genre de mission... sur le terrain.

– Shimon, j'aime mieux te prévenir tout de suite que...

– Ecoute, coupa-t-il, c'est très simple. Je vais tout t'expliquer.

Je considérai la photo.

---

1. Voir *Qumran* et *Le Trésor du Temple* chez le même éditeur.

— Il est mort assassiné probablement ?
— Certes, il a été assassiné... Mais il y a un petit détail...
— Lequel ?

Shimon m'observa comme s'il était profondément gêné de ce qu'il allait annoncer.

— C'était il y a deux mille ans, lâcha-t-il.
— Comment ? Que dis-tu ? Peux-tu répéter ?
— Je dis que cet homme est mort il y a deux mille ans. Assassiné.
— Ecoute Shimon, dis-je en me levant. Est-ce que tu peux m'expliquer à quoi tu joues ?
— Le froid et la neige ont préservé les os de l'homme et leurs tissus. Il a été soumis au scanner, et les chercheurs ont remarqué une ombre suspecte sous son épaule gauche, qui est apparemment déboîtée. L'examen a confirmé que l'ombre était la tête d'une arme tranchante, peut-être une flèche. Tu me suis ?
— Pas très bien.
— La lame est entrée dans le corps et a paralysé le bras. Coupant une veine. L'identité du meurtrier demeure un mystère.
— Et celle de l'homme aussi, je suppose.
— Non, pas tout à fait. Apparemment, il avait la peau blanche, quoique tannée. Le froid a également préservé des pans de la tunique qu'il portait. De plus, on l'a retrouvé avec ceci dans les mains, dit Shimon en me tendant une seconde photographie.

Je la lui rendis sans même la regarder.

— Inutile. Je ne suis pas de la partie. Je ne vais pas me mettre à la recherche d'un meurtrier qui a été tué il y a trois mille ans...
— Deux mille.
— En plus, je te signale qu'il n'existe plus. Ou peut-être

qu'il existe, mais sous la même forme que cet homme et, dans ce cas...

— Peut-être pas..., murmura Shimon, l'air pensif.

— Peut-être pas ? m'écriai-je. Mais qu'est-ce qui te prend, Shimon ? Tu crois aux fantômes ? Ou à l'immortalité ?

— L'un des moines du temple où l'homme a été retrouvé a disparu.

— Je te le répète, je ne vois pas du tout en quoi tout cela me concerne.

Shimon ne semblait pas du tout décontenancé. Calme, serein, il attendait, sans dire un mot. Au bout d'un moment, je me levai pour lui indiquer la sortie.

— Il y a quelque chose d'autre, dit Shimon en se levant.

— Si tu veux me parler d'argent, je te répète que...

— C'est à propos de Jane...

— De quoi s'agit-il ? Sais-tu où elle est ?

— Un message est arrivé pour elle de la CIA.

Je pris la feuille qu'il me tendait avec les photographies.

— Un ordre de mission... pour le Japon !

Shimon se pencha vers moi, puis il me donna un billet d'avion.

— Dépêche-toi. Il ne faut pas perdre de temps...

— Mais que vais-je dire à mon père ? L'as-tu prévenu ?

Shimon consulta sa montre.

— Ce soir, dix-huit heures cinquante. Il te reste environ douze heures pour faire tes adieux à tout le monde.

Alors seulement, mon regard tomba sur l'un des clichés.

Avec stupéfaction, je découvris un manuscrit hébraïque. *Un manuscrit de Qumran trouvé dans un temple de Kyoto, Japon.*

Qumran, à trente kilomètres de Jérusalem, dans le désert de Judée. C'est à Qumran que je devais faire mes adieux. Qumran, royaume de la beauté, cœur de mon âme, immensité céleste, vestige immense de l'origine, de la création du monde, endroit si bas et si profond que l'on peut voir, pour qui sait se pencher, l'écorce terrestre, depuis la haute terrasse de calcaire, entre les rochers du désert de Judée, devant la grande baie qui surplombe la mer Morte. Sous le ciel de Qumran, le sol est aride et le soleil est roi. Il fait chaud entre les roches, il fait chaud sur la terre. Il n'y a pas de vent, pas de bruit, et l'on peut entendre le pas du lézard et le glissement du serpent au creux des ravins et dans les sillons. Plus loin, à Aïn Feshka, un cours d'eau abreuve la terre desséchée, et ses torrents alimentent la nappe phréatique de Qumran.

C'est là où je vis, là où j'écris : on m'appelle Ary le scribe. Les yeux fixés sur le parchemin, la main serrant la plume, j'écris. Le jour et la nuit, j'écris : je n'ai pas d'heure, pas de saison, pas de calendrier, car l'écriture comme l'amour est un monde où le temps s'éternise, où la durée prolonge l'instant et l'étire, et nul ne sait quand vient la lumière et quand vient le jour.

Je suis Ary le scribe : il n'y a pas d'autre vie pour moi que celle d'écrire, à l'ombre, à l'abri de la chaleur torride du grand lac, de son reflet aveuglant sous le ciel, et des jours et des nuits de ceux qui marchent sous le soleil.

J'ai trente-cinq ans, et déjà je suis vieux, ayant vécu tant d'aventures, loin du tourbillon des nécessités de la vie, ayant tant voyagé et tant médité. Car je n'ai pas essayé de gagner ma vie et, bien souvent, je me suis égaré sous le soleil. Puis j'ai mis le monde entre parenthèses pour écrire mon histoire, cette histoire particulière, immense et infime, cette histoire singulière dont je ne suis pas responsable et qui se mêle à l'Histoire.

Depuis toujours, j'ai recherché l'union, je peux même dire que j'y ai consacré ma vie. Oui, longtemps j'ai erré dans les méandres du monde, les passages étroits et les routes plus grandes, et si je me suis perdu de nombreuses fois, ce n'est pas faute d'avoir tenté de trouver ma voie. A présent, je vis loin de tous, dans une grotte secrète, dans un endroit retranché et désert, à quelques kilomètres de Jérusalem, et que l'on appelle le désert de Judée. Là s'élèvent des falaises de calcaire qui surplombent l'endroit le plus bas de la terre, le plus sulfureux, le plus dense en sel, et qui conserve la vie, l'endroit le plus originel et le plus lointain, le plus petit et le plus immense pourtant, ce lieu étrange et unique, presque irréel, qui a nom « Qumran ».

Je suis Ary le scribe, mais je ne le suis plus. J'avais tout quitté en cet instant, et je ne recherchais plus la sagesse. J'avais revêtu les habits de la ville et j'étais comme vous. Je ne connaissais plus les tourments et les transes, les affres de celui qui recherche Dieu. Et Dieu ! Comme j'étais loin de la religion qui avait envahi les moindres fibres de mon être. Les esséniens étaient dans ma peau, les lettres gravées sur mon visage, le nom de Dieu tatoué sur le cœur. J'étais Ary le Messie, mais j'avais tout laissé derrière moi, mon essence même loin de moi, et j'étais léger, si léger. A force d'étudier les lettres, j'étais devenu une lettre, c'était le *Vav*. Le *Vav* conversif, celui qui fait du futur un passé et du passé un futur. J'avais renié la religion, j'étais désormais pratiquant de l'apostasie et, je vous le dis, je mangeais ce qui se présentait à moi. Je me dressais, libre et fier, anonyme enfin, sans le poids terrible de l'élection, sans ce privilège qui n'est qu'un fardeau. Et je disais : à moi le monde ! A moi la vie ! Et j'écrivis : A moi l'amour.

J'ai un ustensile pointu, et, avec l'encre, je marque colonnes et lignes. Avec la plume et avec la résine j'écris, d'huile et d'eau, et de petites pièces de cuir, j'achève mon travail, et les lettres abordent les lignes, telles des danseuses microscopiques, valsent ensemble, se lient et se replient, se courbent en de grandes arabesques pour vous saluer, pour vous souhaiter la bienvenue, pour vous emmener quelque part, au loin, dans ce monde, et vous révéler son mystère, ainsi soit-il. *J'ai mis mes paroles dans ta bouche, dans l'ombre de ma main, je t'ai abrité.*

Dans la falaise, il y a des grottes, certaines faites par la main de l'homme et d'autres, naturelles. Là, dans ces excavations, furent trouvés, en 1947, des rouleaux et fragments qui représentent des documents juifs essentiels, des dizaines de milliers de fragments : une véritable librairie qui date de l'époque de Jésus : la plus grande découverte archéologique du vingtième siècle. Les manuscrits trouvés en 1947 étaient habilement conservés dans des jarres, enveloppés dans des linges, à l'abri de l'humidité.

Les esséniens ont écrit ces rouleaux : une secte juive, issue des prêtres du Temple, qui s'était retirée près de la mer Morte pour attendre la fin des temps et s'y préparer en se purifiant, en s'immergeant dans l'eau claire. Lorsque cet événement surviendrait, les méchants seraient détruits et les bons seraient victorieux. Les esséniens se voyaient comme les Fils de Lumière qui combattaient les Fils des Ténèbres. Ils se méfiaient de la femme séductrice, dont le cœur est un serpent et les vêtements des ornements, qui sortait l'homme juste de son chemin : Lilith, selon le mythe biblique. Un démon qui vole dans la nuit pour pervertir les hommes.

Mon destin a été lié à celui des manuscrits. Pourtant je n'étais pas prédestiné. Dans ma jeunesse, j'ai été soldat : j'ai fait l'armée en terre d'Israël et j'ai combattu des nuits entières pour défendre mon pays. Ma famille n'était pas religieuse : mon père, paléographe, avait consacré sa vie à l'étude des textes anciens, mais d'un point de vue scientifique, du moins le pensais-je. Et moi, après l'armée, j'ai rencontré la religion : elle m'a cueilli un matin de printemps, à la faveur d'une rencontre avec un rabbin au quartier de Méa Shéarim, à Jérusalem. C'était le Rabbi : c'est lui qui m'a enseigné les préceptes de la Torah, les discussions du Talmud et même certains mystères de la Kabbale que seuls les initiés connaissent. Le Rabbi devint mon maître, mon mentor et je devins son disciple. Par son intermédiaire, je découvris un autre monde que celui dans lequel je vivais, un monde habité par une âme, un monde vêtu des habits de splendeur, et je revêtis moi-même la sombre redingote des étudiants de la Loi.

De tout mon cœur, je me suis adonné à l'étude, de toute mon âme et de tous mes pouvoirs, j'ai recherché la sagesse, et je l'ai trouvée car j'ai beaucoup lu, beaucoup appris et j'ai découvert dans les danses mystérieuses des Hassidim au bord de l'aube tant de grâce et tant de beauté que je n'ai plus voulu les quitter.

Alors, j'ai pris mon envol et je me suis éloigné de ma famille, athée et insouciante, croyais-je, lointaine. Je n'ai plus jamais mangé chez ma mère car sa cuisine n'était pas cacher, et j'ai vu mon père que j'aimais tant, de loin en loin, jusqu'au moment où je fus, malgré moi, entraîné dans une enquête policière. Ainsi moi, Ary Cohen, l'officier, l'étudiant, le scribe, je suis devenu détective.

Lors d'une enquête que je menais avec mon père[1], je découvris que les esséniens, que l'on croyait disparus, tués

---

1. Voir *Qumran*.

par les Romains, balayés par l'Histoire, existaient toujours. A l'insu de tous, ils avaient pourtant survécu, vivant secrètement dans les grottes du désert de Judée.

Alors, j'ai marché sur le rocher aride aux abords de la mer Morte, j'ai longuement respiré l'air du désert et j'ai médité sous le soleil. Dans le plus grand secret, j'ai rencontré les esséniens, en cet endroit dur et sauvage, impitoyable. Et j'ai vu ceux qui consacrent leur vie à se purifier, à se préparer pour la bataille de l'Apocalypse, j'ai combattu auprès d'eux les forces des Ténèbres. Et j'ai découvert que mon père, que je croyais athée, était l'un des leurs, et ils m'ont dit qu'ils attendaient le Messie, et ce Messie, c'était moi, Ary Cohen, Ary le soldat, l'étudiant, le religieux, Ary, fils de David, de la lignée des grands prêtres de la Bible.

Ma route, parsemée d'embûches, a été longue, si longue. J'ai fait alliance avec le peuple du désert et j'ai promis que la gloire du Seigneur entrerait sur la terre, que le Temple de pierre, par deux fois construit, par deux fois détruit, serait érigé à Jérusalem, sur l'esplanade des Mosquées. J'ai accompagné les esséniens et je suis monté à Jérusalem.

J'étais alors dans le rêve du Temple, enfin retrouvé, enfin reconstruit. Je voulais une demeure pour Le voir, pour Lui offrir des purs sacrifices, les sacrifices pour les péchés, effaçant les péchés. Tel David se lavant avant d'entrer dans la maison de Dieu, je me suis baigné, tels les esséniens qui entraient dans les eaux pures le matin, et plus encore le soir, comme dans un sanctuaire sacré, j'étais purifié.

Les esséniens, depuis le temps de Jésus, avaient un rêve, un projet : enlever Jérusalem des mains des prêtres impies et construire un Temple, pour les générations futures, dans lequel le service divin serait fait par les prêtres de la secte, les descendants de Zadok, selon le calendrier solaire auquel la secte adhérait. Et ceux qui restaient en secret dans le désert, aux abords de la mer Morte, à Qumran, évoquaient l'admirable édifice de pierre, d'or et de bois précieux, plusieurs fois reconstruit puis agrandi et embelli.

Enfin arriva le jour qu'ils attendaient[1].
Ils espéraient qu'Il vînt celui qui se battrait contre les fils des Ténèbres. Ils disaient ainsi :

Et il prendra son armée
Il se rendra à Jérusalem
Il rentrera par la porte Dorée
Il reconstruira le Temple
Ainsi qu'il l'aura vu en la vision qu'il a eue,
Et le Royaume des Cieux
Tant attendu
Viendra par lui
Le sauveur
Qui sera appelé
Le Lion.

Et moi, j'étais Ary, le lion, le Messie des esséniens, et mon cœur, tel l'oiseau qui a perdu son nid, soupirait, languissait après le parvis du Temple. Je ne cessais de tourner mes prières vers Jérusalem. En ma grande prière du matin, de midi et du soir, je faisais des supplications pour le retour des exilés et la restauration de la Cité de la Paix. Mes jours de jeûne et mes jours de deuil étaient des anniversaires de nos désastres nationaux, et les services les plus solennels de notre rituel concluaient par l'invocation : *l'an prochain à Jérusalem*. Au

---

1. Voir *Le Trésor du Temple*.

plus fort de mes joies, je priais la Jérusalem brisée comme un verre, la Jérusalem endeuillée par la destruction de sa Maison.

J'étais à présent dans un lieu redoutable et j'allais prononcer Son nom, le Nom de Dieu. Enfin, j'allais savoir qui Il était, enfin j'allais Le voir. Je me suis avancé vers le Propitiatoire dans lequel se trouvaient les cendres de la Vache rousse. J'ai pris le brandon et, selon la Loi, j'ai allumé l'autel pour y disperser les restes de l'animal sacrifié. Et devant moi les prêtres défilaient, chacun selon son ordre, l'un après l'autre, les Lévis après eux, et les Samaritains, avec leur chef, l'un après l'autre, afin qu'on connaisse tous les hommes d'Israël, chacun au poste de sa condition, dans la Communauté de Dieu.

Les lettres étaient là, devant moi, dans l'attente d'être dites.
Les esséniens attendaient que je les dise : que je prononce le nom de Dieu.
Alors j'ai invoqué, une à une, les lettres suprêmes. J'ai dit le *Yod*, lettre du commencement, j'ai dit le *Hé*, lettre du souffle de la création, j'ai dit...
Et je me suis retourné et j'ai vu Jane, la femme que j'aimais, là, derrière moi. Ses yeux m'imploraient et me suppliaient de ne pas le dire. Moi, je n'avais d'yeux que pour elle, j'ai dit son nom.

Le lendemain... Comment pourrais-je évoquer ce moment, sans que mon cœur se soulève d'une nostalgie immense et se serre à l'évocation de ce souvenir ? Ô comme je voudrais, juste par la pensée, pouvoir être transporté en cette époque fatidique, déterminante, infiniment proche et pourtant si lointaine à présent !

Comme je voudrais pouvoir dire : voilà ce que furent mes actes, hier et aujourd'hui, car je suis resté fidèle à l'instant de ma promesse.

Le lendemain, vous dis-je, les cloches annonçaient le point du jour sur Jérusalem. Le chant plus étouffé du muezzin leur fit bientôt écho. Une brise légère arrivait par la fenêtre entrouverte de la chambre d'hôtel. Devant moi, le mont Sion s'éveillait dans la brume du matin, sous une lumière rose.

Je venais de vivre l'expérience la plus incroyable, la plus surnaturelle, la plus troublante, la plus réelle et la plus irréelle. C'était une mort, c'était une naissance, c'était un mariage, oui c'était tout cela à la fois : une communion, un abandon de tous les principes et de toutes les contingences, une perte de soi dans une grande reconnaissance.

Ô mes amis, vous qui me suivez, ô vous qui savez. Comment vous dire ? Comment trouver les mots pour exprimer ce que j'ai ressenti ? Je n'avais jamais connu telle force, telle intensité, telle joie, telle unité que celle-ci, il ne m'avait jamais été donné de contempler une telle beauté, une telle immensité, une telle grandeur, sublime entre toutes, réelle et irréelle, terrestre et surhumaine, antique et actuelle, évanescente et éternelle, profonde et céleste, immense et minuscule, ordinaire et extraordinaire. Comment dire ? Comment le comprendre ? Mon cœur débordait tellement de joie que j'en souffrais dans ma chair. J'avais tant langui, tant rêvé, tant attendu, tant patienté, toute ma vie j'avais espéré, et pourtant quel étonnement, quelle surprise, mes amis.

En prononçant son nom l'ineffable beauté s'ouvrit à moi, sous la forme de l'évidence. La révélation suprême se fit à mes yeux, jaillissant comme une lumière folle aux rayons aveuglants. Ce fut un instant de pure vérité, un de ces moments supérieurs où l'on sait pourquoi l'on vit, pourquoi le monde existe.

Soudain, j'étais longuement uni, si longuement uni que je ne savais plus qui j'étais. Moi qui pensais n'être qu'un à jamais, moi qui avais presque désespéré, soudain j'étais un dans la chair. Ô Dieu ! Je n'étais plus soldat, je n'étais plus Hassid, je n'étais plus essénien, je n'étais plus détective. Je n'étais plus Ary.

Ô vous mes amis qui m'écoutez, entendez ceci : je ne suis pas Ary, le scribe. Je suis l'homme de la paix du soir et de la brume des matins. Je suis l'autre, celui de la nuit.

C'était la nuit, la nuit obscure, l'abondante ténèbre, poussière brûlante, étoile filante, c'était la nuit, cantique du soir, mon cœur s'éleva, c'était la nuit et je ne cherchais plus, je ne fuyais plus, je n'étais plus dans l'effroi de la nuit, je n'avais plus peur du noir, peur de moi, je n'étais plus seul, poussière brûlante, poussière de feu, terre qui retourne à la terre, c'était la nuit, et, âme mystérieuse, j'étais.

Le sol a tremblé, vacillé et je suis mort, tous les fondements de mon cœur se sont effondrés, le passé n'existait plus, comprenez-vous, il n'y avait plus rien, et ma vie n'était plus car j'étais à la limite extrême.

J'ai soulevé les voiles, j'ai levé les bras, cherchant la fin, mais il n'y avait pas de limites à ce que je pouvais ressentir. J'étais omniscient, j'étais présent, j'étais infiniment, j'étais, enfin. Du fond de mon tombeau de pierre, j'étais vivant, j'étais et je n'étais pas renaissant.

C'était comme si l'intelligence totale, soudaine, m'était apparue, et pourtant je n'avais plus d'âme, plus de moi, plus rien. J'étais fou, oui, j'étais fou, l'exultation déchirait mon cœur, transperçait mon âme. Tout était vide autour de moi, ma perception de moi-même aussi, car j'étais vide moi aussi, et plein. De moi, non, car il n'y avait plus de moi, il n'y avait plus rien au monde. Le sens de ma quête était là, devant moi, elle m'était apparue en cette nuit obscure, et c'était la fin de l'anxiété et de la peur, ainsi soit-il.

Ô mes amis, si vous saviez ! Ma langue avait fourché, la lettre n'était pas venue, et je me suis retourné vers Jane au moment de dire, après le *Yod*, et le *Hé*, le *Vav* – mais celui-ci s'allongea mystérieusement et devint, *Noun*. Et je dis : *Yohan*, Jane.

Et soudain, ce fut une évidence : je ne voulais pas rencontrer Dieu, je voulais rencontrer celle qui avait le nom, Jane. Je voulais l'aimer comme on aime Dieu, car c'est ainsi qu'on aime. Depuis que nous nous étions connus, elle m'avait cherché, puis je l'avais suivie et je l'avais perdue, croyant chercher Dieu alors que c'était elle que je voulais, de tout mon cœur, de toute mon âme, de toute ma volonté, et de tout mon pouvoir. Mais la femme que j'aimais était là, derrière moi, c'est pourquoi j'ai cédé à l'appel de son nom et son nom est venu sur mes lèvres, *Jane*.

Jane et moi sommes partis, unis en cette nuit, dans la Jérusalem endormie après les combats de la veille. Seuls. Loin de tous, nous étions. Je l'ai prise dans mes bras et je lui ai donné un baiser d'amour, elle m'a donné un baiser et nos souffles se sont mélangés, nos corps se sont touchés par une grande caresse, ainsi soit-il. Je l'ai aimée en sa vérité, sa douceur, sa chair et en son esprit. Par mes regards, elle était présente, par ses yeux, j'étais conscient, je naissais et elle venait à la vie, et je découvris l'existence qui est amour.

Et je lui ai dit : *Que l'Eternel te garde. Qu'il te couvre de sa droite. Le jour, l'ardeur du soleil ne te brûlera pas, et la nuit, la fraîcheur de la lune ne t'atteindra pas.*

Le lendemain, les cloches ont sonné sur Jérusalem et je dormais. A côté de moi, il n'y avait personne. Avais-je rêvé ? Il n'y avait plus son visage fin aux pommettes altières, ses yeux sombres et ses cheveux blonds à peine dérangés de sommeil, sa bouche aux lèvres écarlates, et il n'y avait plus le sourire de Jane, ni ses yeux dans lesquels je voyais le reflet de mon visage, et dans lesquels je me suis aimé par amour. J'avais une barbe courte, peu abondante, qui cachait mes pommettes hautes, une bouche aux lèvres fines, et des yeux bleus cerclés de lunettes rondes. Mes muscles saillaient sous ma peau car j'avais beaucoup jeûné lors de mon retour vers la religion, et j'étais beau et fin dans le reflet de ses yeux, je m'aimais par son regard.

Je voulais la prendre dans mes bras, je voulais l'envelopper de mon étreinte, mais il n'y avait personne ; seule l'aura du soleil sur les draps blancs, seule sa lumière sur la Jérusalem enfiévrée, seule la fenêtre entrouverte où doucement la brise entrait, mais mon amie avait disparu !

Quelques jours après, j'ai entendu des coups frappés à la porte, Shimon venait me voir dans ma chambre d'hôtel. Tel l'ange annonciateur, il me révéla que Jane était partie au Japon. Sans un mot, sans un au revoir, sans un adieu. Partie.

Mais il savait, et je savais, que j'irais la rejoindre où qu'elle fût, même au bout du monde, dans la voûte céleste, ou dans les profondeurs de l'enfer, j'irais la rejoindre, ainsi soit-il.

Après l'entrevue avec Shimon, je me rendis à Qumran. Je pris le bus empruntant la route qui part de Jérusalem, qui descend et serpente dans le désert de Judée. C'était l'après-midi, il y avait une lumière forte et un soleil écrasant, mais le paysage désertique était doux et ses formes arrondies se dessinaient par les ombres, creuses et vallonnées comme un paysage champêtre.

J'aimais ses collines agrémentées d'arbustes et de tentes bédouines, un dégradé de couleurs, beige, ocre, paille. J'aimais la voie de délestage qui partait de la route en forte pente, j'avais toujours envie de la prendre, comme si elle allait me mener dans un endroit encore plus lointain, encore plus secret. Je revenais toujours vers ce désert de Judée, nanti d'un semblant de végétation, de quelques troupeaux et de dattes multicolores, comme par un appel du large, comme un marin qui toujours retourne à la mer. J'admirais cette grande plongée vers l'endroit le plus bas du monde, et la sensation que le temps s'arrête ou recule lorsque les oreilles se bouchent et la vue se brouille. Poussière du désert : la seule qui enveloppe d'un chaud manteau les cœurs les plus froids.

Et pourtant, cette fois, je revenais à Qumran le cœur préoccupé par mille pensées, tourmenté comme un raisin écrasé, comme un vin giclant du pressoir. Que signifiait la mission de Jane au Japon ? Qu'est-ce que Shimon attendait de moi ? Et ce meurtre d'un homme, il y a deux mille ans... Qu'est-ce que cela cachait ? Quel en était l'enjeu pour un homme d'action, pragmatique et efficace comme Shimon Delam ? Quel était le contenu de ce manuscrit trouvé avec le corps, et qui l'avait déposé là-bas, si loin d'Israël d'où il semblait bien provenir ? Etait-ce un manuscrit hébraïque authentique ?

Enfin, le bus me déposa sur le bord de la route, non loin du site de Qumran, où se trouvait une boutique devant les ruines de l'ancien établissement essénien aménagées pour les visites touristiques. Là se trouvait une falaise de calcaire sur le rebord du plateau du désert de Judée, à une cinquantaine de mètres au-dessus du rivage de la mer Morte. C'est en cet endroit que sont les grottes où furent retrouvés les rouleaux des esséniens, mêlés à la marne tombée du plafond, des centaines de fragments de manuscrits dans des jarres conservées, intactes, sous le poids des âges.

A pied, je pris la route que seuls les esséniens connaissent, celle qui mène jusqu'aux grottes qu'eux seuls habitent, dans les anfractuosités secrètes de la falaise. Il faisait très chaud et le vent balayait le paysage. Sous son souffle sec et brûlant, je gravis la falaise par les escaliers naturels et tandis que je m'élevais, je vis au loin la mer Morte, avec ses montagnes de Moab embrumées de chaleur, ses cristaux de sel qui brillaient de mille feux, ses contours atténués par les petites vagues blanches devant les routes d'asphalte noir. J'empruntai le lit des wadis à sec et, après une longue et difficile marche dans le désert, j'arrivai enfin aux grottes.

J'entrai dans la première en me baissant, puis j'empruntai la seconde pour arriver au long chemin souterrain qui allait me mener au Scriptorium, la petite grotte confinée mais ouverte vers le ciel et les étoiles où j'écrivais. Je la trouvai telle que je l'avais laissée, avec la grande table de bois, les plumes d'oie, l'encre et les parchemins commencés.

Comme par habitude, ou par un long atavisme, je m'assis devant la longue table de bois où je travaillais, je pris mon canif pour racler le cuir du parchemin. Devant moi se trouvaient plusieurs textes. L'un d'eux était le Rouleau des pièges de la femme où se trouvaient dénoncées toutes les manigances que font les femmes pour attirer et perdre les hommes. L'autre était un traité d'astrologie, qui permettait, d'après l'attitude et l'allure des individus, de prédire leur destin. Il s'agissait de comparer les personnes et les animaux, d'après leur physionomie, et d'en déduire leur caractère et, de là, leurs actions futures. Je lus : *Toute personne dont les yeux sont fins et longs, et dont les cuisses sont longues et effilées, et qui est née durant le deuxième quartier de la lune possède un esprit composé de six parts de lumière, mais de trois parts dans la Maison des Ténèbres...*

Je pensai à Jane... N'avait-elle pas des yeux fins et allongés, et son corps... Mon esprit s'égara dans une rêverie qui m'emporta loin de ce lieu, vers d'autres endroits qui auraient fait blanchir le front des esséniens, et le mien aussi si je n'avais pas été aussi seul et inquiet – et déterminé à me battre.

Je n'avais pas revu les esséniens depuis le moment où je devais prononcer le nom de Dieu. A vrai dire, je ne pensais pas les revoir, pas si tôt, si vite, ni dans ces conditions.

Au bout de quelques minutes, je vis paraître Lévi le Lévi, le prêtre qui avait été mon instructeur, un homme d'âge mûr, aux cheveux gris et soyeux, à la peau parcheminée, tannée par le soleil, un homme dur et aride, mais chaleureux comme son désert. Il était vêtu d'une tunique de lin dont la blancheur faisait ressortir le noir profond de ses yeux.

– Alors Ary, dit-il de sa voix chaude et rocailleuse comme le désert, es-tu de retour parmi nous ?

– Non, répondis-je, je suis venu pour vous dire adieu.

Il me considéra un long moment.

– Nous sommes certains que tu as été saisi d'effroi au moment de prononcer le nom de Dieu. Qui n'aurait pas peur de la mort ? Qui n'aurait pas peur de mourir en Le rencontrant ? Nous avons compris ta peur et c'est pourquoi nous t'attendons. Nous savions que tu reviendrais car tu es Celui que nous attendons, que tous attendent.

– Non, dis-je, vous vous êtes trompés ! Je ne suis pas celui que vous croyez. Vous avez fait fausse route... et moi aussi.

– Mais que dis-tu ? Ne vois-tu pas comme le monde va mal ? Ne vois-tu pas combien nous avons besoin de toi ? Tu ne peux pas abandonner ta mission et partir. Tu as reçu l'élection et tu as une responsabilité vis-à-vis de nous, à laquelle tu ne dois pas échapper. Tu le sais, c'est pourquoi tu es revenu. C'est écrit dans nos textes, sur nos cœurs. Toi, Ary le lion, le sauveur.

– Je suis revenu pour vous dire que j'aime une femme et que je vais partir pour la rejoindre.

– Méfie-toi, Ary, de la femme. Tu sais combien elle est dangereuse, ainsi qu'il est écrit dans nos textes. Ses yeux lancent des regards à droite et à gauche pour séduire les hommes, pour les piéger, elle qui marche à travers les chemins en se retournant, elle qui bloque la voie des hommes, qui leur vole leur pouvoir aux portes des villes. Elle chasse le juste, elle est l'ange du mal !

– Non, c'est faux, m'écriai-je. Vous vous trompez !

– Elle détourne l'homme de sa voie, puis elle se tient devant lui et lui inspire de la terreur ! Lilith ! Elle gouverne le royaume des Ténèbres !

Alors Lévi le Lévi s'approcha de moi et, de son doigt, il désigna le manuscrit que j'étais en train de recopier où était écrit :

Elle souillera son nom et le nom de son père et le nom de son mari... Elle qui salit sa réputation, jette aussi le déshonneur sur ses parents et sur tous ses proches... et sur son père. Le nom de sa disgrâce sera toujours associé à sa famille... pour toutes les générations à venir.

– Et toi, murmura Lévi le Lévi. N'es-tu pas le Messie ?

Je rangeai les derniers manuscrits que j'avais copiés, je rassemblai quelques affaires pour mon départ, parmi lesquelles se trouvaient mes phylactères, mon châle de prière et ma kippa. Il y avait aussi l'éphod, qui appartenait à ma famille, et qui avait été transmis de père en fils depuis des générations de Cohen, de grands prêtres. C'était un vêtement de lin violet et pourpre, tissé d'or, sur lequel on portait un plastron fait d'un rectangle de cuivre où étaient quatre rangées de pierres précieuses. Sur celles-ci étaient inscrits les noms des dix tribus. Je laissai le vêtement de lin, et je pris le petit plastron. Les pierres précieuses étaient toutes là, sauf une : le diamant représentant la tribu de Zebulun, qui avait dû être volé, ou égaré au cours des siècles, nul ne savait.

Je repassai devant les ruines de Khirbet Qumran où il y avait des fouilles, j'aperçus plusieurs archéologues devant l'entrée d'une grotte, non loin du site, et je m'approchai d'eux.

Je me présentai en leur disant que j'avais moi-même travaillé sur les manuscrits de la mer Morte, et je leur demandai ce qu'ils cherchaient. C'étaient des archéologues israéliens, de l'université de Jérusalem. L'un d'eux, un jeune homme brun et grand, d'une trentaine d'années, s'avança vers moi.

– Vous êtes en rapport avec le professeur David Cohen ?

– En effet, dis-je, c'est mon père.

– Je suis son élève. Nous venons de trouver une nouvelle grotte, construite de la main de l'homme, avec de nouveaux fragments. Nous avons soumis l'un d'eux à votre père. Un manuscrit très particulier...

– De quoi s'agit-il ?

Il s'éloigna du groupe et me fit signe de le suivre.

– Pour l'instant c'est encore confidentiel, mais dans le fragment se trouve l'expression, « Fils de Dieu » utilisée dans les Evangiles. Il y a une autre expression commune aux rouleaux et au Nouveau Testament : « Il sera grand, et sera appelé Fils du Très-Haut... et à son royaume, il n'y aura point de fin. »

Nous avons la preuve de l'existence de phrases semblables dans les manuscrits de la mer Morte et le Nouveau Testament.

– Oui, dis-je, c'est étonnant.

– Demandez à votre père : lorsque nous lui avons apporté les fragments pour qu'il les examine, il semblait très troublé. Il a tout de suite daté le fragment... Vous le connaissez... Personne au monde ne sait aussi bien dater que lui.

Je rentrai à Jérusalem à la nuit tombante. Je téléphonai à mon père en arrivant et lui donnai rendez-vous dans un café qui se trouvait au milieu du quartier animé de la German Colony, le seul endroit où les Israéliens laïcs de Jérusalem se retrouvaient, pour dîner et pour prendre un verre, dans une ambiance décontractée.

Je le vis arriver de loin, à sa démarche énergique, son pas rapide. Avec ses yeux sombres et son abondante chevelure, sa carrure athlétique, il n'avait pas d'âge, et il se dégageait de lui une sorte de force invincible, telle qu'il me semblait ne jamais devoir vieillir. Il était antique et savant, éternel et fragile, porteur d'un message, comme les manuscrits qu'il passait son temps à étudier et à dater. Lui non plus je ne l'avais pas revu depuis la cérémonie, je ne savais pas ce qu'il en avait pensé.

Par lui, j'avais appris à écrire et j'avais aussi acquis des notions en paléographie. Je le croyais scientifique et savant, mais j'ignorais qu'il était secrètement essénien. Un essénien étrange, qui avait quitté sa communauté après la création de l'Etat d'Israël, un enseignant, un homme qui n'avait pas la Loi, alors que la Loi régissait ma vie de tous les jours et l'organisait, du coucher au lever, du lever au coucher.

Je croyais que j'étais différent, mais je ne l'étais pas. Mon père était paléographe : il m'était naturel de prendre la plume.

Mon père était essénien : n'avais-je pas suivi la même voie ? Je ne savais pas que je ne faisais qu'incarner son message alors que je croyais m'en éloigner.

– Je voulais te dire, commençai-je lorsque nous fûmes assis ensemble.

– Inutile de m'expliquer, dit mon père. J'ai compris.

– C'était...

– Je sais, oui.

– Je ne pourrai pas.

– Ils attendront. Nous attendrons.

Je ne pus m'empêcher de sourire, en pensant que mon père avait retrouvé sa place à mes yeux parmi les esséniens, alors qu'il avait si longtemps dissimulé son appartenance derrière ses dehors de savant rationaliste.

– Non, c'est inutile. Je ne le pourrai jamais.

– Comment peux-tu le dire, alors que tous croient en toi ?

– Parce que, murmurai-je, parce que ce n'est pas moi.

– Les textes le disent. Les faits le prouvent. Regarde dans quel état est le pays. A feu et à sang. N'as-tu pas peur, toi, d'être ici attablé, dans ce café où l'autre jour il y a eu une bombe ? Moi, j'ai peur.

– Ce n'est pas moi, je le dis. Je ne le suis pas. Je veux une autre vie à présent.

– Laquelle ? Crois-tu pouvoir échapper à toi-même ? Crois-tu être le maître de tous tes actes ? Réfléchis, Ary, à tout ce que tu sais et tout ce que tu ignores encore... Pense aux paroles de nos textes, de nos ancêtres...

Il ferma les yeux et murmura :

– *Sa sagesse sera plus grande que celle de Salomon, il sera plus grand que les patriarches, plus que les prophètes après Moïse, et plus exalté que Moïse, il est un berger fidèle, qui se soucie beaucoup de son peuple, il méditera sur la Torah et accomplira les lois. Il enseignera à tout le peuple juif, et il* révélera de nouvelles idées, et manifestera les mystères cachés de la Torah. Toutes les nations reconnaîtront sa sagesse, et il sera le guide qui les instruira aussi.

– Je pars, répondis-je.

– Où ?

– Jane a été envoyée en mission au Japon.

Mon père ne cilla pas. Il savait que j'avais quitté ma mission auprès des esséniens, si proche du but, et il savait que c'était pour elle.

– J'ai rencontré par hasard un de tes élèves, à Qumran, dis-je. Il m'a dit avoir trouvé un nouveau fragment, un fragment atypique.

– Oui, avec des expressions évangéliques.

– Mais qu'est-ce que cela signifie ?

– Que ce texte va encore déclencher une polémique. On y trouve l'évocation d'un puissant personnage qui apparaîtra à une époque de tribulations, et qui est appelé : « Fils de Dieu », ou « Fils du Très-Haut ». Toutes les nations lui obéissent. Ces expressions rappellent les Evangiles...

– Nous savions que Jésus était essénien.

– Mais tous pensaient que la nouveauté du christianisme était l'idée d'un Messie qui soit à la fois homme et Dieu. Or nous savons à présent que cette idée vient de Qumran, donc des esséniens.

Il se pencha vers moi et murmura :

– Historiquement, ce texte renvoie à la persécution des juifs sous le tyran syrien Antiochus IV pendant la période 170-164 avant notre ère. Le deuxième nom de ce roi était Epiphane, ce qui signifie « Apparition », qui donne la notion d'un roi humain comme incarnation de Dieu. Les prétentions humaines à la divinité n'ont jamais été bien reçues dans le judaïsme. Pour ma part, je me demande si on ne pourrait pas interpréter ce texte d'une façon toute différente : celui qui s'appelle « Fils de Dieu » est un scélérat, celui qui prend la place de Dieu est ensuite renversé par « le peuple de Dieu », qui a Dieu de son côté. Dans cette optique, le « Fils de Dieu » serait l'Antéchrist ! Qu'en penses-tu ?

— Il faut que tu m'aides, dis-je.

— T'aider, dit mon père. Mais bien sûr. A quel sujet ?

— Un manuscrit a été trouvé dans un temple, à Kyoto.

— Quel type de manuscrit ?

— Selon les photographies que j'ai pu voir, il s'agirait d'un manuscrit hébraïque, apparemment écrit en araméen.

Mon père me considéra, l'air incrédule.

— Comment est-ce possible ?

— Il faudra élucider ce mystère. Et aussi le déchiffrer. C'est pourquoi je me rends là-bas.

A cet instant, une formation de quatre chasseurs F 16 déchira le ciel d'un rugissement terrible. Mon père les suivit des yeux, puis il me considéra, l'air confiant, l'air posé, comme s'il savait que le destin imperturbable allait me ramener vers lui.

— Selon nos maîtres, continuai-je, il est dit que le Messie ne viendra pas avant que le plus petit royaume ne s'incline devant Israël, ainsi qu'il est écrit : « En ce temps le cadeau sera apporté devant le Seigneur par les peuples dispersés. »

— Les exilés sont revenus sur leur terre. On dit qu'ils arrivent encore, de partout, de Russie, d'Ethiopie, d'Amérique du Sud !

— Il est dit que le Fils de l'Homme ne viendra pas avant qu'il n'y ait plus d'âme orgueilleuse en Israël, car il est écrit : « J'enlèverai ceux qui se réjouissent dans leur orgueil et je laisserai parmi vous un peuple pauvre et affligé qui prendra refuge au nom de Dieu. »

— Ne sommes-nous pas affligés par cette guerre sauvage ?

— Selon nos maîtres, Jérusalem sera sauvée seulement par

les justes, ainsi qu'il est dit : « Sion sera sauvée selon le jugement et convertie dans la justice. » Car il est écrit : « Ton peuple sera tout entier bon : il héritera de la terre pour toujours. »

– Ne sommes-nous pas le peuple ? m'objecta mon père.

– Mais la date n'est pas précisée, il est dit selon Isaïe : « Il viendra en son temps. »

– Il est dit aussi : « Je hâterai sa venue », répondit mon père.

– Il est dit que le Messie doit reconstruire le Temple, ramener les dispersés d'Israël et restaurer les lois.

Mon père, à ces mots, eut un drôle de sourire.

– En effet.

Lorsque je lui fis mes adieux, j'eus l'étrange impression que je ne le reverrais plus en ce lieu.

Et lui me saluait comme si j'allais revenir, auréolé de gloire, devant lui, devant eux, ils m'attendaient déjà.

Je partis en gardant cette impression de malaise qui se prolongea jusque dans le taxi qui me menait à l'aéroport. Je m'assoupis sur le trajet et je me réveillai, à Ben-Gourion, au milieu d'un rêve étrange. J'étais dans une maison inconnue, qui était censée être celle de mes parents, mais qui ne l'était pas. C'était plutôt comme une maison de vacances. Une femme sommeillait dans une chambre.

Moi, je dormais dans une autre pièce, jusqu'à cinq heures, puis jusqu'à sept heures du soir. Je m'éveillais, puis j'allais dans la chambre d'à côté et je la voyais dans la pénombre. Je m'en allais et elle me suivait, je la saluais, mais la fille, fuyante, tenait des propos désagréables à mon égard, derrière mon dos.

A mon réveil, je cherchai longtemps le sens de ce rêve, mais ne le trouvai pas. Je jugeai que l'avenir me le dirait. Ainsi parfois sont les rêves : des prémonitions que seuls celui qui sait les lire et celui qui vit la suite peuvent comprendre. *Le matin vient, et de nouveau, la nuit. Si vous voulez encore poser la question, revenez.*

II
Le Rouleau du Maître

Alors les prêtres Cohen sonneront les trompettes du souvenir pour déclarer la guerre aux Kittim. Les avant-gardes se dresseront en pointe entre les deux fronts et à leur approche, les Cohen sonneront une deuxième fois. Puis à portée de lance, chaque homme brandira son arme de combat et les six Cohen sonneront les trompettes des morts, donnant le coup d'envoi par un son strident et un spasme. Les Lévites et tous les hommes aux cornes de bélier émettront une sonnerie terrible, début du massacre des Kittim.

Manuscrits de Qumran,
Rouleau de la guerre.

Jane – Jane Rogers, agent de la CIA – avait donc décidé de partir. Mais pourquoi avoir disparu ainsi, sans un mot ? Pourquoi m'avoir laissé ici, sans un mot ? J'avais peur pour elle en même temps que j'avais mal. Elle le devait, me disais-je, pour me rassurer, c'était un ordre de mission et elle ne pouvait pas me le dire, et elle ne voulait pas me dire qu'elle ne le pouvait pas.

Mais tout cela n'était-il pas mes élucubrations, mes rêves, mes désirs ? Car en fait, j'ignorais pour quelle raison elle était partie, et si vite, et si loin, après ce qu'elle m'avait murmuré, après ce que j'avais dit, après ce que nous avions vécu ensemble, partie sans un geste, sans un mot, me laissant seul, dans l'ombre, dans le désespoir intense de son départ.

Peut-être m'avait-elle fui ? Peut-être était-ce loin de moi qu'elle partait, et peut-être ne m'aimait-elle plus, ou en fait ne m'aimait-elle pas ? Mais si c'était le cas, avais-je le droit de la poursuivre jusqu'au bout du monde ? Comment savoir ? Comment interpréter son silence ? Comment comprendre ?

Déjà je me demandais si cet ordre n'était pas une autre manipulation de Shimon Delam, qui avait bien compris qu'il n'était pas question de partir enquêter pour lui, mais plutôt qu'il n'était plus question pour moi de vivre sans elle.

Et c'était vrai : il me semblait à présent que, depuis que je l'avais rencontrée, je n'avais vécu que pour elle, et je ne le savais pas ; c'était elle que j'aimais, et je ne me l'avouais pas. Tout ce que j'avais toujours recherché était sous mes yeux et je ne le voyais pas. Je devais la suivre, comme je l'avais toujours fait, par une nécessité intérieure qui règne sur l'esprit et sur le corps, et que l'on appelle l'amour.

Je savais que les esséniens pensaient que je m'étais laissé entraîner par la femme tentatrice qui détourne l'homme de sa voie. Je pensais qu'ils devraient savoir que je l'aimais, et qu'il n'était pas question pour moi de revenir en arrière. Comme ils devaient être déçus, eux qui avaient fondé de si grands espoirs en moi, et combien dure était leur peine. Ils y étaient presque arrivés, ils y avaient tellement cru, depuis si longtemps, et voilà qu'au moment fatidique, au lieu de prononcer le mot qui allait faire advenir l'Eternel, j'avais dit le sien – son nom était sur mes lèvres.

Elle était si belle, si courageuse et volontaire. Elle était comme une étoile filante ; elle appelait les vœux de bonheur et de félicité, et j'aurais voulu l'emmener loin de toutes les vicissitudes de la vie, loin de son métier – pourquoi ne m'avait-elle pas laissé ce choix ?

En faisant mes bagages pour ce départ précipité, j'avais laissé mes habits blancs d'essénien, mes vêtements de scribe, de prêtre, de Messie, mais j'avais pris le plastron du Grand Prêtre. Je pensais que les pierres allaient m'aider maintenant que je n'avais plus le cœur de prier.

Mon père m'avait enseigné que les douze pierres avaient des vertus curatives, ainsi le lui avait dit son père, et le père de son père. La pierre de la tribu de Ruben, le rubis, a des vertus apaisantes, la topaze de la tribu de Shimon nettoie le sang et enseigne les bienfaits du doute, le béryl de Lévi accroît la sagesse et aide à l'apprentissage, la turquoise de Judas calme l'esprit et enlève les soucis. Le saphir d'Issacar renforce les yeux et répand la paix, l'hyacinthe de Dan rend le cœur plus fort et apporte la joie et le succès à celui qui la porte, l'agate de Naphtali promet la paix et le bonheur et enlève le mauvais œil, le jaspe de Gad donne de la force contre l'inquiétude et la peur, l'émeraude d'Asher augmente le courage et le succès dans les affaires, l'onyx de Joseph étend la mémoire, qui permet de parler avec discernement, le jade de Benjamin prévient l'hémorragie, améliore la vue et aide pour les accouchements. Il ne manquait qu'une pierre : le diamant de Zebulun. Celui qui apporte la longévité...

Le matin, je n'avais pas mis mes phylactères. Le soir, je n'avais pas prononcé la prière. La prière du soir, c'était Jane, et la prière du matin aussi. Je voulais être seulement avec elle.

Je ne voulais plus être un religieux, car j'avais la religion de l'amour, et je ne voulais plus être un essénien car je voulais vivre avec Jane avant la fin du monde, et je ne voulais plus être le Messie car je voulais que le monde continuât d'exister, pour pouvoir encore aimer Jane.

J'étais, finalement, tel que j'avais été pendant mon enfance, dans l'ignorance et l'oubli de toutes ces années d'apprentissage. Je ne me souvenais plus de rien : j'étais né à l'amour, j'étais né par l'amour.

Je pris l'avion qui devait m'emmener, après une escale en Europe, au pays du Soleil Levant.

Confortablement installé dans mon fauteuil, je sortis les photographies de mon sac. J'enlevai mes petites lunettes rondes cerclées de fer et les posai au-dessus, comme une loupe, pour examiner l'image plus à loisir. Soudain, mon cœur se mit à battre plus vite, plus fort, en regardant celle du manuscrit, celle qui, selon Shimon, avait été retrouvée près du mort. En la scrutant de près, je reconnus la texture du parchemin et l'écriture fine et serrée propre aux manuscrits hébraïques.

Ce manuscrit semblait être un original, mais qui l'avait apporté dans un tel endroit et pour quelle raison ? Etait-ce récent ? Etait-ce ancien ? De quand datait-il ?

Pour répondre à ces questions, il aurait fallu pouvoir l'examiner en détail, et de plus près. C'était la raison pour laquelle Shimon m'envoyait au Japon, et c'était aussi pourquoi j'aurais eu besoin de mon père, qui était expert dans ce domaine délicat.

A Paris, lors de l'escale, je pensai à tous les moments que j'avais passés dans cette ville à mener l'enquête au sujet des manuscrits de la mer Morte et, chaque fois, Jane était là. C'était à Paris que je l'avais rencontrée, dans un appartement où je m'étais introduit par effraction, sans savoir qu'elle avait fait de même, quelques minutes avant moi. Immédiatement, je crois que j'avais su que je l'aimais, même si je l'avais enfoui au fond de moi durant de trop nombreuses années, au milieu de mille tourments. C'était comme si le cœur, bien avant la raison, pressentait la vérité profonde des choses, oubliée et masquée par les préjugés de la vie. Après, nous n'avions cessé de nous voir, de nous entrevoir, de nous perdre et de nous retrouver, de nous chercher, l'un sans l'autre, et l'un par l'autre, sans nous rencontrer, jusqu'à nous aimer ; et nous reperdre ? *Jusqu'à quand, mon Dieu ?*

Enfin, je pris l'immense avion de la Japan Air Lines, dans lequel Shimon avait eu la prévenance de prévoir un repas cacher, chose qu'il n'avait jamais fait pour moi, même lorsque j'étais ultra-orthodoxe. Voulait-il me rappeler à l'ordre, lui aussi ? A ma mission, non pas ma mission messianique, mais celle que par devoir aussi je devais remplir pour lui ?

Toujours est-il que je remarquai l'extrême obligeance des hôtesses qui me servaient avec des égards qu'elles n'avaient pas pour les autres passagers.

Elles étaient plus que serviables : elles me traitaient avec une sorte de déférence, ou de respect. Elles venaient fréquemment s'enquérir de mon bien-être, m'apportant un verre de saké, un verre de jus d'orange, ou encore des bonbons. Lorsque je m'en étonnai, l'une d'entre elles me répondit :

– Vous êtes prêtre, n'est-ce pas ?

– Oui, dis-je. Enfin... je l'étais. Mais... comment le savez-vous ?

– Au Japon, ce sont les prêtres qui suivent des régimes spéciaux.

Mon esprit s'égara dans une rêverie qui m'entraîna jusqu'aux bords de la mer Morte, du temps où j'étais prêtre, moi le Cohen, fils de Cohen, de la lignée de Moïse et d'Aaron, le Grand Prêtre. Et j'ai vécu dans cette contrée aride, tout comme les Hébreux qui ont sillonné le désert. Dans ce désert, tout avait commencé. La parole de Dieu à l'ancêtre Abraham : quitte ton pays, ta parentèle et ta maison. Pour où ? Le pays que j'indiquerai. A Abraham, Dieu avait promis une terre, une postérité aussi nombreuse que les étoiles dans le ciel et le sable au bord de la mer. A Moïse, il donna les tables de la Loi. Puis le peuple fut chassé de sa terre, son Temple fut détruit, et la grande majorité fut dispersée aux quatre coins du monde. Des douze tribus qui formaient le peuple de Moïse, il n'en resta que deux : celle de Judas et celle de Benjamin, dont descendent tous les juifs aujourd'hui.

Curieusement, je m'aperçus que cette histoire qui me faisait vibrer depuis toujours me devenait lointaine. Ce n'était pas de l'indifférence, mais c'était comme un détachement. Je voyais ce peuple comme s'il m'était étranger. Moi qui avais décidé de vouer ma vie à la sienne, voilà que j'étais habité par autre chose, je n'étais plus ému par sa destinée. J'étais né parmi eux, mais devais-je sacrifier ma vie à cette légende, leur histoire ? Moi qui n'avais jamais compris comment ma mère, qui était russe, n'était pas touchée par les traditions de son peuple, moi qui la critiquais de vivre dans ce que je croyais être la négation d'elle-même, pour la première fois, j'envisageai qu'on pût vouloir ne pas être juif, ne pas vouloir être différent. Je voyais Israël : un peuple comme un autre, un pays comme un autre. *Comme un autre* : ainsi je n'avais pas de mission particulière – il suffisait que je le décide. Ainsi donc tout était affaire de choix, et il n'y avait pas de destin, pas de loi, pas d'obligation autres que celles que nous nous imposions. N'est-il pas vrai ?

A l'aéroport, lorsque j'avais fait la queue pour faire enregistrer mes bagages, je n'avais pas aimé ce bain de foule. Et il m'apparut, pour la première fois, que j'étais au milieu de juifs. Je n'avais jamais pensé en ces termes avant, car j'étais parmi eux, ou plutôt, j'étais eux. Là, soudain, c'était différent. Ces familles, ces couples, ces enfants, ces jeunes gens à l'air tourmenté, et ces autres qui parlent très fort et qui rient, des juifs... Mais qu'est-ce qui les différencie ? Des Japonais, par exemple ? Qu'est-ce qui les rend autres ? Il m'était arrivé d'être au milieu d'une foule américaine ou française, et je ne me faisais pas la même réflexion. Cette remarque, pourtant, beaucoup se la faisaient, ou se l'étaient faite : *je suis au milieu de juifs*. Je les avais regardés l'un après l'autre, les yeux clairs ou sombres, la peau blanche ou mate, roux, bruns ou blonds, grands ou petits, qu'est-ce qui les rassemblait ? Et soudain, il m'était apparu que ce qui les unissait, et ce qui les rendait différents, était justement qu'ils étaient différents : non pas différents des autres, mais différents entre eux. Et donc ce qui les rassemblait, qu'ils soient blonds ou bruns, blancs ou noirs, petits ou grands, faibles ou forts, heureux ou malheureux, gentils ou méchants, ce qui les rendait un n'était autre que le Livre, leur livre, ce livre qui leur avait défini leur identité et qui leur avait dit : je suis votre Dieu et vous n'aurez pas d'autre Dieu que moi. Ashkénaze ou séfarade, juif ou israélien, religieux ou athée, ce peuple avait le même Dieu, et il n'y avait pas d'autre Dieu pour lui.

Alors je me mis à envisager qu'il était possible de ne pas aimer son pays, sa terre, comme on n'aime plus sa famille ou son enfance, simplement parce que l'on a grandi, parce que l'on est plus mûr et que l'on peut décider d'échapper à ce destin, qui n'est pas son destin. Cela m'étonnait et, en un sens, cela me réconfortait : j'étais libre.

J'étais heureux de partir si loin de tout, si loin de tous, de cette terre remplie des miens et de ce Dieu qui n'était plus le mien.

Enfin, l'avion atterrit à Narita. A l'entrée de l'aéroport, je fus surpris de voir un panneau de bienvenue adressé à tous les voyageurs. J'avais beaucoup voyagé au cours des précédentes années pour mener à bien les enquêtes qui m'avaient été confiées et je croyais qu'Israël était le seul pays à avoir un tel écriteau. En Israël, la formule consacrée était : « Que ceux qui viennent soient bénis. » Au Japon, c'était différent : « Que ceux qui viennent soient les bienvenus, mais qu'ils respectent nos lois. » Voilà une drôle de mise en garde, me dis-je, comme si, curieusement, je la prenais pour moi-même.

Ainsi que Shimon me l'avait annoncé, un homme m'attendait, mon « contact ». Dès qu'il me vit, celui-ci se dirigea vers moi. Dans sa main, il avait une photographie de moi, que Shimon avait dû lui envoyer. Il était assez jeune : il n'avait pas plus d'une trentaine d'années. Il avait un visage rond et un sourire amical étirait ses traits en lui donnant, avec son nez retroussé portant des lunettes carrées, un air assez jovial.

– Toshio Matsuri, dit-il. Bienvenue, monsieur Ary. Je suis heureux de te recevoir ici. Les étrangers qui s'aventurent jusque chez nous sont encore trop rares...

Il fit une légère courbette, puis il sembla se raviser et me tendit la main.

Il m'emmena dans sa voiture, une Toyota flambant neuve, aux sièges mousseux, pour un trajet qui dura plusieurs heures, et qui me sembla une éternité tant j'étais impatient de revoir Jane et d'en savoir plus sur elle. Ma vie, récemment, avait pris un tel tournant, et une telle accélération, que j'étais comme hors de moi, dans un état d'excitation extrême et de bonheur que seul l'amour accompli et sûr de lui peut donner.

Toshio, pendant le temps que dura la route, m'abreuva de nombreuses explications sur le pays, que j'écoutais d'une oreille distraite, car ma tête dodelinait contre le siège confortable, soigneusement recouvert d'une housse blanche. Il me dit que Narita était la ville où se trouvait l'un des temples Shingon-Shie, de la lignée du bouddhisme japonais. La voiture roulait sur l'autoroute 3, mais il n'y avait rien de caractéristique dans le paysage. La seule chose qui permettait de se croire au Japon était cette façon de conduire, sans dépasser, sans déranger, et sans jamais klaxonner. L'ordre régnait, le calme aussi. Mais dans cette sérénité, je ne sais pourquoi, je sentis le désordre possible.

– Nous allons commencer par rencontrer Shôjû Rôjin, le Maître du temple dans lequel le corps a été retrouvé. Shôjû Rôjin vient d'une ancienne famille de samouraïs, aux ancêtres illustres. Tu sais qu'un moine a disparu ?

– Oui, dis-je. Je suis au courant.

— Il se nomme Senzo Nakagashi. Il a étudié auprès du Maître durant dix ans.

— Et où se trouve Shôjû Rôjin ?

— A Kyoto, monsieur Ary. Shôjû Rôjin, tu vas le voir, est une personnalité impressionnante. Rares sont les moines qui se risquent à le rencontrer. Il est devenu l'un des plus grands maîtres du combat au Japon. Et, pourtant, il est encore jeune, il n'a pas quarante ans...

» On raconte au sujet de son père, qui était aussi un illustre guerrier, l'histoire suivante : Un jour, l'un de ses jeunes élèves lui a dit qu'il était devenu trop âgé pour combattre. Le disciple lui a tendu un sabre en bois, mais le maître lui a répondu : "Un moine ne saurait brandir une arme, même si celle-ci est en bois." Le jeune téméraire a dirigé l'arme contre son maître pour l'engager au combat. Alors ce dernier a relevé le défi... avec son éventail, simplement en pratiquant l'art de la défense. Le jeune disciple, épuisé par l'attaque, a fini par abandonner. "Quel est ton secret, Maître ?" lui a-t-il demandé. "Mon secret est le suivant..., a répondu le Vieux Maître ...pour vaincre, il suffit de voir clair."

— Et Jane Rogers ? demandai-je, car j'écoutais distraitement les paroles de mon conducteur.

— Jane Rogers...

— Quand allons-nous la retrouver ?

— Monsieur Shimon ne te l'a pas dit...

— Non, de quoi s'agit-il ? fis-je, soudain très inquiet.

— Nous avons perdu le contact avec Jane Rogers.

— Perdu le contact ? m'écriai-je. Que voulez-vous dire par « perdu le contact » ?

— Eh bien, c'est simple : c'est moi qui suis allé la chercher à l'aéroport, je l'ai déposée à son hôtel et je devais la voir le lendemain, mais elle m'a laissé un message annonçant qu'elle annulait le contact.

– Ce qui signifie...
– Que nous ne savons pas où la joindre.
– Où se trouve son hôtel ?
– Là où nous nous rendons, monsieur Ary. C'est-à-dire à Kyoto. C'est le même hôtel que le tien, il me semble, ajouta-t-il, d'un air entendu.

Enfin, nous sommes arrivés dans la ville de Kyoto où nous avions rendez-vous avec le fameux Maître. Je voulais d'abord passer à l'hôtel, mais mon contact m'expliqua avec véhémence qu'on ne pouvait arriver en retard, que ce n'était pas souhaitable, que c'était presque impossible, pour ne pas dire tout à fait saugrenu.

Nous nous sommes rendus directement au temple. Celui-ci était au creux d'une vallée, aux abords de la ville de Kyoto. Pour y accéder, il fallait traverser un jardin à la beauté sereine, où serpentait un cours d'eau ombragé d'arbres en fleurs, de cerisiers et d'érables, jusqu'aux berges d'une rivière que l'on traversait par un pont étroit. Au-dessous, dans une torpeur éternelle, flottaient les lotus blancs et, un peu plus loin, coulait une cascade sur des pierres plates, entourée de roches arrondies : images du début de la Création, du troisième jour de la Genèse où tout se prépare à être.

On pénétrait dans le vaste domaine par une grande allée de vieux cyprès. Les bords de l'allée étaient couverts de sable, au milieu duquel se trouvaient quelques touffes d'herbe et de fleurs soigneusement disposées.

Une haie faite de cerisiers, d'œillets sauvages et de roses trémières entourait harmonieusement l'édifice : une maison de cyprès et de pin, à deux étages, aux toits pentus comme des chapeaux.

Le Rouleau du Maître

On y entrait par un majestueux portail qui s'ouvrait sur un autre petit jardin qui s'étendait entre le portail et le hall d'entrée.

Devant la porte coulissante de la véranda, nous avons retiré nos chaussures, c'était une pièce moyenne où perçait la lumière du jour. Deux sabres y étaient disposés sur une petite table : un petit et un grand.

La chambre s'ouvrait sur une grande pièce de bois, au sol patiné sur lequel les pieds semblaient glisser. C'était un endroit d'une simplicité parfaite, avec une table basse entourée de sièges au ras du sol et une armoire de bois blanc. Au milieu se trouvait un brasero devant un paravent ancien en soie. Dans une alcôve, on pouvait voir une statue et des estampes japonaises. Le tout, baigné par la clarté du jour, tamisée par les persiennes, donnait un sentiment de paix et d'harmonie : une retraite loin du brouhaha de la ville.

– C'est la pièce de la cérémonie du thé, murmura Toshio.

Nous nous sommes assis sur les petits sièges devant la table et nous avons attendu.

Au bout de quelques minutes, un jeune homme est arrivé et s'est présenté comme le fils de maître Shôjû Rôjin, puis il nous a annoncé que celui-ci allait bientôt nous recevoir.

Toshio, aussi droit qu'un « i », restait silencieux, comme s'il avait peur qu'un son perturbe la paix du lieu. Quant à moi, ma tête s'inclinait sans que je ne puisse la retenir et, bientôt, je m'assoupis.

Une heure plus tard, le Maître enfin parut. Il était vêtu du même habit que le moine, un kimono noir et blanc, d'un tissu soyeux. Je ne pouvais pas appliquer la méthode cabalistique de la lecture des rides, qui permet de percer à jour la personnalité de mes interlocuteurs, car le maître Shôjû Rôjin, comme beaucoup d'Asiatiques, avait la peau parfaitement lisse.

Il fallait que j'utilise une autre méthode. Je décidai d'utiliser celle de l'horoscope de Qumran, qui permet d'analyser les personnes d'après leurs cheveux, la forme de leurs membres et de leur visage.

Je remarquai que le Maître avait les cheveux longs lâchés sur les épaules, le teint foncé, des joues rondes et des pommettes hautes, mais le plus frappant, c'étaient ses yeux : il avait un regard d'une immobilité et d'une force telles qu'il était difficile, voire presque impossible, de le regarder en face. Son kimono laissait paraître le haut de son torse. Il était tout à fait imberbe, ce qui, selon l'horoscope, indiquait une personne encline à la droiture et à la juste mesure. Mais là encore, la méthode était sujette à discussion : car les Asiatiques sont imberbes.

Ses yeux n'étaient ni foncés ni clairs, ses dents étaient belles et régulières, il n'était ni grand ni petit : il possédait huit parts dans la Maison de Lumière et une part dans la Maison des Ténèbres.

– Nous venons pour enquêter sur la mort de l'homme vieux de deux mille ans qui a été retrouvé dans votre temple, dis-je, après que le moine nous eut introduits. Nous nous intéressons aussi à la disparition du moine Nakagashi, si elle a un rapport avec cet homme.

Le Maître me considéra en silence pendant un long moment. On aurait dit qu'il était aussi en train de m'examiner, de m'évaluer selon une méthode qui lui était propre.

– Vous venez de loin pour combattre nos ennemis, dit-il lentement...

– D'Israël, dis-je, car il semble que l'homme gelé trouvé dans votre temple possédait un manuscrit hébraïque.

– Il faudra vous familiariser avec l'Art du Combat... car nos ennemis sont des pratiquants.

– Des pratiquants ?

– En effet, nos ennemis pratiquent l'Art du Combat.

— Maître, pardonnez-moi de vous demander cela, mais qu'est-ce qui vous permet de penser que nos ennemis connaissent et pratiquent l'Art du Combat ?

A nouveau, il me regarda et ses yeux semblèrent me transpercer.

— Le moine Nakagashi est mort, dit-il après un moment. Nous l'avons trouvé cette nuit ici, dans le sanctuaire. Il sera enterré demain selon la tradition.

— Nous aussi, murmurai-je, nous enterrons nos morts dès le lendemain... Savez-vous de quoi il est mort ?

Il y eut un silence glacé qui me fit presque frissonner.

— Voulez-vous voir la pièce du sanctuaire ?

Le Maître me fit signe de le suivre. Il me conduisit au bout d'un long couloir qui menait à une ouverture coulissante. Celle-ci donnait sur une grande pièce sombre et vide comme la première. Je reconnus la pièce de la photographie que Shimon m'avait remise. Le sol était entièrement recouvert par un tatami. Tout était de la même couleur, un beige un peu orangé.

Les murs étaient tapissés d'une sorte de papier de riz beige. Sur une petite estrade se trouvait simplement une armoire de bois peint.

— C'est là que vous priez ? demandai-je.
— C'est là.
— Il n'y a rien !
— Non, il n'y a rien.
— Et dans l'armoire ?
— Dans l'armoire, il y a des chapelets. Et nos textes.

Il se dirigea vers l'armoire, qu'il entrouvrit. Puis il revint vers moi en me tendant un petit collier de perles blanches et violettes, et une baguette de bambou sur laquelle se trouvaient des inscriptions écrites en long.

— Ce sont nos textes, dit-il.

– Ah bien, dis-je. Nous aussi nous disons que les dix commandements furent écrits en long, et non en large comme sur un parchemin...

– Vous êtes juif, n'est-ce pas ? dit le Maître. (Pour la première fois, son visage s'éclaira d'un faible sourire.) Tous les agents israéliens ne sont pas juifs.

– Oui, en effet, répondis-je. Si je puis me permettre, comment le moine Nakagashi a-t-il été tué ?

– La police n'a pas pu découvrir la cause de la mort.

– Il n'y avait pas de traces ? Pas d'armes ?

– Non, il n'y avait rien sur le corps, ni dans le corps, qui indiquât la cause de la mort.

– Pas de contusions, de blessures, de plaies ?

– Rien.

Je le dévisageai, incrédule, mais il ne semblait pas être étonné par ce qu'il m'annonçait.

– Comment savez-vous qu'il a été abattu selon la tradition des samouraïs ?

– Je ne vous ai pas dit cela..., répondit le Maître avec un sourire malicieux.

– Non, mais vous avez dit que nos ennemis pratiquaient l'Art du Combat. Moi-même, connaissant peu de choses sur votre civilisation, j'ai reconnu ici la maison d'un samouraï... grâce aux sabres posés dans la véranda. Alors j'en conclus que vous avez déduit qu'il a été abattu selon la tradition des samouraïs... Je me trompe ?

– Non, murmura le Maître en me regardant attentivement.

– Croyez-vous que ce meurtre ait un lien avec l'homme des glaces ?

Le maître parut réfléchir un instant.

– Nakagashi était un éveillé.

– Qu'est-ce que cela signifie ?

– Il n'avait pas la mentalité de l'homme ordinaire, fixée sur les apparences et attachée aux choses. Il voulait atteindre un niveau spirituel élevé ; et être enraciné dans la vie quotidienne.

– Est-ce que vous l'avez initié ?

Shôjû Rôjin fit un signe affirmatif.

– C'était un bon élève, un élève brillant. Il a rapidement réussi à retrouver l'expérience de l'esprit originel. A partir d'un tel point de vue, il devient possible de surmonter l'attachement qu'engendre l'illusion. Il avait atteint la liberté par une vision claire et pénétrante. Il avait atteint l'état de la « vraie substance indestructible ». La peur comme l'inquiétude lui étaient inconnues. Imperturbable et toujours égal à lui-même, il était devenu le maître de chaque chose. C'est pourquoi on l'appelait : « l'homme de grande vigueur ».

» Il manifestait courage et volonté. Il n'avait pas un cœur timide, mais un cœur ferme, et un esprit stable, susceptible de transcender les choses. C'est pourquoi on l'appelait : « l'homme de la Voie ». Sa pensée ne s'accrochait pas aux apparences, comme les hommes ordinaires.

– Maître, intervint Toshio, voudriez-vous bien expliquer à notre hôte Ary Cohen ce qu'est l'Art du Combat et en quoi il consiste ? Car il n'est pas initié selon nos méthodes et nos préceptes.

– C'est un art ancestral enseigné par notre maître Sun Tzu.

– Qu'est-ce que cet art ? demandai-je.

Le Maître me lança un sourire et, d'un air malicieux :

– Voulez-vous que je vous l'explique le temps que vous tiendrez sur un pied ?

J'eus un mouvement de surprise. J'étais étonné que le Maître fît allusion aux textes de notre tradition orale, la tradition des rabbins du Talmud.

– Je ne sais pas si je ferai aussi bien que notre grand sage Hillel, mais je veux bien essayer...

À nouveau, il baissa les yeux et, dans une profonde inspiration, il murmura :
— Ce sont d'autres règles, d'autres lois que les vôtres...

Lorsque nous sortîmes de la maison, il faisait nuit. La ville était illuminée de lampadaires multicolores, projetés sur les temples innombrables. Cela me fit penser à Jérusalem, lorsque les synagogues sont illuminées par les lampadaires qui projettent sur leur pierre blanche une lumière dorée, comme une aura. Une ville de temples, comme Kyoto...

Nous sommes allés dans le grand bâtiment moderne et gris qui abritait la police de la ville de Kyoto, où nous avons eu rapidement confirmation que le corps de Nakagashi ne portait aucune trace qui permît de définir l'origine de sa mort.

Quant au corps de l'homme des glaces, il se trouvait dans un laboratoire d'analyses médicales où nous pouvions nous rendre dès le lendemain.

Toshio daigna enfin m'emmener à l'hôtel qu'il avait réservé, à Kyoto, et où Jane était descendue.

— Mais vous, Toshio, dis-je alors qu'il conduisait. Connaissez-vous l'Art du Combat ?

— Bien sûr, répondit-il. J'ai été initié par un maître.

Je pensais que Jane aussi avait étudié l'Art du Combat, qu'elle connaissait les arts martiaux, ainsi elle savait se défendre, mais pourtant cette idée ne me rassurait guère.

Je la croyais journaliste, et elle ne l'était pas. Je la croyais archéologue, mais elle ne l'était pas davantage. A présent, je la croyais agent secret... Que me cachait-elle encore ?

« Voyons Ary, aurait dit Jane, si je lui avais posé la question. Je suis archéologue. Et journaliste, si l'on veut. J'ai un

PhD d'Harvard en archéologie moyen-orientale. Mes missions à la CIA sont très spécifiques.

Je me serais assis à côté d'elle et je l'aurais entourée de mes bras en lui posant un baiser sur les lèvres.

— Je t'aime, Jane, lui aurais-je dit. Mais je ne supporterai pas que tu me caches encore un secret. Tu m'as compris, n'est-ce pas ? »

— Hum, entendis-je soudain. Pardon de te déranger, monsieur Ary, mais est-ce que tu vas te préparer à l'Art du Combat ?

— Je préfère l'art d'aimer, murmurai-je.

— C'est une vraie science, monsieur Ary : il faut absolument pratiquer pour comprendre.

— Oui, oui, c'est exactement ça, l'art d'aimer.

A la réception de l'hôtel nous avons demandé la clef de la chambre de Jane.

C'était une petite pièce sans charme, mais assez confortable. En ouvrant la porte, il me sembla sentir son parfum : c'était un effluve sucré et rosé, comme lorsque je l'avais serrée dans mes bras, quelques jours auparavant... Cela évoqua comme par magie ce moment unique, cela me serra le cœur aussi fort qu'une étreinte, cela réveilla tous mes sens glacés, et raviva la flamme du désir qui m'avait embrasé.

Sa valise était là, à moitié ouverte, avec ses affaires. J'ouvris la porte de la penderie, où quelques vêtements avaient été suspendus. Apparemment, elle ne projetait pas de s'enfuir ni de partir sans revenir.

Ce qui se passa ensuite résulte d'une sorte de prodige, et je ne sais si j'arriverai à en donner une description exacte. Mais je peux dire que si je suis resté ainsi, sans dire un mot, c'est que tout s'est passé très vite, trop vite pour que je puisse intervenir. Deux hommes sortirent de la salle de bains. Ils étaient masqués et vêtus de noir.

Toshio, en les voyant, se mit garde, et un combat s'engagea entre eux trois, dans lequel Toshio tournoya sur lui-même, plus rapide qu'un jeune faon, en esquivant les coups bien maîtrisés que lui portaient les hommes. Lui-même ne porta aucun coup. Il se bornait à répondre à leurs attaques en se baissant, les mains dressées devant son visage, jusqu'au moment où les deux assaillants se jetèrent un regard et s'enfuirent par la porte.

Toshio, à peine essoufflé, les regarda partir, sans faire un geste.

– Toshio, lui dis-je, ça va ?

– Ça va, oui, répondit-il en refermant la porte à clef. Mais je peux te dire que cela ne se reproduira plus, monsieur Ary.

– Pourquoi ?

– J'ai bénéficié d'un effet de surprise. La prochaine fois, ils seront les plus forts.

– Qui sont ces hommes ? Et que faisaient-ils dans la chambre de Jane ?

– Ce sont des pratiquants.

Il s'assit près de moi.

– Je crois que le Maître a raison, monsieur Ary.

– A raison ?

– Il faut que tu t'inities à l'Art du Combat.

– Mais comment ? dis-je. Et en combien de temps puis-je l'apprendre ?

Et où est Jane ? Où se trouve-t-elle ?

Nous fouillâmes la chambre avec attention. Mais il n'y avait rien : aucune indication, aucun indice. Elle avait bel et bien disparu.

Le lendemain matin, nous nous sommes rendus au laboratoire d'expertise médicale. Nous avons été accueillis par une jeune femme qui nous fit entrer dans la salle où se trouvait le corps de celui que nous appelions désormais « l'homme des glaces ».

Il était conservé dans une sorte de cage de verre où était maintenue une température froide. Il était nu, imberbe. A côté, dans une boîte de verre, se trouvait le vêtement, ou plutôt le lambeau de vêtement, qu'il portait. Je le regardai : les couleurs étaient tout à fait ternies, mais elles semblaient être dans les tons de pourpre et de cramoisi.

Je m'approchai de l'homme et le considérai attentivement. Mon cœur se mit à battre un peu plus vite, un peu plus fort.

C'était incroyable, c'était tout à fait irréel et c'était vrai. Cet homme avait deux mille ans. L'espace d'un instant, j'aurais souhaité qu'il s'éveillât et qu'il livrât son secret, comme un vieux manuscrit, mais il était immobile dans son espace froid, dans son éternité morte, il était pétrifié, figé à jamais dans son expression d'évanescence.

Les traits de son visage disparaissaient, sa peau foncée aux rides profondes était craquelée. Il n'était pas différent d'un homme d'aujourd'hui et, pourtant, quelque chose en lui semblait venir d'ailleurs, comme un reste d'expression sur son visage.

– Mais où l'a-t-on trouvé ?

– Nous l'ignorons... Peut-être ici, au Japon, où nous avons des montagnes aux neiges éternelles. Peut-être ailleurs... Vous voyez la trace qu'il a sur le bras ?

En effet, j'aperçus comme un petit trou presque au niveau de l'épaule.

La jeune femme me montra les radios qui avaient été faites.

– Là, dit-elle, vous voyez ce trait ?

– Oui.

– C'est la trace d'une arme : une flèche ou une lame, on ne sait pas. Cet homme a bien été assassiné, il y a environ deux mille ans. Mais comment a-t-il été retrouvé, que faisait-il ici, dans ce temple, qui l'a transporté là, pour quelle raison, nous ne le savons pas.

– Et le fragment ?

– Le fragment ?

– Le manuscrit que l'on a trouvé avec lui ?

– La police l'a pris, en tant que pièce à conviction, suite à l'assassinat de Nakagashi.

Je m'approchai du corps et, à nouveau, je contemplai son visage aux contours évanescents, sa bouche, son teint foncé, les traits de ses yeux à peine visibles.

– Il n'est pas asiatique ?

– C'est difficile à dire.

La jeune laborantine m'expliqua qu'un tel cas, inédit dans la recherche scientifique, était très délicat. Dégeler le corps comportait des risques majeurs, à tous les stades il pouvait être irrémédiablement endommagé. Une équipe de médecins légistes surveillait en permanence la momie, conservée dans une chambre froide, spéciale, à la température précise de – 6 degrés. Ils analysaient des échantillons de tissus et d'os, mais le corps était déshydraté à cause des vents froids et secs. Si les membranes cellulaires étaient intactes, le cœur surtout était remarquablement bien conservé.

Dans les intestins, où ils avaient également prélevé des échantillons, ils avaient trouvé des restes de nourriture : le dernier repas de l'homme des glaces.

On avait aussi procédé à un examen de la bouche, mais la mâchoire gelée restait obstinément fermée. La question était celle de la cause du décès, car on voyait dans la radio une grosse tache noire au niveau de la poitrine, avec une forme bizarre en haut de l'épaule gauche, un petit objet sombre, un corps étranger. Avec mille précautions, ils avaient passé l'homme au scanner, tout en le maintenant en contact avec la glace, et ils avaient alors pu voir la pointe d'une flèche en silex logée dans son dos.

Parti dans la montagne, il ignorait peut-être qu'il était suivi. Peut-être était-il en train de se sauver. Lorsqu'il avait été attaqué, il tendait le bras droit. Il essayait d'atteindre quelque chose, mais quoi ? On ne savait pas exactement quand il était décédé. Si la flèche avait sectionné une artère, il était mort en quelques minutes à peine, si c'était une veine, cela avait pu prendre quelques heures. En tout cas, il avait bien été assassiné.

En sortant du laboratoire d'analyses, Toshio me proposa d'aller revoir maître Shôjû Rôjin.

– Non, dis-je, je voudrais d'abord examiner le manuscrit. Je voudrais constater de mes yeux qu'il s'agit bien d'un fragment hébraïque... Il faudrait que je puisse l'identifier... Nous devrons aller voir la police.

– D'accord, monsieur Ary, dit Toshio avec une légère courbette, je tente d'arranger le rendez-vous. Mais à présent, répéta-t-il, le Maître voudrait te voir car il a accepté de t'enseigner son art.

– Bien. Mais est-il possible de l'apprendre si vite ou faut-il des années d'apprentissage avant de pouvoir le pratiquer vraiment ?

Alors Toshio partit dans une grande explication d'où il résultait qu'avec un tel Maître, quelques séances suffisaient, qui ne remplaçaient pas des années de pratique, bien entendu, mais qui pouvaient déjà donner des bases importantes, voire essentielles au néophyte que j'étais.

– Mais est-ce que tu as déjà pratiqué, monsieur Ary ?
– Pratiqué ?

Je n'arrivais pas à m'habituer à ce mot, lorsqu'il s'appliquait à autre chose que la religion.

– L'Art du Combat.
– J'ai fait du Krav Maga, pendant mes trois ans d'armée. C'est l'Art du Combat israélien.
– Ah bien...

Je souris intérieurement en pensant que le Krav Maga était en fait tout sauf un art. On nous enseignait à aveugler l'adversaire avec deux doigts, ou encore à le neutraliser... Cependant, les coups portés, qui empruntaient aussi bien au karaté qu'à la boxe ou au catch, pouvaient se révéler d'une redoutable efficacité.

A nouveau, on nous fit attendre plusieurs heures dans la pièce de la cérémonie du thé. Puis un serviteur nous emmena au premier étage de la maison où se trouvait le dojo, la pièce de combat. C'était une pièce sans aucun meuble, juste un tatami, plus épais que les précédents, et des portes coulissantes sur les côtés des grands murs vides.

– Il faut enlever ses chaussures et faire le *sareï*, c'est-à-dire le salut, intervint Toshio avant d'entrer. Le *sareï* se fait par tous, pour entrer et sortir du dojo. Le Maître du dojo seul peut saluer debout. Mais il faut aussi saluer lorsque le professeur donne un conseil ou une correction technique ; ou encore, quand il entre et sort du temple...

J'enlevai mes chaussures et je fis le salut en m'inclinant légèrement, ainsi que me le montrait Toshio avec une curieuse impression de déférence, comme devant une idole, qui me mit mal à l'aise.

Maître Shôjû Rôjin nous attendait, debout. Il nous rendit notre salut en inclinant légèrement la tête.

Toshio, prenant les devants, lui demanda s'il voulait bien m'initier à son art. Alors le Maître se tourna vers moi :

– Ainsi tu désires apprendre l'Art du Combat, Ary Cohen ?

– Je suis conscient de l'audace de ma démarche, mais j'ai compris combien il était important que je connaisse au moins les rudiments de l'Art du Combat, sans lesquels il me semble que je ne serai pas en sécurité dans ce pays.

– Je veux bien t'enseigner l'Art du Combat, répondit le Maître. Mais à une condition.

– Laquelle ?

– Que tu m'apprennes ton art.

– Mon art ? dis-je. Mais je n'ai pas d'art.

– Tu connais un art, n'est-ce pas ? me dit le Maître avec un air malicieux. Ton art, c'est le judaïsme. Je voudrais que tu m'enseignes le judaïsme.

– Mon art, lui répondis-je, ne s'enseigne pas. Il se pratique. Ce n'est qu'au bout d'une longue pratique que vous pouvez comprendre ce qui vous a été enseigné.

– Bien, répondit le Maître. Tu viens d'énoncer la première règle de l'Art du Combat...

– Mon art, poursuivis-je, est un art de vivre, pas un art de guerre. Il engendre la paix.

– Sache que l'Art du Combat ne consiste pas à tuer ton adversaire, mais à enlever le mal. L'Art du Combat poursuit la vie du plus grand nombre en chassant le mal incarné dans une seule personne.

En disant ces mots, d'un geste souple, il me montra la position de garde, jambes fléchies, un bras devant le visage et l'autre plus en avant.

Je l'imitai.

– A présent, dit le Maître, arme le bras au niveau de

l'oreille, bloque avec les hanches de profil pour éviter l'adversaire, attaque sans bouger les hanches avec le bras.

Je lançai mon bras en une légère attaque, mais le Maître me saisit la main qu'il replia, tout aussi légèrement, presque sans effort, me faisant vaciller.

– Vois, dit-il, combien l'oscillation est importante. Dans la vie, tout est oscillation, la vie même oscille entre deux extrêmes, naissance et mort, jour et nuit, lumière et ténèbres. La vie est un passage et nous sommes ici de passage... Pendant le temps que nous avons, tout ce que nous pouvons faire est de chercher à atteindre l'équilibre.

» L'Art du Combat n'est rien d'autre que la recherche de l'équilibre de soi et du déséquilibre de l'adversaire. La base de réussite des techniques est le déséquilibre, *kuzushi*. Il est très important, et la manière de le créer est différente. Le déséquilibre, vois-tu, est le secret de la victoire.

» Maintenant, répète le geste d'attaque que tu as fait.

Je me remis en garde et répétai l'attaque, mais cette fois, avec plus de force et de vitesse, si bien que le Maître n'eut pas le temps de saisir mon bras. Cependant, il lança son poing vers mon visage, et je m'écartai vivement, pendant qu'il m'assénait un coup léger dans le ventre.

– Tous les déplacements n'ont pas le même effet, dit le Maître. Pour être plus efficace, on peut utiliser feintes et enchaînements, qui créent des réactions. Dans cet exemple, si tu voulais éviter ma feinte, il aurait fallu te déplacer plus loin et donc beaucoup plus vite. *Ma-aï* : c'est ainsi que nous nommons la distance des corps dans la préparation... Tu peux t'éloigner, ou te rapprocher, mais fais-le vite.

Je me tenais devant le Maître en restant vigilant.

Il me regarda droit dans les yeux. Je tentai de soutenir son regard un long moment. Soudain, il y eut comme un déchirement venu du ciel. Il avait émis un cri, un hurlement d'une telle profondeur, d'une telle force que j'en vacillai, au point de tomber. C'était comme un cri silencieux, qui provient des profondeurs de l'être ; qui avait projeté une énergie subtile, et j'étais littéralement paralysé par cette vibration d'une force incroyable qui m'avait troublé, au plus profond de moi, qui m'avait fait trembler de haut en bas, dans toutes les fibres de mon corps.

– Je viens de t'enseigner un grand secret préalable à l'exécution de tout acte de combat.

– J'écoute, dis-je, encore abasourdi.

Après avoir prononcé ces mots sur un ton égal, il s'approcha de moi, souplement, les jambes repliées, et il tendit sa main en me portant un coup au visage. Instinctivement, je plaçai une main devant afin d'assurer ma protection.

– Tu vois, dit le Maître, si quelqu'un cherche à te frapper à la tête avec un bâton, ou s'il a l'intention de combattre, l'instinct naturel et premier sera de se protéger ou d'esquiver. L'émotion donne des réactions d'une grande rapidité, alors que l'esprit de réflexion se déroule dans le temps. Nos émotions nous préservent des agressions. Ensuite seulement vient la réflexion ; car l'esprit d'analyse est trop lent pour le combat, et ne peut assurer la victoire. Donc nous apprendrons à nous servir de nos instincts.

En achevant sa phrase, il se mit à me saisir violemment au collet. De toutes mes forces, je résistai, mais il semblait plus fort que moi.

– Ceci, vois-tu, est une mauvaise réaction instinctive. Si quelqu'un te saisit brutalement, te pousse ou te tire, tu t'opposes, tu résistes, quelles que soient ta capacité physique et la sienne. Mais que va-t-il se passer s'il est le plus fort ?

Il serra son étreinte, pendant que je me débattais pour lui échapper, sans pourtant y parvenir.

– Il en va de même de l'animal pris au collet, ou du poisson dans le filet, qui se débattra jusqu'à l'épuisement total, ce qui causera sa mort.

– Mais je croyais qu'il ne fallait se servir que de ses instincts ? dis-je en l'attrapant aussi fort que je le pus, en le saisissant au collet, comme lui.

Il se laissa faire, puis, absorbant mon étreinte, il me saisit la main qu'il tordit en se libérant par un mouvement rapide.

– Ainsi, en cédant par la souplesse, on peut vaincre son adversaire, même s'il est plus fort. De là, tu comprends que la réaction instinctive n'est pas toujours la bonne. C'est pourquoi il faut entraîner les sens à l'éveil, afin d'être capable de deviner les intentions de l'adversaire. Tes cinq sens sont des antennes de perception que l'Art du Combat t'apprend à affiner. Pour cela, il te faut apprendre à observer l'environnement, l'adversaire, le visage, les mains... Tout ce qui se présente à toi doit être remarqué et utilisé. Alors seulement tu seras à même de déceler les points forts et les points faibles de l'adversaire...

– Autrement dit, l'Art du Combat sert à éduquer ses instincts.

– En effet, l'Art du Combat va te permettre de dominer les mauvais instincts lors de l'attaque, tels que la résistance, le blocage et la raideur. Il s'agit d'éduquer ta perception pour que, d'instinct, tu ne résistes plus si l'on te saisit.

– Maître, demandai-je, je dois savoir d'où vient le manuscrit que possédait l'homme des glaces.

– D'où crois-tu qu'il provienne ?

Il leva son bras vers moi pour m'attraper, mais d'un geste souple et rapide, j'esquivai.

– Du moine Nakagashi, peut-être ? N'est-ce pas lui qui a fait venir l'homme des glaces dans votre temple ?

Il répéta son geste, mais, cette fois, j'intervins avant l'attaque. Il ne me quittait pas du regard. Je me demandai qui il était. Un ami, un ennemi, un homme neutre ? Quel était son lien avec Nakagashi, avec l'homme des glaces et le manuscrit ? Quel était son intérêt à m'aider ? Puisqu'il semblait vouloir le faire... Ou était-ce une feinte ? Car j'étais entre ses mains, à tout moment il pouvait me tuer.

— Tu vois, cette fois tu as anticipé mon attaque, ce qui t'a permis de vaincre. La prochaine fois, tu anticiperas immédiatement, car ton adversaire ne te donnera pas deux chances en faisant deux fois la même attaque... A toi à présent, saisis-moi.

— Le traité Baba Kamma du Talmud, dis-je en le saisissant ainsi que je l'avais vu faire, a trait au problème du vol et du banditisme. Savez-vous quelle est la différence entre un voleur et un bandit ?

— Non, je l'ignore, dit-il en interceptant la saisie, tout en reculant, pour m'entraîner dans l'élan.

Puis, d'un geste précis, il me projeta par terre. Je tombai lourdement.

— Tu as peur de chuter, Ary Cohen. Il faut savoir chuter comme la fleur de cerisier qui tombe sans se faner. Si tu sais comment tomber, tu n'auras plus peur de l'agression, tu éviteras aussi de te faire mal. Ton esprit sera libre, si tu arrives à ne plus considérer le fait de faillir comme un danger. Pour cela, il te faut éviter les points de choc : tête, poignets, coudes, genoux. De plus, il te faut bien contrôler ta chute, bien te réceptionner et pouvoir te relever très rapidement et sans hésitation, te repositionner.

— Le voleur vole furtivement, dis-je en me relevant difficilement car j'étais tombé sur le dos, alors que le bandit prend ouvertement et avec force. La loi de la Torah est plus sévère concernant le voleur que le bandit. Car un voleur doit payer le double de ce qu'il a volé alors que le bandit doit seulement restituer l'article volé selon sa valeur. Savez-vous pourquoi ?

— Non, répondit le Maître, cela me paraît fort étrange, car le bandit a utilisé la force alors que le voleur était plus discret.

Il me saisit le bras d'une main et l'épaule de l'autre pour me faire chuter. Je mis ma main par terre pour ne pas tomber et elle se plia de telle façon qu'il y eut un craquement d'os.

— Ceci est une mauvaise position du bras : car tu n'as pas voulu chuter, et tu t'es mis en danger de te casser la main. Tu dois toujours répondre par la souplesse et non par la résistance.

Je le fixai et avançai vivement le bras vers lui.

— La réponse est, dis-je en le touchant en pleine poitrine, que le bandit met l'honneur de la société humaine au même niveau que l'honneur de celui qui la possède, c'est-à-dire Dieu, alors que le voleur ne met pas l'honneur de la société humaine au même niveau que l'honneur de son maître. Il agit comme si l'œil de la Providence ne voyait pas. Il agit dans les ténèbres en disant : Qui nous voit ? Qui nous connaît ? Il pense que Dieu ne nous voit pas, comme dit Ezéchiel : *Le Seigneur a déserté la terre et le Seigneur ne les voit pas.*

— Mais le bandit, en faisant sa faute ouvertement, ne défie-t-il pas Dieu ?

D'un geste rapide, il m'indiqua de me mettre en garde et, d'un coup de pied circulaire, il tenta de toucher ma poitrine, mais je me baissai, alors il essaya de me saisir.

— Non, dis-je en esquivant, car le voleur a peur des hommes mais pas de Dieu. Le bandit fait sa faute ouvertement et n'a pas peur des hommes, mais rien ne prouve qu'il n'ait pas peur de Dieu.

— C'est bien, approuva-t-il. C'est très intéressant... Mais fais attention à ton geste : si le corps adopte une position tranquille, l'esprit, lui, ne doit pas demeurer inactif. Pour cela, tu dois apprendre à te connaître, et ainsi tu agiras libre de tout doute, hésitation ou crainte, et tu parviendras à la perception. Lorsque tu perçois quelque chose par le cœur et l'esprit, tes yeux sont à même de saisir le monde... Enseigne-moi encore ton art, et je continuerai à t'enseigner le mien.

– Deux personnes vivent dans une ville et font des banquets. L'une invite les gens de la ville et n'invite pas la famille royale, l'autre n'invite ni les habitants ni la famille royale. Lequel mérite la punition la plus dure ?

– Certainement celle qui invite les habitants mais n'invite pas la famille royale.

– C'est la raison pour laquelle si la chose qui a été volée est retournée endommagée par le bandit, celui-ci est obligé de donner des compensations, mais si elle est améliorée, il doit être dédommagé. Par exemple, s'il vole un morceau de bois et qu'il en fait une statue, il peut vendre la statue et donner au propriétaire le prix du bois.

– Nous, dit le Maître en saisissant un sabre, nous disons qu'il faut voir les choses d'un seul coup d'œil et ne pas fixer l'esprit sur elles. Lorsque ton esprit s'attarde sur le monde, les pensées remplissent ton cœur et se déplacent dans ton esprit en le perturbant.

» Par exemple, si à la vue du sabre de ton adversaire, tu penses à parer le coup, autrement dit, si ton esprit se fige sur le sabre, tu seras pourfendu. Voilà ce que nous appelons "fixation" ou "attachement". Bien que tu perçoives le mouvement du sabre, ne fixe pas ton esprit sur lui. Où se place l'esprit ?

– Sur les mouvements de l'adversaire, dis-je en observant le sabre qu'il agitait de haut en bas.

– Non, dit-il en le pointant soudain droit vers mon cœur. L'esprit s'y fixera.

– Sur le sabre, alors ?

– Non plus. Si tu regardes le sabre, tu risqueras un coup sur le visage.

– Sur la volonté d'exterminer l'adversaire, dis-je en le regardant.

– Non plus.

– Sur l'idée de s'enfuir ?

– Non : si tu places l'esprit quelque part, il sera fixé sur ce point et tu perdras l'avantage.

– Alors où ?

– L'esprit se place dans ton ventre, sur l'abdomen inférieur : cela engendre le calme et la concentration. Réfléchir, c'est être pris par la réflexion. Aussi tu dois laisser l'esprit en chair dans tout ton corps, sans pensée ni jugement, sans arrêt ni attachement.

» L'esprit ne s'attache nulle part, mais se répand dans tout le corps, tandis que l'esprit d'illusion se focalise sur un point unique.

– J'essaye de ne pas penser.

– Essaye de ne pas penser, mais ne pense pas que tu ne penses pas, sinon c'est que tu penses... Quelle que soit ta perception, ne laisse pas l'esprit se fixer sur un point : voici l'essentiel de ce que je peux t'enseigner.

» A présent, je vois que tu es fatigué. Respire, concentre-toi. La Voie de nos maîtres anciens est entièrement fondée sur la concentration. Que fais-tu dans ta vie ?

– Dans ma vie, j'écris.

– Eh bien, si lorsque tu écris, tu as conscience d'écrire, alors ta plume va trembler. Que te faut-il pour écrire ?

– Il faut parvenir à cet état d'esprit totalement vacant, comme si le cœur était vide.

– L'un de nos proverbes dit : « C'est cela, mais si tu te fixes sur cela, alors ce n'est plus cela. » Tel le miroir qui reflète toute image, mais sans avoir conscience qu'il le fait. Le cœur de ceux qui cheminent sur la Voie est semblable au miroir, vide et transparent, dans l'oubli de la pensée, mais dans l'accomplissement de tout. Celui qui parvient à agir ainsi est appelé « adepte ».

– Encore une chose que je voudrais savoir, Maître.
– Parle et je te répondrai.
– Connaissez-vous les hommes qui se trouvaient hier dans la chambre de ma coéquipière Jane Rogers ?

Le maître me regarda un moment avant de poursuivre :
– Ne cherche pas à les rencontrer.
– Pourquoi ? dis-je.
– Parce que ce sont des samouraïs... Tant que tu ne seras pas prêt au combat, ils représenteront un grand danger pour toi...

Il me considéra d'un air étrange et j'eus l'impression de voir passer une lueur d'émotion sur son visage impassible. Mais elle fut tellement furtive que je me demandai si je n'avais pas rêvé, ou projeté ma propre émotion.

Bien entendu, pensai-je, que ce serait un grand danger pour moi. Mais c'était le même péril que courait Jane, et tout ce que je voulais était la revoir après cette nuit dont je commençais à me demander si je l'avais rêvée ou si elle avait été réelle.

L'image même de Jane semblait s'effacer dans mon esprit, si bien que je me demandais de même si Jane existait vraiment, mais le sentiment, lui, restait. L'impatience tambourinait dans ma poitrine, me soulevait le cœur. Déjà, j'étais dans un grand trouble à l'idée de la revoir, et à l'idée de ne pas la revoir.

– Tu es distrait, dit le Maître. La séance est finie.

Le soir, seul dans la chambre d'hôtel, je téléphonai à Shimon Delam pour lui rendre compte de ce que j'avais vu et fait.

– Avec maître Shôjû Rôjin, j'ai appris l'Art du Combat, lui dis-je.

– Ah vraiment, en si peu de temps ?

– Non, dis-je, pas tout, mais le début de l'essentiel.

– Qui consiste en quoi ?

– Tout d'abord, à ne pas penser.

– Ne pas penser ?

– C'est cela.

– Hum...

J'entendis le cliquetis du cure-dent.

– Tu m'as dit que tu t'es fait attaquer par trois hommes ?

– En effet.

– Et Toshio leur a tenu tête, tout seul ?

– Si l'on comprend bien l'art du combat, on le peut, répondis-je.

– Tu sais qu'à l'armée, j'ai fait moi-même du combat.

– Moi aussi, mais c'était du Krav Maga.

– Et tu prétends que l'on peut tenir tête à trois hommes en même temps, même si ces trois hommes sont experts en arts martiaux, en ne pensant pas ?

– On le peut, si l'on bénéficie d'un « effet de surprise ».

– Ah bien, l'effet de surprise... Intéressant.

– Shimon, lui dis-je, je devais aller chercher Jane, ou du moins l'aider ; à présent j'apprends que je vais devoir mener des combats avec des pratiquants ; et je suis seul...

– Ecoute Ary, s'il y a un problème, je t'enverrai du renfort. D'accord ?

– Qui ? Quel renfort ? Et quand ?

Il y eut un silence.

– Ton père, par exemple, lâcha Shimon.

– Mon père ?! Ce n'est pas lui qui me défendra devant des ceintures noires japonaises !

– Ne crois pas cela. L'art du combat est aussi un art de défense psychologique, si l'on en croit l'effet de surprise...

Soudain, je me souvins de mon père et des esséniens, et de ma vie parmi eux, de tout ce qu'ils avaient attendu de moi, de tout ce que je leur avais promis, et de mon départ précipité, convaincu que c'était ce que je devais faire, qu'il ne pouvait pas en être autrement.

De Qumran, il ne restait que des ruines. Comme celles qui surplombent la mer Morte, les grandes pierres, les citernes et les bains, le réfectoire et le Scriptorium, des ruines, avec de la vaisselle en céramique, fragmentaire. Un moulin à farine, une étable, tout ce qu'il fallait pour vivre et, non loin de là, le grand cimetière. Que restait-il de Qumran ? Qu'avais-je fait de moi ? Moi qui étais le Messie, leur Messie, moi qui devais prononcer le nom de Dieu et faire advenir le monde nouveau ? Moi qui savais tous les secrets de l'alphabet, les petits et les grands...

La communauté vivait pendant ce temps à l'abri dans les grottes, et moi je courais le monde pour combattre les Fils des Ténèbres.

Et l'humanité était plongée dans les Ténèbres et, afin d'éviter ce destin, les membres de la secte avaient choisi un endroit sauvage et préservé pour mener une vie pieuse de préparation. Ils se purifiaient, en attente de la fin des jours.

Ils voulaient reconstruire le Temple. Et moi, je n'étais plus le Maître de justice, le guide qu'ils attendaient, celui qui allait les libérer, ainsi qu'il était écrit, je ne le voulais plus, et je ne le pouvais plus car je voulais vivre ma vie d'homme, loin des ruines de Qumran.

Et j'étais parti de chez mes frères sur le plateau de roches, entre les falaises, où j'avais abrité ma vie à l'ombre de leur vie. J'avais partagé les repas, je m'étais immergé dans l'eau purificatrice, dans le bassin rituel taillé dans le roc, couvert d'une voûte en berceau, comprenant deux ou trois marches que l'on descend progressivement. Le bassin accueille une quantité d'eau suffisante pour le bain, et uniquement de la pluie provenant des cieux, de sorte qu'elle reste pure, alimentée seulement par l'eau du ciel, à l'aide de quelques réservoirs au besoin, ou avec de l'eau de mer, afin de consacrer la pureté de la chair.

Et j'ai marché au désert, parmi les troncs des tamaris noueux, les acacias et les palmiers, les arbres sur la terre de sable, puis les feuillages légers des buissons qui parfois filtrent le pâle soleil. Et je continuais d'avancer comme si c'était mon dernier combat.

Jane était pour eux la tentatrice, la séductrice, la prostituée, celle qui mène les hommes vers le péché ; elle était la corruption, le mal était dans ses mains et dans ses jambes, et dans ses habits et tous ses ornements. Ses pas me conduiraient-ils au Shéol ?

Elle se cachait dans les endroits secrets. Bien sûr elle se cachait, et jamais, non jamais, je ne cesserais de la chercher, et je la sauverais, où qu'elle soit ; quoi qu'il arrive, je serais là. *Si tu passes à travers les eaux, je serai avec toi. A travers les fleuves, ils ne te submergeront pas. Si tu marches au milieu du feu, tu ne te brûleras pas, et la flamme ne te calcinera plus en plein milieu.*

Le soir était un vendredi. C'était le soir du Chabbath, et je m'en souvenais. Je me rappelais les paroles de mon rabbin : le Chabbath est un fondement du judaïsme, il est un des piliers sur lesquels repose l'existence du monde. Si Dieu a créé le monde, c'est parce qu'il savait qu'Israël accepterait la Loi, donc le Chabbath, qui équivaut à toutes les lois. Il est dit que si Israël entier observait deux Chabbaths consécutifs, le Messie viendrait. Et moi, qui ne gardais plus le Chabbath, je me souvenais de toutes ses lois, de toutes les haies qui entourent les lois dont seule la stricte application permet d'assurer le repos : vingt-neuf travaux sont interdits, tels que la préparation des aliments, la lessive des vêtements, l'acte d'écrire, de faire du feu, de voyager, de transporter des objets et bien d'autres encore.

Accueillons le Chabbath, chantais-je, lorsque j'étais Hassid, lorsque j'étais essénien, lorsque j'étais là-bas, ô ma bien-aimée, allons au-devant de la fiancée, le Seigneur a dit de se souvenir de la fidélité, éveille-toi, te dis-je, voici l'aube, il faut chanter, plus fort, en ouest tu domineras, par le fils de Perez, tu diras le Très-Haut, alors tous les cœurs seront pleins de joie et le bonheur sera notre lot. Mais mon cœur était triste et je ne trouvais pas le repos. Il ne m'était plus de Chabbath, il ne m'était plus de joie, ni de délectation sans Jane. Je pris la plume, je pris le feu, je pris l'eau et les vêtements et me sentis seul sur mon lit au Japon, plus seul que jamais, isolé sans le Chabbath, sans la communauté, sans mon père, certes, mais surtout si proche de Jane, et pourtant si loin, si loin...

De Jane, il n'y avait pas de trace, je me sentais perdu sans mon amie, et mon cœur se désolait en son absence, dans l'impatience, la médisance, car je maudissais toutes les heures qui nous séparaient, tous les chemins qui nous déroutaient, tous les mots qui nous contredisaient.

La nuit, je fis un rêve : je devais prendre le train, et j'étais en retard, il fallait courir, mais il fallait prendre la bonne direction, je montais à la gare et je demandais à tout le monde où était le quai.

Un homme me renseignait et je m'y rendais en courant.

J'étais dans un endroit très bas où il fallait se baisser pour entrer. J'étais soulagé de ne pas avoir manqué le train, en même temps j'avais peur de me retrouver seul dans cet endroit lointain, si lointain sur la terre.

III
Le Rouleau des abîmes

J'étais comme un marin sur un navire, la mer était démontée, ses vagues et ses brisants déferlaient sur moi en vents de tornade. Nul répit pour retrouver le souffle, nulle voie pour reprendre la barre. L'abîme grondait sur mon gémissement, j'atteignais les portes du trépas, et, tel celui qui, au sein de la ville assiégée, espère dans sa redoutable muraille, j'attendais le salut.

Rouleaux de Qumran,
Rouleau des hymnes.

Le lendemain matin, il y avait du brouillard sur Kyoto. La ville aux mille six cents sanctuaires, aux gratte-ciel et aux néons rouges semblait perdue entre ses trois montagnes dans un halo brumeux et, bien que j'aie fait beaucoup d'orientation nocturne dans le désert lorsque j'étais à l'armée, j'avoue que j'aurais eu le plus grand mal à m'y repérer.

Heureusement, Toshio était venu me chercher à l'hôtel en fin de matinée. Nous sommes passés devant des temples, tout de bois foncé ou peint. Dans le brouillard brillaient les autels dorés, et Toshio me dévoilait les noms des temples qui surgissaient çà et là, comme s'il les faisait naître en les nommant, par des mots aux sonorités étranges et familières : le temple Sanjusangengo, avec les mille statues dorées de Bouddha mesurant plus de deux mètres de haut, le temple Toji, la plus grande pagode du Japon, le sanctuaire Heian avec ses jardins magnifiques où il n'y avait aucune fleur. Lorsque je m'en étonnai, Toshio me répondit que, selon la conception japonaise, un jardin se devait d'être beau en permanence, c'était pourquoi il n'y avait pas de fleurs, qui se fanent. Les Japonais préféraient la mousse, l'eau, les pierres et l'herbe, avec lesquelles ils aimaient à créer des paysages symboliques et durables.

Enfin, nous sommes parvenus au centre-ville, envahi par les voitures et les nombreux piétons, pour la plupart des visiteurs ou des Japonais en pèlerinage dans les temples.

– Ici nous disons que l'empereur Jinmu, l'ancêtre de l'empereur actuel, a créé son empire...

– Quand était-ce ?

– En l'an 660 avant J.-C... Il y a très longtemps...

– A cette époque, la terre d'Israël était divisée en deux, le royaume du Sud, avec les tribus de Juda et Benjamin, et le royaume du Nord, appelé Samarie, où se trouvaient les dix autres tribus. Samarie est tombée en 722 avant J.-C., après le siège des Assyriens, qui dura trois ans. Suivant sa stratégie guerrière, l'Assyrie déporta tous les habitants, les exilant au milieu d'autres peuples conquis dans les contrées éloignées...

– L'empereur Kammu a fondé la capitale du Japon à Kyoto en 794. Cette ville fut la résidence de l'empereur jusqu'à la fin du dix-neuvième siècle. Puis les shoguns y ont développé une cour grandiose, avant de s'établir à Edo, l'actuelle Tokyo... Mais Kyoto, c'est aussi la ville des geishas. Les quartiers de Gion et Pontocho sont connus dans le monde entier pour le raffinement de leur *zashiki*.

– Les *zashiki* ?

– Ce sont les lieux où l'on rencontre des geishas, où les *maiko*, les jeunes geishas, reçoivent l'enseignement authentique. C'est là que nous nous rendons à présent.

– Là ? dis-je. Mais ne devions-nous pas aller voir le Maître ?

– Le Maître a dit que, pour l'enquête, nous devions rencontrer la geisha du moine Nakagashi, Mlle Yoko Shi Guya.

Nous avons emprunté l'avenue principale, Shijo Dori, où les voitures en nombre se pressaient parmi les nombreux théâtres et arcades.

Enfin, nous sommes parvenus à Gion, le quartier des geishas, où le paysage changeait brutalement : là se dressaient de vieilles maisons de bois, avec les façades des *zashiki*, ou encore des *machirya*, m'expliqua Toshio, un groupe de plusieurs maisons desservies par une allée centrale. De nombreuses boutiques, des pâtisseries, des salons de thé et des restaurants, petites maisons basses aux fenêtres grillagées, donnaient un air de joyeuse animation. Parfois, on entendait de la musique traditionnelle provenant des maisons de thé.

— Peut-être auras-tu plaisir à rester ici, monsieur Ary, dit Toshio.

— Rester ici ?

— Mais oui, quelques nuits.

— Mais, je ne veux pas de...

— Oh, mais tu seras bien obligé. Car ici il faut rester quelques nuits.

— Je ne peux pas... C'est tout à fait impossible. Je ne peux pas traîner dans un quartier de prostituées.

— Et s'il te plaît, dit Toshio, s'il te plaît, monsieur Ary, ne te méprends pas. Les geishas ne sont pas des prostituées. Ce sont des artistes. *Gei* en japonais signifie « art » et *sha* « personne ». Elles vivent de leur protecteur, le *danna-san*, non de l'argent du client qui leur sert à peine à couvrir leurs frais de toilette.

— En tout cas, dis-je, je n'ai nulle intention de passer mon temps avec une geisha. Je te rappelle, monsieur Toshio, que nous sommes ici pour enquêter. Nous devons rencontrer la maîtresse de Nakagashi, dans l'espoir qu'elle puisse nous donner des informations sur lui. C'est bien ce qu'a dit le Maître, n'est-ce pas ?

— Le Maître, en effet, a parlé de Yoko Shi Guya, la geisha de Nakagashi.

J'étais un peu troublé à l'idée d'entrer dans une maison de geishas. Je n'étais jamais allé dans une maison close, je n'avais jamais vu de près des prostituées, et je ressentais une grande honte à l'idée de me faire passer pour un client. Qu'aurait dit mon rabbin, à Méa Shéarim, dans le quartier ultra-orthodoxe de Jérusalem ? Et les esséniens, qu'auraient-ils pensé, si ce n'était que j'étais en train de descendre au plus bas du monde, dans le Shéol, où s'engouffrent tous les gens mauvais, ceux qui poursuivent l'impiété, l'insolence, la tromperie ? Etais-je emporté dans les torrents de Bélial, comme un feu dévorant ? Etais-je dans les trappes de la fosse, au milieu des calamités ? Mais comment l'éviter si je voulais savoir la vérité, si je voulais revoir Jane ?

Dans la nuit, après plusieurs heures d'insomnie, j'avais fini par rappeler Shimon, mais je n'avais obtenu aucune information supplémentaire, si ce n'était que Jane avait accepté une mission à hauts risques qui, de plus, était ultra-secrète.

Et moi, quel était mon rôle, si elle agissait seule et dans l'ombre ? Shimon n'avait pas répondu à la question. Il s'était contenté de pousser un grand soupir et de raccrocher, selon son habitude, dans les situations embarrassantes. *Mais moi, être d'argile, qui suis-je ? Pétri avec de l'eau, pour qui suis-je compté et quelle est ma force ? Car je suis apparu dans le domaine de l'impiété et je partage le sort des misérables.*

C'était une maison particulière, de trois étages, avec un premier toit surmontant un balcon, puis à nouveau un toit pentu dessinant un parfait triangle ; une maison de bois, aux lignes soulignées de peinture blanche, sauf celle du balcon, qui était rouge ; sur le dernier toit, on apercevait un tigre de feuilles d'or ; non, pas une maison, mais comme le dessin d'une demeure dont la porte aurait mené à des passages secrets et des jardins imaginaires, avec du sable, une île enchantée, des pins, des pierres et mille buissons.

Il n'y avait pas de fenêtre apparente, dans cette habitation deux fois chapeautée, comme si elle s'abritait doublement pour ne pas laisser voir son visage, et le soleil donnait sur les toits qui la couvraient pudiquement, si bien qu'elle restait dans l'ombre. C'était une maison close aux regards des passants.

Nous avons poussé la lourde porte de bois et nous sommes entrés dans un couloir qui nous a menés à une grande pièce, au parquet couvert de tatamis, à la décoration simple, dans un ton de brique. Il n'y avait qu'une table. En levant les yeux, j'ai découvert de grands panneaux peints représentant des scènes érotiques. Des lanternes donnaient une lumière douce et diffuse, l'atmosphère était chaleureuse, presque sereine.

– Je vais te faire passer pour un client, monsieur Ary, dit Toshio, et tu demanderas à voir Yoko Shi Guya.
– Mais toi ?
– Moi, je partirai.
– Mais comment lui parlerai-je ?
– Je vais voir pour toi, monsieur Ary. La plupart de ces maisons n'acceptent pas le client la première fois. Il faut être introduit.

Toshio s'entretint un long moment avec la jeune Japonaise qui faisait l'accueil. On aurait dit qu'il était en train de parlementer. Enfin, il me fit signe que je pouvais entrer « dans le sanctuaire des plaisirs délicats ».

– Ce n'était pas facile de négocier le prix pour toi, monsieur Ary.
– Pourquoi ? demandai-je, légèrement vexé.
– Parce que tu es un Occidental, monsieur Ary, et les Occidentaux payent très cher.

Je fus conduit dans un corridor sur lequel donnaient de nombreuses pièces. On m'emmena dans l'une d'elles : une petite chambre de bois clair, avec des persiennes rouges, où se trouvait seulement un tatami. La jeune femme qui nous avait accueillis m'apporta du thé fumant et me tendit une sorte de grand livre.

Ce catalogue écrit en japonais, apparemment destiné à présenter la maison, contenait la photographie de toutes les courtisanes, avec, pour chacune, une légende. Je le feuilletai. Toutes étaient peu vêtues, et elles portaient le chignon avec la même grâce qu'elles mettaient dans leurs poses érotiques.

La jeune femme qui m'avait servi revint bientôt, me faisant signe de lui indiquer qui je choisissais.

– Yoko, dis-je.

Elle sourit et baissa les yeux. Cependant, elle restait là, devant moi, comme si je n'avais rien dit.

– Yoko, répétai-je.

A nouveau, elle baissa les yeux en faisant « oui » de la tête, mais elle ne bougeait pas.

– Yoko, non ? dis-je.

– Oui, dit-elle en inclinant la tête, toujours en souriant.

Puis elle me fit des signes avec les mains pour m'expliquer quelque chose que je ne compris pas.

Elle s'en alla et revint avec une jeune fille. Celle-ci était menue et délicate, maquillée de blanc, vêtue d'un kimono bleu, si bien qu'elle ressemblait à une petite poupée de porcelaine.

– Vous ne pouvez pas voir Yoko, murmura la jeune femme, mais vous pouvez voir sa sœur.

– Sa sœur ?

– Chaque geisha a une sœur dans la maison où elle vit. Chacune d'entre nous doit choisir une grande sœur, parmi les membres de son école, et Yoko et Miyoko ont scellé le pacte en buvant trois fois trois coupes de saké. Elles ont le *en* – une relation spéciale entre elles. C'est pour cela qu'elle se nomme : Miyoko. Car chaque geisha prend un nouveau nom qui vient du nom de sa grande sœur.

Devant mon air stupéfait, elle ajouta :

– Elles dansent ensemble la danse de la rivière, au théâtre Pontochokaburenjo, au printemps et à l'automne.

J'acquiesçai : apparemment, je n'avais pas le choix.

Je fus conduit au premier étage de l'établissement, vers une chambre plus luxueuse, avec des tentures de soie et une petite table basse. Une jeune geisha vint apporter du thé et un plateau de nécessaire à tabac. Peu après, elle apporta deux grands plats ovales sur lesquels se trouvaient des cruches de saké.

Après un certain temps, la courtisane daigna enfin paraître. Elle avait un visage long et mince, des sourcils très hauts, un air de douceur et de soumission. Ses lèvres étaient petites, pleines et rouges comme des cerises, et son teint avait la transparence de l'ivoire. Son cou gracile semblait s'incliner et s'allonger sous une lourde coque de cheveux noirs et brillants.

Elle s'installa à l'autre extrémité de la table, mais de biais, faisant face à la porte. Suivant les indications précises que m'avait données Toshio, je posai une coupe sur le plateau avant de la lui offrir. Elle la prit, sans se départir d'une moue boudeuse, et fit semblant de la boire.

Puis la courtisane, sans un mot, se leva et quitta la chambre. Je mangeai le repas qu'on m'avait apporté, des sushis et des sashimis, pendant que des musiciennes, des chanteuses et des danseuses venaient tour à tour égayer mon repas. Je compris pourquoi on les appelait « geishas », c'est-à-dire artistes. Des violonistes jouaient des airs d'un autre temps, aux accents tristes et graves, qui me rappelaient certaines chansons hébraïques entendues à la yeshiva. Alors, je me laissai aller dans une sorte de rêverie où je voyais les bras et les jambes gracieux des jeunes danseuses, qui m'ensorcelaient. Je tentai de résister à ce chant, à cette force envoûtante de la danse qui m'entraînait vers le paradis des femmes mais j'étais emporté dans leur monde, presque malgré moi, envoûté par l'alcool, la musique et le balancement de leurs corps.

Après que le repas fut terminé, elles ouvrirent la porte et je vis une silhouette que je reconnus. Etait-ce un délire, était-ce la réalité ? Etait-ce un désir ? Mon cœur tressaillit, il se mit à battre fort dans ma poitrine, si fort qu'il me semblait impossible de le contrôler. Je bondis du tatami et me mis à courir dans le couloir, mais la femme avait déjà disparu.

Il était tard lorsque je m'endormis dans ma chambrette.

Je fus réveillé quelques heures plus tard par deux yeux noirs ombrés de longs cils qui se posaient sur moi. L'ensemble du visage ressemblait à un masque tant il était blanc. C'était la courtisane, vêtue de l'habit traditionnel, avec un kimono rouge et de longues baguettes qui retenaient ses cheveux noirs de jais en chignon. Ses traits étaient fins, elle était belle. Elle me regardait d'un air vaguement curieux, comme si elle détaillait les traits de mon visage.

Je savais qu'il était interdit de la toucher, ce qui serait un manque de sérieux proche du délit d'irrespect. Je la considérai, sans faire un geste, sans dire un mot, et elle partit, l'air serein.

Je passai une nuit agitée, peuplée de rêves et de cauchemars. Je voyais Jane qui apparaissait et disparaissait aussitôt. Je courais derrière elle, mais elle allait trop vite, et elle m'entraînait dans un dédale infernal au bout duquel il y avait le vide.

Je m'éveillai brutalement, sans savoir où j'étais. Soudain, avec une sorte d'effroi, je compris que je n'étais pas à Jérusalem, dans ma chambre d'hôtel, pas à Qumran, dans ma grotte, pas en Israël, mais au Japon, dans une maison de geishas, et je me demandai pourquoi. Il devait bien y avoir un sens à tout cela, mais lequel ? C'était comme dans un rêve, où l'on a la conscience confuse que tout a un sens, que celui-ci nous échappe, et mes rêves, ce soir-là, étaient plus réels que la réalité.

La deuxième rencontre eut lieu le lendemain soir. La courtisane revint, selon la coutume, après avoir été annoncée une heure avant et, cette fois, elle daigna goûter, du bout des lèvres, au plat qui avait été préparé. Cependant, elle ne disait toujours pas un mot.

A la fin du repas, elle se leva, partit, et revint peu de temps après avec un livre.

– *Shunga*, dit-elle.

Je regardai un recueil de tableaux érotiques, en noir et blanc ou en couleur. Parmi les dessins naïfs certains, très beaux, montraient les visages des amants enflammés par l'acte qu'ils étaient en train d'accomplir, simplement l'un sur l'autre, ou dans des positions très spéciales, et toujours avec leurs deux sexes apparents, totalement dénudés, dessinés avec une précision anatomique. Parfois, l'homme dominait la femme, parfois c'était l'inverse, parfois ils étaient comme emmêlés, intriqués de façon indissociable. Je vis aussi des instruments, des fouets, des bâtons. Sur l'un des dessins, la femme était attachée les jambes écartées à un grand bâton de bois, bâillonnée, pendant que l'homme, sur elle, maintenait fermement sa position. Ou bien une femme buvait le thé devant l'homme dénudé. Ou encore, l'homme, debout, prenait la femme, en position de chandelle, les jambes écartées.

A nouveau, l'image de Jane me vint à l'esprit, ainsi que la nuit où nous nous étions aimés, et je sentis mes joues s'empourprer et la flamme du désir envahir tout mon corps, me faisant presque mal. La courtisane, curieuse, était postée devant moi. Je pensai qu'elle attendait que je choisisse ce que je voulais, d'après les dessins.

Elle s'installa, me frôlant presque.

– Est-ce que tu parles anglais ? lui dis-je.

Elle me fit signe que non.

– Connais-tu Yoko ?

A ces mots, elle me regarda d'un air effaré. On aurait dit qu'elle avait peur.

Elle me tendit une feuille de papier de riz sur lequel était calligraphié avec beaucoup de soin ce qui me sembla être un haïku. Puis elle me tendit une autre feuille, ordinaire celle-ci, où se trouvait la traduction :

« Entre le Japon
et le paradis il n'est
que peu de distance. »

Puis elle commença à me parler en japonais, vite, en faisant de grands gestes. Je lui fis signe de s'exprimer plus lentement et elle détacha les syllabes.

Alors, se produisit la chose la plus stupéfiante, la plus incroyable, la plus imprévisible : à mon grand étonnement, je comprenais les mots qu'elle disait, lorsqu'elle détachait les syllabes, non pas parce qu'elle faisait des gestes, mais parce qu'ils ressemblaient étrangement à la langue hébraïque.

– *Yoko hazukashim...*

En hébreu, *hadak hashem* veut dire être en disgrâce.

– *Anta*, dit-elle en me désignant, qui était comme *Ata*, qui veut dire *tu* en hébreu, *damaru*.

Je compris que *damaru* voulait dire « rester silencieux », car le mot ressemblait à l'hébreu *damam*.

Je lui fis signe que j'allais rester silencieux. Alors elle s'approcha de moi et dit :

– *Yoko horobu*.

– *Horobu ?* répétai-je, cherchant un sens à ce mot.

Ce fut alors que je me souvins de *horeb*, qui signifie « périr » en hébreu.

– *Samurou*, dit-elle.

Etait-ce comme *shamar*, « garder » ? Le gardien devient *samuraï*, en hébreu : le suffixe *aï* ajouté à un verbe en fait un nom.

Il me sembla comprendre que Yoko était morte, que Miyoko était en danger, qu'on cherchait à la tuer car elle était en disgrâce, et qu'elle avait dû se réfugier dans un endroit où quelqu'un pouvait la garder, dans le secret.

Miyoko me fit signe de la suivre et m'entraîna doucement dans le couloir.

A ce moment, nous croisâmes un homme, un Asiatique de grande taille qui pouvait avoir une quarantaine d'années. Il semblait ivre : il boitait et titubait. La courtisane le salua avec respect. Lorsqu'il passa près de moi, je vis son visage : un bandeau recouvrait l'un de ses yeux.

– Qui est cet homme ? demandai-je à la geisha, lorsque nous nous fûmes éloignés.

– *Damaru*, chuchota-t-elle en ouvrant une pièce, plus spacieuse que les précédentes et recouverte de mille soieries dans les tons ocre et mordorés. *Anta damaru.*

Elle me fit signe de m'étendre sur le tatami et s'assit tout près de moi. Elle posa une main sur moi, commença à déboutonner ma chemise. Je me laissai faire, les dessins avaient enflammé mon corps, je n'arrivai plus à l'arrêter, étant tout entier la proie du désir. Je frôlais ses épaules et ses seins.

– Où est Yoko ? demandai-je.

Elle me fit un signe évasif. Lorsque je répétai la question, elle eut un petit rire nerveux.
– *Damaru.*
– Si vous voulez l'aider, vous devez tout me dire.
Elle ne comprenait pas.
Elle s'approcha de moi, tenta de m'embrasser. Je perçus, l'espace d'un instant, le lourd parfum de ses cheveux, sucré et orangé, pendant qu'elle effleurait ma joue de ses lèvres, tout en faisant glisser son kimono. Elle était là, nue, devant moi, et je ne voyais rien d'autre. Soudain, j'avais très chaud.
– *Anta daber li*, dis-je, en utilisant la langue hébraïque d'une façon absurde.
Avec stupéfaction, je vis qu'elle avait saisi.
Elle se revêtit rapidement. Je fis de même et me relevai.
– Yoko, Kyoto... *Senseï* Fujima. Isuraï.
Elle me regardait d'un air important.
– Miyoko *hazukashim*.
Je la considérai un instant, sans savoir que faire. *Hazukashim. Hadak hashem*... Je compris que, si je partais, elle risquait de subir la disgrâce à cause d'un client mécontent. Je n'avais pas l'intention de rester, mais elle semblait être en proie à la plus grande panique. Elle n'osait plus faire un geste.
Je m'étendis sur le tatami. Elle vint près de moi, se recroquevilla, et s'endormit bientôt à mes pieds, comme un petit chat.

Le lendemain matin, Toshio mon contact et mon chauffeur dans ce pays étrange, et étrangement familier, est venu me chercher.
Lorsque je lui fis le récit de mes nuits dans la maison des geishas, et du résultat de mes recherches, il parut dubitatif.

— Mais tu as payé pour la geisha ! dit-il.

Il me considérait, l'air étonné. Je détournai le regard. Comment avais-je pu résister alors que j'étais sous l'empire du désir, qui avait dicté sa loi ? S'il avait su que j'avais été si près de céder... Puis sauvé par la langue et ce dialogue étrange.

— Avez-vous des nouvelles au sujet du manuscrit ? dis-je. Quand allons-nous procéder à son examen ?

— Le chef de la police de Kyoto est personnellement sur cette affaire. Il pense que le meurtre de Nakagashi est lié à l'homme des glaces...

— Oui, cela ne fait pas de doute, mais...

— Pour le manuscrit, il refuse pour le moment de montrer ce qu'il considère comme une pièce à conviction de toute première importance.

— Mais comment peut-il le savoir ? Il ne l'a même pas déchiffré. A qui va-t-il faire appel pour cela ?

Toshio eut l'air embarrassé, comme s'il était en train de me cacher quelque chose.

— Je l'ignore, monsieur Ary. Je vais tâcher de me renseigner à ce sujet.

Pour nous rendre à Isuraï, nous sommes passés devant le Ginkaku ji, le pavillon d'argent, dont les jardins marquaient le début du « chemin de la philosophie », ainsi nommé par les moines des temples environnants qui vinrent y méditer pendant des siècles. Là, on pouvait admirer divers temples et des jardins somptueux, depuis le pavillon d'argent, jusqu'au Zenri ji où se trouvait une statue de Bouddha regardant par-dessus son épaule.

Enfin nous avons atteint Koryujin, temple en bois du huitième siècle, dans lequel était aussi gravé le Bouddha, connu comme le Miroku Bosatsu, désigné officiellement trésor national. En considérant la statue de plus près, je la trouvai différente des autres que j'avais pu apercevoir. Elle n'avait pas les yeux bridés et son attitude semblait être moins celle de la méditation propre aux Bouddhas, plus proche de ce qu'est la prière pour nous.

– Mais, demandai-je, quelle est votre religion à vous, les Japonais ? N'est-ce pas le bouddhisme ?

– Ici, monsieur Ary, nous avons deux religions. Nous avons le bouddhisme, qui n'est arrivé au Japon qu'au sixième siècle. Et nous avons le shintoïsme, bien plus ancien, la vraie religion des Japonais... Ici, nous disons que les Japonais naissent shintoïstes et meurent bouddhistes, monsieur Ary.

– Qu'est-ce que le shintoïsme ?

– C'est le culte des kamis.

– Et que sont les kamis, monsieur Toshio ?

– Les kamis sont des divinités qui nous entourent par milliers. Certains héros de notre histoire sont aussi devenus des kamis après leur mort. Les cloches que vous voyez aux entrées des sanctuaires sont là pour attirer l'attention des kamis lorsque l'on va prier. S'il n'y a pas de cloche, il faut frapper dans les mains... Il y a des hommes kamis et il y a des femmes kamis... Celles-là sont terrifiantes, elles sont des démons qui viennent hanter le cœur des hommes dans la nuit.

– Nous aussi, nous avons de tels démons...

– Il y a aussi les tengus... Ceux-ci jouent des tours aux gens. Ils ont un nez très long. Souvent ils ont avec eux des sortes de petits sanctuaires portatifs...

– Comme des arches d'alliance...

– Ils vivent dans les forêts et les montagnes, et ceux qui entrent dans leur territoire voient survenir des événements bizarres.

Face au temple, se trouvait un puits sur lequel était l'inscription : ISARA WELL. Le mot *Isara* était écrit en caractères phonétiques, indiquant une origine étrangère. Si j'en croyais le code spécial, en dépit de tout bon sens, mais efficace, que j'avais élaboré avec Miyoko pour apprendre la langue japonaise, cela pouvait vouloir dire : « le puits d'Israël ».

Enfin, nous arrivâmes à l'endroit que nous avait indiqué Miyoko. C'était au fond dans un jardin de pierre, un simple puits, qui paraissait ancien, un puits qui rappelait ceux de la Bible, tels qu'on les imagine, de pierre blanche vieillie.

– C'est le puits d'Isuraï, dit Toshio. Certains l'appellent : le puits d'Israël, j'ignore pourquoi.

Un jeune homme était là, qui semblait être le maître des lieux. Il était vêtu d'une tenue blanche, celle des moines. Sa tête était comme posée sur le bras d'une statue de pierre, dans une attitude méditative. Dessus se trouvait une sorte de petite boîte noire de forme carrée.

– C'est un yamabushi, murmura Toshio, un apprenti religieux. Ils sont uniques au Japon. Leurs habits sont blancs.

– Quel est cet objet posé sur son front ?

– Un *tokin*, il est lié à la tête par une petite corde noire.

– Qu'est-ce qu'il y a dans le *tokin* ?

– Je crois, monsieur Ary... Je crois qu'il n'y a rien, rien du tout...

Plus bas, il ajouta :

– Tu sais, monsieur Ary, dans nos légendes, on dit que les tengus ont pris la forme de yamabushis.

Toshio et le yamabushi s'entretinrent durant quelques minutes, puis Toshio revint vers moi.

– Maître Fujima est parti, m'apprit-il.

– Sait-on où il est ?

– Il est à sa résidence de Tokyo.

Le yamabushi ne fit aucune difficulté pour nous en donner l'adresse. Apparemment, la maison de maître Fujima était un endroit connu au Japon.

Quelques heures plus tard, nous étions sur l'autoroute qui mène à Tokyo.

– Au sujet du manuscrit, dit Toshio en conduisant, j'ai reçu un appel de monsieur Shimon, qui tente avec la CIA de faire pression sur le chef de la police de Kyoto, mais cette affaire prend de l'ampleur... L'ambassadeur japonais en Israël s'est plaint auprès de lui de cette ingérence étrangère au Japon...

– Tu crois, monsieur Toshio, que je ne vais pas pouvoir consulter ce manuscrit ?

– Tu sais, monsieur Ary... je dois te dire quelque chose. Au Japon, il y a un grand respect pour la hiérarchie. On ne peut pas troubler cet ordre.

Après avoir traversé une route au milieu de la verdure, des lacs, des fleurs de cerisiers blanches, nous sommes arrivés dans une succession d'agglomérations grisâtres, qui formaient la banlieue de Tokyo et qui s'étendaient sur plusieurs centaines de kilomètres.

Soudain, ce fut le choc de la mégalopole, le gris de la pollution. On aurait dit une cité qui avait eu une croissance trop rapide, une ville futuriste, comme dans un film de science-fiction, avec des écrans géants diffusant des images de synthèse, devant des foules uniformes.

Je n'avais jamais vu autant de monde dans les rues, sur les trottoirs, ou encore sortir du métro. Au centre de la ville, se trouvait le palais impérial, dans un parc immense. Je le regardai, fasciné : de dehors, on aurait dit un espace vert au milieu duquel on apercevait un bâtiment très simple, entièrement reconstruit après la guerre.

– Là-bas, expliqua Toshio, on ne peut pas entrer. On doit

se contenter de circuler entre les bâtiments, dont les portes ont été ouvertes afin que l'on puisse apercevoir la décoration des pièces. Certaines salles servaient à recevoir les dignitaires et il y a aussi la salle du couronnement. Dans la cérémonie d'Ooharai, l'Empereur vient au palais en portant des vêtements de lin. Après le rituel, les vêtements sont placés dans un petit bateau qu'on laisse flotter sur la rivière, ainsi que des poupées qui représentent les péchés. Les Japonais anciens pensaient qu'ils ne pouvaient commencer l'année sans demander pardon pour leurs péchés.

– C'est comme le Yom Kippour, chez nous... Chez les Hébreux, il y avait la cérémonie du bouc émissaire, tenue par le Grand Prêtre en Israël dans le Temple de Jérusalem. Lui aussi portait des vêtements de lin pour le Kippour. Il posait ses mains sur la tête du bouc, et le bouc portait tous les péchés du peuple d'Israël, puis ils l'emmenaient dans un endroit solitaire et le regardaient s'éloigner au loin.

Je remarquai que le haut de la Maison impériale du Japon avait une marque ronde sous la forme d'une fleur avec seize pétales, la même exactement que la porte d'Hérode à Jérusalem.

Lorsque je lui demandai quelle était l'origine de cette fleur, Toshio m'expliqua que la famille impériale était entourée de secret et de mystère. Il se disait souvent que l'Empereur du Japon possédait un savoir caché, transmis de génération en génération depuis le début de l'histoire du pays.

– Ce savoir, demandai-je, porterait sur quoi ?

– Sur la famille du Japon, monsieur Ary. Sur le Japon aussi, mais on n'en sait pas plus. Et sur l'Empereur : dans notre pays, on dit qu'il est d'origine divine.

Nous avons poursuivi notre chemin dans cette ville immense, aux places et aux avenues gigantesques, toutes remplies de monde. De temps en temps, Toshio m'indiquait un théâtre kabuki, une maison d'horticulture, au milieu d'étals de bazars aux cent mille objets, de marchés gigantesques, ou encore de grands magasins devant lesquels se pressait une vraie marée humaine, comme un déferlement, un attroupement, une manifestation.

Enfin, nous sommes arrivés au quartier de Shibuya, où se trouvaient les théâtres et les restaurants et, comme nous étions en avance sur notre rendez-vous, Toshio me proposa d'aller déjeuner. Nous sommes entrés dans un petit restaurant où se trouvait un rail sur lequel tournaient des assiettes avec des petits plats de poissons crus préparés de diverses façons. A l'entrée, se trouvait un grand bol de sel, sur un piédestal.

– Ce sel est pour la purification ?

– Mais oui, répondit Toshio. Comment sais-tu cela ? Tous les Occidentaux s'étonnent de la présence du sel dans l'entrée ! Les shintoïstes ont l'habitude d'utiliser du sel ou de l'eau pour la purification. C'est pourquoi les sanctuaires japonais sont construits près de lacs, d'étangs ou de rivières.

– Chez les juifs aussi, le sel est essentiel. Tous les sacrifices comportent du sel, qui représente la conservation, à l'inverse du miel ou du levain qui symbolisent la fermentation et la décomposition.

Nous nous sommes placés devant le rail, côte à côte, et Toshio m'indiquait les noms des petits morceaux de poissons découpés en sushis qui défilaient devant nous.

Je pris un bol de riz, et plantai maladroitement mes baguettes à l'intérieur.

– Oh non ! dit Toshio, tordant sa figure toute ronde en une drôle de grimace, s'il te plaît, monsieur Ary, ne fais pas cela !

– Pardon, dis-je, craignant de l'avoir offensé, mais sans savoir de quelle façon. Mais pourquoi ?

– Tu as fais un geste réservé à l'offrande aux morts !

— Ah vraiment, dis-je. Serais-tu superstitieux, monsieur Toshio ?

Toshio me considéra derrière ses lunettes, l'air tout à fait sérieux.

— Il faut aussi éviter de se passer de la nourriture de baguette à baguette, car c'est un rituel lié aux morts.

— Eh bien, répondis-je, c'est étrange, nous non plus nous ne devons pas nous passer le pain de la main à la main car ce geste est réservé à ceux qui sont en deuil.

— Monsieur Ary, dit Toshio d'un air grave, je dois savoir quelque chose.

— Oui, monsieur Toshio.

— Es-tu shintoïste ?

— Non, monsieur Toshio. Je suis juif.

— Ah ! dit Toshio en se détendant soudain. Je n'ai jamais rencontré de juif avant toi...

— Mais lorsque Shimon Delam t'a contacté, il ne t'a pas dit que...

— Si, mais moi, je travaille pour beaucoup de gens... je ne sais pas toujours qui ils sont... Je ne connais rien sur les juifs. Ici, il n'y en a pas beaucoup... Il y a cent vingt millions de Japonais et seulement mille juifs.

— ... Et les Japonais et les juifs sont aussi différents que peuvent l'être deux cultures et deux peuples sur la terre. N'est-ce pas, monsieur Toshio ?

A cette remarque, mon interlocuteur parut gêné. Il fit toutes sortes de moues étranges, inclina son visage de haut en bas, de bas en haut, pour finalement acquiescer d'un air grave.

— Ici, au Japon, nous disons que le shintoïsme a été fondé par l'ancêtre de l'Empereur, qui vient de Dieu.

— Est-ce que tu crois dans la divinité de l'Empereur, monsieur Toshio ?

Toshio regarda à droite et à gauche, comme pour s'assurer que personne ne nous entendait.

– Pour la plupart des Japonais, l'Empereur est un dieu vivant, murmura-t-il. Il descend en ligne droite d'Amaterasu, la déesse du Soleil. Son anniversaire, le 23 décembre, est une fête nationale.

– Comment se nomme l'Empereur actuel ?

– Je ne peux pas te le dire, monsieur Ary, chuchota Toshio.

– Pourquoi pas ? Tu l'ignores, peut-être ?

– Non, mais je ne peux pas te le dire dans un endroit public. (Il se pencha vers moi, et me dit, d'un ton très bas :) L'Empereur actuel s'appelle Akihito, mais seuls les étrangers le nomment ainsi. Pour les Japonais, son nom est tabou. Le prononcer fait courir de très graves dangers. C'est son prénom, car les Empereurs n'ont pas de nom de famille, mais les Japonais ont trop de respect pour se permettre une telle familiarité...

– Donc, ils ne l'appellent pas ? C'est comme notre Dieu, dont on ne prononce pas le nom.

– L'appellation le plus couramment utilisée est *tenno*, ce qui signifie : « qui vient du ciel » ou « Mikado », qui signifie « le Supérieur ». Il est le fils de Hirohito, dont le règne fut le plus long de l'histoire japonaise. Tu sais, monsieur Ary, qu'il a été très critiqué pour son rôle dans la Seconde Guerre mondiale. Lors de la défaite, il a demandé aux Américains de prendre sa vie, mais ils ont refusé. Ils ont exigé, en revanche, qu'il nie publiquement son caractère divin. Ce qu'il a fait, le 1er janvier 1946, en demandant à son peuple de renoncer à « l'idée fausse selon laquelle l'Empereur est divin et le peuple japonais supérieur aux autres races et destiné à gouverner le monde ».

– Est-ce que vous le voyez souvent, comme la famille royale en Angleterre ?

– Oh non ! Comme je te dis, c'est quelque chose de très sérieux, monsieur Ary. Deux fois par an, le 2 janvier et le 23 décembre, l'Empereur apparaît à la fenêtre du palais pour saluer le peuple. Ce sont les seules fois où il reçoit chez lui.

A nouveau, il regarda à droite et à gauche. Puis il inclina sa tête vers moi.

– A présent, chut...

Il pencha son petit nez retroussé dans son bol et commença à engloutir ses sushis en mettant la main devant la bouche, pour cacher la mastication.

– *Damaru*, monsieur Toshio.

– Oh, monsieur Ary, murmura mon contact en me regardant bizarrement. Je ne savais pas que tu parlais le japonais ancien.

Après nous être restaurés, nous avons pris la voiture pour nous rendre au quartier des temples, à Ueno, où l'atmosphère était sensiblement différente de celle de Shibuya. Là, ce n'étaient que maisons basses et petites pagodes, devant lesquelles étaient posés des petits pots de plantes, à même le trottoir, comme pour former des minijardins japonais.

Nous sommes entrés dans une demeure aux grandes tentures de lin beige, qui la recouvraient comme pour l'habiller. Une vieille femme habillée d'un kimono de soie rouge nous accueillit et nous fit pénétrer dans un endroit différent de tout ce que j'avais vu auparavant.

C'était une étendue de sable ratissé, où se trouvaient disposées – à quatre endroits différents, mais sans symétrie – de grosses pierres de couleur sombre. L'ensemble, entouré par une haie qui avait la forme d'une toiture, ressemblait à une sculpture. C'était comme un vaste océan, comme la paix venue sur la terre, comme l'éternité du paradis, un vide paisible comme un papier vierge, un monde de sobriété, de sérénité, invitant à la contemplation, à la méditation.

C'était comme une étendue d'eau qui, dans son cours supérieur, bondissait avec légèreté, sans souci, dans son cours moyen, surmontait les obstacles, pour achever sa course dans un étang tranquille.

Au milieu de la vaste étendue, j'aperçus cinq gros blocs de rochers de formes différentes devant lesquels le sable semblait former des vagues. Je le considérai un instant sans parvenir à en détacher le regard. Rien, à ce moment, ne semblait déranger la paix de mon esprit, et rien ne le pouvait : il n'y avait aucun brin d'herbe, aucune aspérité, rien qui pût le retenir. C'était sans limites.

– Ah, je vois que vous appréciez mon jardin.

Je me retournai. L'homme qui avait parlé avait une soixantaine d'années, une peau parcheminée couleur cuivre, des yeux bridés très sombres, une bouche fine aux dents de perle et un sourire avenant. Sa tête et son front étaient larges et bombés : sa pierre était le granit, disent nos textes, une pierre bénéfique.

– Au Japon, le jour, la blancheur de la lumière éblouit. La nuit, si la lune ne brille pas, on ne voit rien dans le noir. C'est pourquoi nous faisons des jardins, ainsi nous pouvons méditer. Cela nous ramène à nos origines, à la création du monde, si vous voulez, avant la naissance de l'homme.

Notre hôte se déplaçait en s'appuyant sur une canne superbe ornée d'un pommeau d'or représentant un dragon. Mais le plus étonnant était sa façon de s'habiller : on aurait dit un gentleman, un homme du dix-neuvième siècle. Un nœud papillon sur une chemise à col cassé, un gilet et un costume sombres extrêmement bien coupés, et des chaussures anglaises : une élégance rare associée à une grande prestance.

– Bonjour, dit Toshio, voici Ary Cohen.

— En effet, Toshio *San*, dit l'homme. J'ai été prévenu de votre visite, et vous êtes les bienvenus chez moi.

Il nous fit signe de le suivre dans sa demeure. Il y avait, là encore, une atmosphère de calme et de tranquillité uniques. Les murs extérieurs étaient revêtus d'un enduit qui imitait l'argile brute et lui donnait un côté rustique. L'entrée consistait en deux panneaux coulissants. Un écran mobile séparait la salle de séjour de la pièce principale, permettant à la lumière du jour d'y pénétrer tout en étant filtrée. Le soir, les lanternes posées à même le sol devaient prolonger la douceur de la lumière jusque dans la nuit. Sous cet éclairage subtil, la charpente du bois naturel resplendissait.

La pièce principale se résumait à un espace clos formé par les murs et le plafond. Rien de décoratif, rien d'ostentatoire, juste un tatami de forme rectangulaire. Sur les murs recouverts de papier, se projetaient des ombres, légères ou épaisses. Une vraie sérénité s'exprimait dans ce dépouillement presque total grâce à l'infinie suggestion d'une seule couleur.

— Comme c'est beau, ici, dis-je à notre hôte en admirant le vide subtil de ce lieu sans objets, sans table ni chaises, ce vide monochrome et serein.

Il répondit :

— Vous êtes dans la quête du vrai et du beau. Chaque jour il faut repartir sur une feuille blanche, retourner sous terre et plonger en soi.

— J'ai appris que vous étiez calligraphe, dis-je. Moi aussi, je suis scribe. C'est ainsi que nous appelons les calligraphes, chez les juifs...

Alors, je me souvins des longues heures passées à écrire, seul le jour et seul dans la nuit, des veillées où je poursuivais mon travail dans les grottes, chez les esséniens, et cela me sembla singulièrement loin, presque une autre existence. Entre le bâton et la pierre, qui devenait peu à peu onctueuse et irisée. Feuilles froissées, veinées, soudain rendues à la vie, peaux parcheminées, dépassées, anciennes, qui apportaient le message, et les esséniens attendaient d'autres récits, d'autres copies, traits noirs sur traits blancs, traits de feu sur traits d'eau.

– J'ai été un homme sans paroles, dis-je. Je traçais les mots sur le papier, mais je ne parlais pas.

– Tracer un mot, n'est-ce pas parler ? C'est comme faire un trait d'union avec l'univers.

Il sortit de la pièce et rapporta un papier qui ressemblait à la calligraphie que m'avait montrée Miyoko. C'était, plus que de l'écriture, du dessin abstrait et concret à la fois. Cela se regardait autant que l'on pouvait l'entendre et le prononcer. Et moi qui avais vécu souvent avec les lettres, je n'arrivais pas à détacher mon regard de celles-ci qui étaient si parfaites, si belles, arrondies et fermes dans le tracé. Cette écriture avait son caractère, sa physionomie, son corps avec son ossature, et la chair et le sang dans les traits. Entre les lettres était le vide suprême d'où émanait le souffle vital pour animer le monde. En effet, cette écriture reflétait le monde, incarnait le premier mot à partir duquel le monde fut créé.

Soudain, tout cela me revint, comme par miracle, car je l'avais oublié, et je n'écrivais plus. Je n'écrivais plus, et le vide qui était dans mon cœur restait vide, sans accéder à la transformation et à la vie.

Je me souvins du temps où j'étais scribe, où j'entrais par l'écriture dans tout ce qui est. Je pouvais écouter par l'oreille de la plume, et j'entendais le bruissement du monde. Je le voyais par les yeux de la plume, et je le transformais, je le recréais, je le possédais, vivant, étant vivant. Alors, dans le fond de mon cœur, je voyais le monde de ma plume et cela me rendait heureux.

– Oui, murmurai-je, je l'ai oublié...

– Alors c'est comme si vous aviez oublié la transcendance qui n'est ni l'un ni le deux, mais qui représente la conjonction des souffles vitaux, le yin et le yang. Ce souffle, né du deux, est indispensable pour atteindre l'harmonie.

– L'harmonie, l'équilibre, dis-je. On dirait qu'ici, c'est ce que tout le monde recherche...

– Pour atteindre l'état du vide, du non-être qui est nécessaire au plein : sans lui, le souffle ne circulerait ni ne se régénérerait. Il faut reprendre l'écriture, si vous êtes scribe, Ary *San*. L'écriture permet de donner une forme concrète aux idées abstraites...

Et il avait raison : j'avais perdu l'écriture. Je n'avais plus de signe, je n'avais plus de lettres, plus de plume, plus de parchemin à graver, à percer de mots, à animer. Je ne savais plus la saveur âcre de l'encre, son odeur, son toucher. Je ne sentais plus l'odeur particulière de la peau tannée du manuscrit.

Je regardai les signes tracés par le calligraphe qui ressemblaient à des êtres vivants, avec leurs attitudes, leurs gestes, leurs ruptures et leur équilibre, et je me dis que l'écriture n'était pas autre chose que ce jeu qui représente la vie.

Y avait-il d'autre vie que celle-ci ? Existait-il autre chose que ce monde que nous créons par les mots ? C'est pourquoi j'avais peur d'écrire, et de créer un monde impropre avec des mots impurs, c'était peut-être pourquoi j'avais perdu l'écriture.

Maître Fujima sortit et revint quelques minutes plus tard, avec un plateau sur lequel était disposé tout le matériel pour la calligraphie. Il le posa sur la petite table. Il prépara l'encre, au moyen du bâton à encre, qui dégagea une odeur forte d'encens brûlé. Je pris la feuille de papier : elle sentait l'herbe des champs. Blanche et immaculée, elle attendait d'être fécondée.

Maître Fujima leva son beau visage parcheminé vers moi et l'étira en un sourire qui était à la fois un sourire des lèvres et des yeux.

— Une véritable création ne vient pas de soi : mais de savoir recevoir avec humilité ce qui advient, dit-il en me tendant le pinceau.

Je ne pouvais refuser une offre d'une telle élégance. Je pris le pinceau, je m'assis à la table et, lentement, je traçai une lettre sur le papier de riz. La lettre *Yod*.

— Ce trait, murmura maître Fujima, n'est pas une simple ligne, mais l'incarnation même du souffle.

— Oui, dis-je, tout commence par cette lettre. C'est comme un point...

— Allez-y, tracez une autre lettre, s'il vous plaît.

Déjà, j'étais grisé, comme si je me retrouvais au début du monde, au moment où il se crée par une contraction de soi... Je repris une inspiration et, par une expiration, je traçai le trait, qui apparut plein sur la feuille blanche.

Soudain, ce fut comme si je retrouvais ma terre natale. Je parlais avec ma main. J'écoutais avec les yeux ; le pinceau effleurait la feuille, j'en éprouvais le mouvement, comme si c'était moi le pinceau qui traçait la lettre *Hé*.

— J'aime la lenteur de votre geste et sa grâce. Vous devez posséder la rapidité pour maîtriser ainsi la lenteur.

La plume chuchotait à la feuille. Elle aurait voulu tracer la courbe des yeux, je sentais le parfum de Jane parmi les nuages, les arbres, l'eau sur le sable.

Par une respiration profonde, je traçai à nouveau une lettre : *Vav*.

— Voici un trait simple dans sa verticalité. Allez-vous tracer la lettre suivante ?

Je le regardai, qui me considérait de ses yeux noirs et allongés, il me semblait qu'il avait compris. J'avais écrit les trois premières lettres du nom de Dieu.

— Non.

— Vous avez peur à présent. Parfois, les gestes vont plus

loin que la pensée. Vous voyez, pour vous, l'écriture n'est pas autre chose que la vie.

Il s'assit et prit la plume avec laquelle il traça plusieurs caractères. Il me semblait que son geste prenait naissance du fond de son cœur, jusqu'à la pointe du pinceau, en passant par l'épaule, le bras et le poignet.

Tout son corps était immobile, presque contracté, mais la main, elle, s'élevait, portée par un élan gracieux. Dans le silence, j'entendais le souffle de son geste.

– Vous connaissez Yoko Shi Guya ? demandai-je.

– Oui, répondit-il sans me regarder. Je la connais.

Il releva la tête, puis la rabaissa.

Il s'arrêta brusquement et nous fit signe de le suivre. Il nous conduisit vers une autre chambre.

La pièce était sensiblement différente de la précédente. Elle ressemblait à une maison d'études, une librairie et, plus encore, à une synagogue. De hautes et grandes vitrines masquaient les murs, remplies d'ouvrages. Au centre de la pièce une armoire entrouverte laissait paraître des feuilles de parchemin. Les tentures qui la recouvraient étaient du même pourpre que celles qui se trouvaient sur les murs. On se serait cru à Jérusalem dans une petite yeshiva du quartier ultra-orthodoxe de Méa Shéarim.

Maître Fujima prit un des livres et me le tendit.

Je le regardai : il s'agissait du *Choulkhan Aroukh*, un livre juif de codification de la Loi, paru en 1738.

– Mais tous vos livres sont-ils anciens ? m'étonnai-je.

– Je possède en effet l'une des plus importantes collections d'Hébraïca du monde...

— Vraiment ? Pour quelle raison vous intéressez-vous aux livres hébraïques ?

Maître Fujima prit place sur une des banquettes et nous invita à faire de même. Toshio, silencieux, se déplaçait, souple comme un chat, sans faire de bruit.

— Depuis toujours je collectionne les antiquités juives... J'ai voyagé dans le monde entier pour la calligraphie, et j'ai été jusqu'en Israël. Je possède des centaines de livres sur Israël, sur la pensée juive, et aussi des livres en hébreu. Des œuvres rares comme le Talmud de Babylone, le Zohar, et des rouleaux de la Torah, sauvés à la fin de la Seconde Guerre mondiale par un soldat américain en Allemagne. Je fais collection de livres juifs depuis plus de quarante ans, et je possède également quatre mille six cents livres hébraïques qui sont gardés au musée, à Kyoto. Je me suis toujours senti lié au peuple juif, à Israël et à Qumran...

— Vous connaissez Qumran ?

— Bien sûr, dit maître Fujima. Qui ne connaît pas Qumran ? J'y suis allé, il y a bien longtemps, au moment de la découverte des manuscrits dans les grottes. C'était incroyable, proprement incroyable... La plupart étaient des copies de la Bible, datant du troisième siècle avant notre ère, jusqu'à 70 après.

» Quand je pense que, pendant trente-cinq ans après leur découverte, les rouleaux n'ont pas été traduits ni publiés, mais perdus, subtilisés, dispersés aux quatre coins du monde.

— Ce ne fut que cinquante ans plus tard que les rouleaux furent enfin rassemblés en Israël, et que furent rendues publiques les photographies de tous les rouleaux pour tous ceux qui voulaient les étudier.

— Pour moi, Qumran, dit maître Fujima, c'était comme l'apparition du mont Ararat après des jours de décrue, comme les montagnes enfin découvertes et le jour qui se lève, la colombe et le rameau d'olivier. C'était le dévoilement du secret le plus incroyable, celui qui pèse sur Jésus. Car celui-ci n'avait pas été un homme venu de nulle part, mais il était essénien ! Jésus était le Messie que les esséniens avaient attendu, il était leur Maître de justice, baptisé par l'un d'eux, Jean, qui vivait au désert parmi eux...

Maître Fujima fit quelques pas, puis il s'assit sur le tatami et nous invita à faire de même. Il sembla s'abîmer dans ses réflexions, avant de commencer :
— Chez mes parents, lorsque j'étais enfant, un jour, nous avons découvert des phylactères. Mes parents pensaient qu'ils venaient de nos ancêtres.

Je le considérai, incrédule. Ses yeux bridés brillaient d'une lueur sombre.
— Oui, c'est étrange, n'est-ce pas ?

Il s'arrêta, comme s'il refusait d'en dire plus.
— Vous savez qu'un homme a été retrouvé avec un fragment hébraïque dans les mains au temple de maître Shôjû Rôjin. Cela a-t-il un lien avec Yoko Shi Guya ?
— Elle s'était mise à fréquenter le Beth Shalom, à Kyoto, un endroit où se réunissent les amis d'Israël...

A nouveau, il baissa la tête :
— C'est de ma faute, je n'aurais pas dû lui raconter l'histoire de nos ancêtres...
— Quelle histoire ?
— Mais comment n'aurais-je pu ne pas lui dire ? continua maître Fujima. Je voulais qu'elle arrête, vous comprenez, qu'elle sorte de cette maison...

Il m'observa pendant un moment, avant d'ajouter :
— Yoko Shi Guya ne s'appelait pas vraiment ainsi. Le vrai nom de Yoko Shi Guya était Isaté Fujima. Elle a été assassinée comme le moine Nakagashi. Elle était ma fille.

Nous avons pris congé de maître Fujima. Lorsque nous sommes rentrés, j'avais l'impression qu'un poids venait d'être posé sur mes épaules. J'étais frappé par la sagesse du vieil homme et, plus encore, par sa souffrance contenue.

Plus que jamais j'avais peur pour Jane et je me demandais où elle était. Si quelque chose avait pu arriver à la fille de maître Fujima, que dire de Jane qui était mêlée à cette histoire en tant qu'agent secret ? Que se passait-il exactement dans cette maison close ? Etait-il possible qu'elle serve de paravent à autre chose ?

Je savais que la clef de voûte de ce mystère se trouvait dans le manuscrit, et qu'il fallait absolument que j'arrive à le lire. Je dis à Toshio que j'irais voir moi-même la police pour tenter d'en savoir plus. Ce à quoi il me répondit par un grand silence et un regard empreint de fatalisme.

Dès le lendemain matin, de retour à Kyoto, je me rendis au commissariat. Je n'avais pas obtenu le feu vert de Shimon, mais j'avais décidé de tenter ma chance.

Lorsque je fis ma demande, on me répondit que c'était impossible, qu'il s'agissait d'une pièce à conviction, et qu'en aucun cas on ne pouvait me la montrer. Lorsque je mentionnai le nom de Shimon Delam, on me dit de patienter et je vis bientôt paraître le chef de la police.

C'était un homme de grande taille, à la peau très lisse striée d'une grande balafre. Ses yeux étaient étonnamment fixes. Il était vêtu d'un costume et d'une cravate de couleur bleue. Il esquissa un sourire en me tendant la main.

– Bonjour, dit-il. Je suis Jan Yurakuchi. Depuis quelques jours, je suis en rapport avec Shimon Delam. Il m'a expliqué la situation. Je sais que vous êtes son agent ici...

– Oui, dis-je. Il est essentiel que je puisse consulter ce manuscrit car je pense pouvoir le déchiffrer, ce qui nous ferait considérablement avancer dans notre enquête.

Il hocha la tête sans répondre.

– Ecoutez, j'ai besoin d'avoir accès au dossier, insistai-je. Je voudrais pouvoir examiner le fragment trouvé près du corps de l'homme des glaces.

Le policier me considéra, l'air très calme.

– Pour ce qui est du corps, vous pouvez l'examiner... Mais le fragment, je crains que cela ne soit impossible.

– Impossible ?

– Impossible.

– Mais rendez-vous compte que je suis là pour cela. J'ai été envoyé par Shimon Delam en tant qu'expert en archéologie et en paléographie !

Il me sourit en inclinant la tête, de la même façon que la fille m'avait souri à la maison des geishas lorsque je lui avais demandé de voir Yoko. Je commençais à connaître le sens de cette mimique. Elle voulait dire : ce n'est pas la peine d'insister, vous et moi nous perdons mon temps et le vôtre.

Il resta silencieux, comme pour m'indiquer que l'entrevue était terminée, sans un mot, en me considérant de ses yeux fixes.

Et toute personne dont les yeux sont longs mais qui sont fixes, dont les cuisses sont longues et effilées, dont les orteils sont effilés et longs et qui est née durant le deuxième quartier de la lune, possède un esprit composé de six parts de lumière mais de trois parts dans la Maison des Ténèbres.

Après être sorti du poste de police, je retrouvai le fidèle Toshio. Je lui dis que je devais absolument voir maître Shôjû

Rôjin. Nous repartîmes en voiture pour Kyoto, où nous arrivâmes, après un trajet de cinq heures. Je voulais tenter d'obtenir des informations : lui demander d'où venait ce fragment trouvé dans son temple, par où il avait transité pour parvenir dans cet endroit incongru et, surtout, qui l'avait pris en Israël : dans quel musée, dans quel lieu, dans quel désert avait-il été subtilisé ?

Lorsque j'arrivai au temple, je fus reçu avec la même lenteur que d'habitude, mais j'avais appris à ne plus trépigner d'impatience, et à attendre dans le calme : à pratiquer la patience comme un art.

— J'ai besoin de comprendre, dis-je au Maître, je dois savoir, moi qui ai suivi vos avis. Expliquez-moi, dites-moi tout ce que vous savez au sujet du moine Nakagashi, de l'homme des glaces, et du fragment trouvé dans ses mains. Je dois savoir à présent, vous comprenez ? Quelqu'un se trouve en danger à cause de cela, quelqu'un que j'aime et que je dois sauver !

Le Maître était en habit blanc de combat. Son costume blanc, immaculé, tranchait avec sa peau sombre. Sa ceinture noire était nouée trois fois, d'une façon aussi parfaite que le drapé de son kimono, sans un seul pli apparent. Sur la ceinture, étaient dessinés des signes en longueur, des lettres japonaises comme sur les bandes de roseau que j'avais vues dans le sanctuaire.

— Moi, encore moi, toujours moi ! dit le Maître. Cette pensée n'est autre que la racine profonde de ta misère, Ary Cohen. Reconnaître cet état de fait, c'est prendre le chemin de la raison et montrer par là un authentique courage.

— Je ne peux pas enquêter ainsi, répondis-je. J'ai l'impression que tous me cachent quelque chose et personne ne veut parler avec moi !

— Voyons, Ary Cohen, tu as aujourd'hui un esprit dépressif

Sache que la bonne humeur constitue une voie vers l'éveil ; alors que la mauvaise humeur conduit directement à la prison des sens. C'est pourquoi nous disons que l'adepte doit conserver une humeur enjouée nuit et jour. Seul l'esprit de gaieté est capable de surmonter les problèmes qui se posent à toi.

– Bien sûr, murmurai-je, d'un air sombre, bien sûr. Et comment être de bonne humeur, alors que je suis de mauvaise humeur ?

– C'est très simple, répondit le Maître. La bonne humeur dispose de nombreux moyens : le courage, la persévérance, le fait de reconnaître les choses positives que nous offre la vie, la confiance en soi, le respect, la pratique de la justice, l'écoute des maîtres, la bonté, la compassion... Si tu ouvres ton esprit à ces valeurs, si tu t'en imprègnes fermement, alors tu réussiras à te détacher des mauvaises influences, et la bonne humeur jaillira de ton esprit comme les fleurs dans la neige du printemps.

Le Maître fit une pause et s'approcha de moi.

– Mais les voies de la mauvaise humeur sont : la négligence, la superficialité, l'impolitesse, l'indifférence aux conséquences de ses actes, l'incapacité à saisir le sens des choses, le désir de gloire et de fortune, le goût du luxe, le doute et la méfiance, l'entêtement, la timidité, l'avarice, la cupidité, la jalousie, l'ingratitude et la servilité.

Il me regardait à présent, l'air soucieux, comme s'il attendait quelque chose. Lui qui était prompt à donner des leçons ne semblait pas non plus vouloir répondre à mes questions. Soudain, je compris le sens de ce regard : bien sûr, il ne voulait pas d'argent, il ne recherchait pas ce genre d'avantages. Non, c'était tout autre chose qu'il attendait de moi.

– Nos maîtres enseignent, commençai-je, que si quelqu'un trouve un objet perdu par son maître et un objet perdu par son père, il s'occupe d'abord de celui de son maître, car s'il est vrai que son père l'a amené dans ce monde, son maître, qui lui a enseigné la sagesse, le rend digne du monde futur.

Le visage du Maître s'illumina, comme si je venais de lui offrir le plus beau des cadeaux.

– Mais si son père est aussi un sage ?

– Alors, il donne préséance à son père. De même, poursuivis-je : si son père et son maître étaient en prison, il paie d'abord la rançon pour son maître puis celle de son père. Mais si son père est aussi un sage, il paie d'abord la rançon de son père puis celle de son maître.

– Cependant, si l'on a soi-même perdu un objet... faut-il d'abord chercher celui du maître ou le sien ?

– Il faut se soucier de ses biens avant ceux de toute autre personne. Si on trouve un objet perdu par soi et un objet perdu par son père, il faut d'abord s'occuper du sien.

– Ah ! dit le Maître, d'un air satisfait. C'est heureux... Ceux qui se montrent incapables de reconnaître la justice, ceux-là ne sauraient comprendre la source de la misère et du bonheur.

Il s'approcha de moi et me contempla avec gratitude. Son kimono laissait paraître les muscles noueux de son corps sec. En cet instant, il me semblait vraiment invincible, non par sa force physique, mais par cette assurance morale qui émanait de lui.

Comme s'il devinait mes pensées, il murmura :

– A présent si tu le veux, je peux te donner ta deuxième leçon.

– Bien, Maître, dis-je en faisant le salut.

– Pour apprendre le Bu Do, la Voie du Combat, ce à quoi tu dois tendre, c'est la maîtrise de toi... Pour cela, il est important d'atteindre la présence à soi dans le moindre geste. Dans la vie aussi, cela peut être utile. Dans le combat, je veux dire le vrai combat, c'est une question de vie ou de mort. La moindre faille dans la concentration, le moindre décalage entre l'esprit et le corps peut être fatal. C'est pourquoi l'adversaire le plus dangereux n'est pas celui que tu crois...

— Qui est-ce ?

— Je vais te le dire, dit le Maître. Mais chaque chose en son temps. Selon notre tradition, suivre la Voie, c'est comme gravir une haute montagne. Chaque geste doit être précis, un moment d'inattention, un doute, un faux pas, et c'est la chute. Celui qui a décidé d'en faire l'ascension choisira le versant qu'il veut escalader puis il ira trouver un guide pour lui indiquer le chemin. Cependant, il faut savoir que, même avec le meilleur des guides, rien n'est acquis. Les obstacles sont nombreux, et pénibles sont les efforts. L'homme qui affronte la montagne sait que le grand combat a lieu au-dedans de lui-même et que la montagne n'est que le moyen pour permettre à l'homme d'être face à lui-même.

— Comment faire, Maître ?

— Il faut reconnaître les vrais obstacles : ceux qui sont en soi. Et toi, Ary Cohen, tu es comme l'homme ordinaire, soumis à tes habitudes, ta vision du monde, tes préjugés. Cette réalisation de toi ne peut être atteinte que par un combat contre toi, tes défauts, tes faiblesses, tes illusions. Orgueil, lâcheté, impatience, doute : voilà les pièges redoutables dans lesquels beaucoup sont tombés. Or le chemin n'est pas droit : il est long, difficile et éprouvant.

— Je suis prêt.

— En es-tu sûr ?

— Combien de temps faut-il pour apprendre la Voie du Combat ?

— Le reste de ta vie.

— Je ne peux attendre si longtemps. Si je deviens votre élève, combien de temps ?

— Dix ans.

— Si je travaille très dur, combien de temps ?

– Trente ans.

– Mais qu'est-ce que cela signifie ? m'écriai-je. Avant dix, maintenant trente !

– Un homme aussi pressé que toi ne peut apprendre rapidement.

– Bien sûr que je suis pressé, m'écriai-je, la voix tremblante... Ne voyez-vous pas que je suis pressé ?

– Evite la colère, dit le Maître sans se départir de son calme. C'est peut-être le plus difficile de tous les arts spirituels. Cela demande plus de concentration encore que la méditation. Des situations pénibles peuvent surgir devant toi, à n'importe quel moment. Des choses éprouvantes, des ennemis, des provocateurs, ou même des amis, des gens que tu aimes et qui te trahissent...

» Mais si tu n'envisages plus ta vie comme un saut d'obstacles, fait d'ennemis qui cherchent à te nuire, alors seulement tu seras un homme. Si tu apprends à ne jamais laisser la colère, même pour un instant, t'envahir, te prendre, te saisir, et qui en un moment peut détruire tout ce que tu as construit pendant des années, et tout ce que tu as à accomplir, alors tu seras un homme.

– Un vrai guerrier ne se met-il jamais en colère ?

– Selon la Voie du Combat, la pratique qui permet de guérir cette terrible maladie de l'esprit qu'est la colère comporte deux étapes : plonger dans l'attachement, éliminer l'attachement.

– Mais penser à supprimer la maladie de la pensée, n'est-ce pas la pensée ? Penser à se délivrer de la maladie, c'est aussi de la pensée.

– Je crois que tu es un élève fin et brillant, dit le Maître avec un sourire. En effet, on utilise la pensée pour se défaire de la pensée, pour parvenir à la non-pensée.

– Je n'arrive pas à pratiquer le détachement...

– L'as-tu seulement essayé ?

– Si seulement je savais qui est mon adversaire, si seulement je l'avais identifié... je pourrais le combattre.

– L'adversaire peut apparaître faible et inexpérimenté alors qu'il est un redoutable combattant. La célèbre école de Chuan-Shu a fondé toute sa méthode sur cette idée. Ses disciples s'entraînent à jouer les ivrognes, de façon à relâcher la méfiance de l'adversaire. Ils en profitent alors pour placer un coup tout à fait inattendu.

» Sache ceci : chaque chose obéit à un phénomène de transmission. Le sommeil se communique, un bâillement aussi, et même l'ivresse. Lorsque ton adversaire est encore sous le coup de l'excitation, et qu'il te semble se précipiter, prends un air nonchalant comme si tu étais indifférent. Il sera alors contaminé et son attention se relâchera. A ce moment, passe à l'assaut rapidement et énergiquement.

Il y eut un silence.

– Ce sera ta leçon pour aujourd'hui.

– Pas de combat ? demandai-je.

– Ary Cohen ! Comme tu es impatient ! Ton impatience te rend sot et inoffensif ! Je viens de t'apprendre les plus importantes lois du combat et tu me demandes où est le combat ? A présent, assieds-toi. Je vais te présenter mes fils...

Il se leva et plaça un vase sur le coin supérieur d'une porte coulissante de telle manière qu'il tombât sur la tête de celui qui entrerait dans la pièce.

Il frappa dans ses mains.

– J'appelle mon premier fils, dit-il.

Je vis un jeune homme se présenter devant la porte. Après l'avoir entrouverte, d'un air tout à fait naturel, il décrocha le vase avant d'entrer. Puis il referma la porte et replaça le vase avant de venir nous saluer.

– Voici mon fils aîné, bientôt il sera un Maître du Combat.

Puis il appela son deuxième fils en frappant dans les mains. Celui-ci ouvrit la porte, sans voir le vase qui tombait. Evitant l'obstacle, il réussit à l'attraper en plein vol, avant qu'il ne se casse, il le prit et le reposa à l'endroit où il était.

– Voici mon fils cadet, il est encore en formation.

Le benjamin, un adolescent, entra et reçut le vase sur le cou ; mais avant qu'il ne touche le sol, avec la vitesse de l'éclair, il dégaina son sabre et, d'un geste précis, il le trancha en deux morceaux.

– C'est mon dernier fils, la honte de la famille.

Un serviteur apporta du thé. Sans un mot, le fils aîné le prit avec le plus grand soin, puis il le servit. Chacun de ses gestes était si précis qu'il atteignait une sorte de perfection et de beauté que seule une grande maîtrise de soi pouvait permettre.

– Maintenant, Maître, puis-je vous demander comment le moine Nakagashi a été tué par l'Art du Combat ?

Le Maître hocha la tête en buvant son thé. Ses trois fils et lui-même me considéraient de biais, la tête légèrement inclinée.

– Le moine Nakagashi était invincible, dit le Maître. Il avait un sabre qui était son « garde du corps » de guerrier. Il ne s'en séparait jamais.

– Comment savez-vous que ses ennemis ont utilisé l'Art du Combat ? insistai-je.

– Parce que j'étais là lorsque a retenti le *Kiaï*, répondit enfin le Maître. Aussitôt, j'ai accouru, mais c'était trop tard. Je n'ai rien pu faire pour le sauver.

– Qu'est-ce que le *Kiaï*, Maître ?

Après un instant il ajouta :

– Le moine Nakagashi a été désarmé lors du combat, sa dernière chance de survie résidait dans son habileté à se servir de ses armes naturelles : celles de son corps. Il a fait appel au

Ju-Jutsu comme méthode de combat à main nue. Cet art utilise des techniques permettant de se servir des mouvements de l'adversaire pour le mettre hors de combat. Mais le moine Nakagashi a échoué à cause du *Kiaï*. La puissance du *Kiaï* est très grande : elle permet de développer des énergies importantes.

Je le regardai, d'un air dubitatif, me demandant s'il était en train de se moquer de moi.

– Tu doutes ? dit le Maître. Tu ne me crois pas ?

Alors, il fit un signe de tête au fils aîné qui se leva et prit un matelas qui se trouvait par terre. Il le plia en quatre et le plaça contre mon ventre.

– Contracte tes abdominaux, me dit-il.

Il donna un coup de pied décontracté dans le matelas en poussant un cri d'une force inouïe qui me rendit presque sourd pendant plusieurs secondes.

Je lâchai le matelas, pris de convulsions.

– L'énergie a traversé le matelas et le ventre contracté pour atteindre la colonne vertébrale, commenta le Maître.

– Maintenant, dis-je, le souffle encore coupé, que nous savons ce qui a tué Nakagashi... vous pouvez peut-être nous mettre sur la piste du meurtrier ? Mais pour cela, il faudrait savoir d'où provient le manuscrit. L'avez-vous vu ?

Le Maître me regarda, l'air grave. Les trois fils gardaient le silence.

Un instant d'éternité, disent les Japonais.

– A présent, Ary Cohen, que j'ai testé ton intelligence et ton intérêt pour le combat...

Le Maître m'étudiait avec attention. Pour la première fois, je vis percer dans ses yeux opaques, presque durs, une lueur de bienveillance.

– Pour quelle raison avez-vous accepté de m'enseigner l'Art du Combat ?

– Ceci me permet également, dit le Maître en inclinant légèrement la tête, de tester ta perspicacité... Ta perspicacité, et ta loyauté dans le combat, et donc dans la vie, poursuivit le Maître. J'ai accepté de t'enseigner l'Art du Combat car je souhaite que tu combattes nos ennemis et que tu sois victorieux. Mais à présent, je voudrais te retourner la question et te dire, la vraie question n'est pas pourquoi j'ai accepté de t'enseigner l'Art du Combat, mais pourquoi toi, Ary Cohen, tu as accepté de recevoir cet enseignement de moi. Et ne me dis pas que c'est pour ton enquête.

– C'est pour mon enquête... et pour autre chose.

– De quoi s'agit-il, Ary Cohen ?

– Je voulais que vous m'enseigniez votre tradition, répondis-je après un silence.

Et l'émotion me serra la gorge lorsque j'ajoutai :

– Personne ne m'enseigne plus rien. Cela fait si longtemps que je n'ai pas appris d'un maître. Cela me manque, je pense. Je n'ai plus de tradition. Je voulais que vous soyez mon maître et moi votre disciple. Je voulais savoir... qui je suis !

– Alors, je peux te dire que le manuscrit n'a pas été *volé*.

– Non ? Je voudrais bien savoir d'où il vient.

– Comme tu le sais, il a été retrouvé sur l'homme des glaces.

– Mais ce fragment vient d'Israël !!! Comment est-il possible qu'on l'ait retrouvé sur un homme de deux mille ans et, qui plus est, au Japon !

Le Maître se leva et posa la main sur le dos de son fils aîné.

– Mon fils aîné, Micha, va t'emmener dans un endroit où tu trouveras peut-être la réponse à tes questions...

Le fils, sans un mot, inclina la tête. Il devait avoir une vingtaine d'années. Il avait les pommettes hautes et les maxillaires figés comme une statue. Il était si raide et se tenait si droit qu'on aurait dit que tout son corps était bâti dans la pierre. Il regardait son père avec une absence d'expression remarquable, et presque inquiétante, que souvent les Occidentaux ressentent en présence des Asiatiques. Mais le visage si mobile et si expressif de Toshio m'avait enseigné d'emblée que ce n'était pas une règle générale.

– A Kyoto ? demandai-je. Quel est cet endroit ?

– Disons que c'est un endroit où les gens se rencontrent... Mais avant cela, ajouta-t-il, mes fils et moi-même nous aimerions beaucoup que tu nous parles de ce que vous appelez chez vous la « Brith Mila », ou encore, circoncision.

Cette nuit-là, rentré à l'hôtel, dans mes songes j'étais dans une maison inconnue. J'étais avec Jane, qui faisait un geste brusque contre une peinture qui s'ouvrait comme une lettre. Je me fâchais contre elle et elle partait. J'étais triste, si triste que je pleurais sans pouvoir m'arrêter. Je pleurais si fort que je me réveillais en versant de vraies larmes. Oui, j'étais triste comme un fleuve qui s'écoule et je ne savais pas pourquoi. *Car mes yeux sont comme un papillon dans la fournaise, et mes pleurs ressemblent à des torrents d'eau, mes yeux ne trouvent point le repos et ma vie est à l'écart.*

IV
Le Rouleau des ténèbres

Et ce fut un mal fatal et une douleur lancinante dans les entrailles de Ton servant, dont la main vacille et la force chancelle jusqu'à l'évanouissement. Ils m'ont atteint sans espoir de fuite. Ils me disputent au son de la lyre et me dénoncent au son des chants, ruine et anéantissement, crampes de famine et douleurs d'enfantement. Mon cœur en est brisé, je m'habille de deuil et ma langue colle au palais, leur cœur et ses desseins m'apparaissent ô combien amers. L'éclat de mon visage s'assombrit et ma splendeur vire au noir.

Rouleaux de Qumran,
Rouleaux des hymnes.

Au milieu d'un jardin couvert de mousse, se dressait un lion. Tout autour, des roches de forme allongée, disposées horizontalement de façon à former un anneau autour d'une pierre centrale. Un lion taillé dans une pierre grise, les deux pattes de devant en l'air, comme s'il était prêt à l'attaque. Il ressemblait aux animaux que l'on dessine sur les tissus pourpres qui enveloppent les rouleaux de la Torah. A côté, deux rochers placés côte à côte, l'un contre l'autre, séparés par un mince espace. Sur la gauche, un étang autour duquel étaient plantés quelques arbres secs.

Au fond du jardin, une pagode à deux étages.

Je suis entré avec le fils aîné du Maître dans une véranda où j'aperçus la statue d'une petite fille occidentale dont le visage m'était connu. Elle avait des cheveux mi-longs, coupés au carré, un visage très fin et altier, de minces sourcils qui couvraient un regard sombre et profond, méditatif, à l'air trop sérieux pour son âge. Son buste laissait paraître sa maigreur et, en même temps la force fragile de son petit corps tendu vers la vie.

Je m'approchai et c'est alors seulement que je reconnus Anne Frank. Toshio m'avait expliqué que la jeune victime de la Shoah était très populaire au Japon, ce qui m'avait beaucoup surpris. Mais j'étais encore plus étonné de voir sa statue à Kyoto.

Je n'étais pas au bout de mes surprises. La pièce donnait sur une vaste salle à manger, dans laquelle se trouvait une petite collection de chandeliers à sept branches. Sur les murs, était encadrée une copie de la Déclaration d'indépendance d'Israël.

Sous le plafond, douze lumières, comme les douze tribus d'Israël.

Je n'eus pas le temps de m'étonner davantage. Je fus aussitôt chaleureusement et officiellement accueilli par le maître de ces lieux qui lui non plus ne m'était pas inconnu. Maître Fujima n'était pas vêtu à l'occidentale, comme lorsque je l'avais vu, mais il portait une tunique de lin cramoisi, qui lui donnait l'air d'un vieux sage chinois.

– Bienvenue à vous, dit-il en s'inclinant... Nous sommes très heureux de vous recevoir dans notre communauté. Vraiment très heureux.

A chaque mot qu'il prononçait, il s'inclinait et je me sentais bien obligé de l'imiter, si bien que nous nous baissions ensemble, face à face.

Toute l'assistance, composée d'hommes, de femmes et de quelques enfants, se leva et me salua en faisant de même et en me souriant. On aurait dit qu'ils m'attendaient, qu'ils étaient heureux de recevoir un invité de marque, alors que je n'étais pour eux qu'un étranger, un inconnu.

Les tables étaient soigneusement disposées, en fer à cheval, et dressées avec des assiettes et des couverts, ce qui me surprit : depuis le début de mon séjour, je n'avais pas vu une seule fourchette. Mais le plus étonnant fut le menu qui suivit : du *gefilte fish*, et du *tchoulent*, des plats juifs d'Europe de l'Est, toutes choses que j'avais l'habitude de manger en Israël.

— Vous pouvez manger, dit Maître Fujima, tout est cacher, ici.

— Ah, vraiment ? fis-je.

— Mais oui, sous la surveillance du rabbinat de Kobé.

— Existe-t-il une communauté juive à Kobé ?

— Oh oui ! dit maître Fujima. Elle est même très active. Aujourd'hui il y a beaucoup d'Américains et d'expatriés, mais au début du siècle c'étaient essentiellement des juifs ayant fui les pogroms de Russie.

Il se pencha vers moi et poursuivit sur le ton de la confidence :

— C'est un grand honneur pour nous de recevoir un membre du Peuple élu ce soir... Bien entendu, vous pourrez rester dans cette résidence consacrée exclusivement aux juifs qui veulent visiter le Japon. Vous serez notre invité. Il y a tout ce dont vous aurez besoin, un frigidaire où vous trouverez de la nourriture cacher, du vin et du pain azyme...

Devant mon air stupéfait, il ajouta :

— Nous connaissons bien tous vos rites. La plupart des membres de notre communauté ont voyagé en Israël et certains d'entre nous parlent même l'hébreu.

— Quelle est cette communauté ? Quand a-t-elle été créée et pour quelle raison ?

— C'est moi qui l'ai créée, il y a plus de vingt ans... Vous savez, il y a des liens entre les Japonais et les juifs que vous ne soupçonnez pas. Les Japonais ont sauvé plus de cinquante mille juifs pendant la Shoah. La plupart venaient de Russie dans un bateau et ils passaient par Kobé en attendant de trouver une autre destination...

— Pourtant, dis-je en dévorant mon *tchoulent*, car je n'avais mangé que du riz et du poisson cru depuis mon arrivée, je crois me souvenir que le Japon était l'allié de l'Allemagne nazie.

– Oh oui ! répondit maître Fujima en plissant les yeux et en inclinant encore son visage, mais ceci n'a rien à voir avec les juifs... Sachez bien que le gouvernement japonais a refusé d'exterminer les juifs, comme le demandaient ses alliés nazis. L'action antijuive proprement dite au Japon a été minime. Le 31 décembre 1940, le ministre japonais des Affaires étrangères, Matsuoka Yosuke, a dit à un groupe d'hommes d'affaires juifs : « Je suis celui qui est responsable de l'alliance avec Hitler, mais je n'ai jamais promis de conduire une politique antijuive au Japon. Ceci n'est pas seulement mon opinion personnelle, mais celle du Japon, et je n'ai pas honte de la proclamer au monde entier. »

Il me considéra un moment, comme pour mesurer l'effet de cette phrase, puis, satisfait, le vieux sage poursuivit :

– Les premiers juifs sont arrivés en 1850, à la veille de la restauration Meiji. Un petit nombre d'entre eux, qui venaient du Royaume-Uni, des Etats-Unis et de l'Europe centrale et du Nord, se sont établis au Japon, à Yokohama et Nagasaki. Après la Première Guerre mondiale, des milliers de juifs vivaient au Japon, dans la grande communauté de Kobé. Les juifs sont heureux dans ce pays, Ary *San*... Même s'ils sont peu nombreux.

» Aujourd'hui encore l'Empereur, qui ne parle à aucun ambassadeur, a l'habitude de recevoir l'ambassadeur israélien. Il lui dit : "Nous n'oublierons jamais ce que Jacob Shiff a fait pour nous !"

– Qui est Jacob Shiff ?

Maître Fujima se pencha vers moi et, plissant à nouveau des yeux, comme s'il évoquait un lointain souvenir, il murmura :

– L'histoire remonte à 1900, à la guerre russo-japonaise. L'Empereur avait dépêché son messager Yakahashi à Londres pour emprunter de l'argent afin de financer la poursuite de la guerre que les Japonais étaient en train de perdre. Les banquiers ont refusé, certains que les Japonais ne s'en sortiraient pas. Par chance, Yakahashi a rencontré Jacob Shiff, un financier de la New York Banking Firm. Shiff, qui connaissait l'existence des pogroms en Russie, a accepté d'avancer la moitié des fonds dont le Japon avait besoin, une somme colossale, et il lui a donné une lettre pour attester du prêt. Mais les banques ont continué à refuser d'accorder le complément. Alors Jacob Shiff a financé les cent quarante millions de dollars en totalité. Il a expliqué son geste en disant à Yakahashi qu'il lui donnait l'argent parce qu'il était juif et qu'il voulait lutter contre les pogroms en Russie. C'est ainsi que les Japonais ont gagné la guerre.

» Quelques années plus tard, Shiff fut invité au palais impérial. Inviter un roturier n'avait jamais été fait auparavant, et Jacob Shiff mangeait cacher. L'Empereur a organisé un dîner spécialement pour lui. "Nous n'oublierons jamais ce que vous avez fait pour nous, a-t-il dit. Peut-être viendra le temps où nous pourrons vous aider."

– J'ignorais tout de cette histoire et de ces liens qui nous unissent...

– C'est ainsi, Ary *San* ! Parmi les nombreux sanctuaires et temples, shintoïstes et bouddhistes, il y a aussi des monuments en l'honneur des juifs. Durant 1917, avec la Révolution bolchevique, les juifs de Yokohama et Kobé ont aidé des milliers de réfugiés. De plus, comme je l'ai dit, le Japon a été l'un des pays à recevoir le plus de réfugiés juifs durant la Shoah. Les rescapés ont été aidés grâce à l'aide du consul hollandais de Kaunas, en Lituanie, assisté de Chiune Sugihara, premier représentant japonais au consulat de Lituanie. Sugihara a ignoré les instructions de son gouvernement en donnant des milliers de visas pour le Japon aux juifs. Il a ainsi sauvé dix mille vies ! Sugihara a fini par perdre son travail. Pour expliquer son acte d'héroïsme, il a cité une maxime samouraï du code Bushido : « Même un chasseur n'a pas le droit de tuer un oiseau qui s'échappe de son refuge. »

– Oui, dis-je, je le connais : Sugihara est le seul Japonais honoré par un arbre à Yad Vashem dans le jardin des Justes.

– En 1941, poursuivit maître Fujima, grâce aux efforts du consul général japonais à Kaunas, en Lituanie, la yeshiva Mir, plusieurs centaines d'hommes, et plusieurs autres juifs ont réussi à s'échapper d'Europe. La yeshiva Mir est la seule école juive à avoir survécu à la Shoah. Les réfugiés ont établi leur Beth Hamidrach près de Kobé, avec la bénédiction du gouvernement. Ils ont vécu dans la paix au Japon pendant huit mois. Malgré toutes les demandes des Allemands, les Japonais n'ont jamais établi de lois antijuives, ils n'ont pas non plus éliminé le ghetto de Shanghai, qui s'était agrandi pendant la guerre avec ceux qui avaient fui le nazisme.

– Est-ce que le moine Nakagashi faisait partie de votre communauté ?

Sans répondre, le vieil homme se pencha vers moi :

– Nous regrettons beaucoup son décès si tragique. Si tragique, insista-t-il.

– Vous savez, dis-je, que je viens d'Israël pour enquêter sur sa mort, liée, il me semble, à cet homme trouvé dans la glace.

– En effet, dit maître Fujima, en effet. (Puis il regarda à droite et à gauche d'un air affairé et dit :) A présent nous aimerions célébrer une prière... C'est une prière pour la venue du Messie.

Il se leva et le silence se fit dans la salle. Alors, il commença à entonner un chant, bientôt rejoint par le concert mélodieux des voix de l'assistance.

Le chant s'éleva – un air triste et profond, une plainte hassidique, sans paroles, semblable à celles que je fredonnais, quand j'étais hassid, et à celles des Hassidim du quartier de Méa Shéarim, à Jérusalem.

– Vous paraissez malheureux, jeune homme, chuchota maître Fujima.

Oui, j'étais malheureux, car mon amie avait disparu et je voulais la retrouver. J'étais malheureux et nostalgique en cet instant. Je me souvenais du temps où je chantais ma tristesse avec mes camarades, dans la yeshiva ; je me rappelais les longues discussions avec mon camarade d'études, mon ami Yéhuda, le fils du *Rav*, que je n'avais plus revu depuis si longtemps, que je ne reverrais sans doute jamais. Je me remémorais nos échanges, des heures et des heures à parler, à commenter les pages du Talmud ensemble et, à cette époque, je ne pensais pas un jour que je pourrais ne plus jamais revoir Yéhuda... Je croyais dans l'étude, je croyais dans l'amitié. Mais que vaut un ami si nous changeons, si nous-mêmes ne nous reconnaissons plus, pourquoi l'ami va-t-il nous reconnaître et nous aimer ? Existe-t-il des amis ? Que vaut l'amitié si l'amour lui-même est incertain et changeant ? Que sont les amis s'ils ne nous suivent pas dans notre vie ? Et que vaut l'amour, s'il disparaît aussitôt qu'il se révèle ?

A ce moment, comme je regrettais cette épaule sur laquelle je pouvais me reposer, cette ingéniosité qu'avait mon ami à nous sortir de toutes les situations délicates, mais c'étaient des situations intellectuelles et j'étais dans la vie, à présent, incertain et triste, loin de mon ami, loin de mon amie, séparé par les villes, les pays, les continents, et j'avais le cœur déchiré. Car voici qu'en ce temps, je n'étais plus hassid, je n'étais plus essénien, et je n'avais plus de tradition, moi qui avais une si grande tradition.

– Dans un temps ancien, dis-je, j'étais hassid. Je me souviens de ce temps en écoutant vos chants, et voilà que je soupire comme un Hassid.

– Ici nous voulons que les juifs deviennent encore plus juifs.

– Vous m'aidez à être un meilleur juif.

A ces mots, les yeux de maître Fujima me fixèrent, en se remplissant de larmes :

– Je vous remercie, dit-il en me prenant les mains avec effusion. Je vous remercie. Vous ne pouvez pas savoir ce que cela signifie pour moi.

Je fredonnais sans m'en apercevoir, tout doucement, puis plus fort, jusqu'au moment où, me laissant prendre totalement par le chant, mon cœur se souleva, s'abîmant dans le désespoir, et mon âme s'éleva. Oh, comme j'étais triste et mélancolique comme un Hassid au matin jouant du saxophone sur les bords du lac de Tibériade, comme un Hassid sur un piton rocheux, dans une colline en Galilée, au sommet d'une route de montagne en lacets, sur le chemin tortueux qu'empruntèrent les lointains immigrés d'Espagne et ceux du Portugal, comme un homme en grand chapeau noir, près de cent synagogues, qui attend les temps messianiques, comme Louria, le lion de Safed, qui pensait au serpent au début de la création, indispensable à l'ordre du monde car par lui est produite toute chose créée, et comme Adam, triste d'avoir été créé dans ce monde informe, ainsi j'étais triste.

Mais d'où venait cette nostalgie sourde et diffuse, si ce n'était du fond de mon cœur ? Pourquoi mes souvenirs m'emmenaient-ils si loin ? Pourquoi étais-je dans une mer profonde et sombre, sous un mince croissant de lune ? Quelles étaient ces ténèbres et quel était ce mystère ? Oh, comme j'étais hassid, moi qui ne l'étais plus.

Soudain, au milieu de la transe, j'eus un souvenir fugace, sous la forme d'une image : celle de la femme que j'avais entr'aperçue dans la maison des geishas. Je la poursuivis dans les arcanes de ma mémoire, par une concentration extrême, je la traquai alors qu'elle s'éloignait et, soudain, je la vis.

La femme que j'avais aperçue derrière la porte n'était pas dans mon rêve ; la silhouette que j'avais vue, et que je n'avais pas voulu voir, *je savais à présent que c'était Jane.*

J'acceptai la proposition de maître Fujima de passer la nuit au Beth Shalom. Il me mena dans une petite chambre pourvue d'un tatami et fermée par des persiennes dont les tons beige et orangés me rappelaient la chambre de la maison des geishas.

Je savais que je bénéficiais d'un luxe rare, car les hôtels sont très chers au Japon, et les foyers classiques n'ont qu'une très modeste salle de séjour avec deux petites chambres.

C'était, au rez-de-chaussée, un espace dominé par une solide charpente. Le parquet était neuf. Une lampe avec un abat-jour en papier de riz créait une lumière chaude et tamisée.

— Le futon est rangé dans ce placard aux portes coulissantes, dit maître Fujima. La nuit, il faut le sortir et le mettre par terre pour dormir. Ceci est votre demeure, Ary *San*, ajouta-t-il en s'inclinant. Vous pouvez rester ici autant de temps qu'il vous sera agréable. C'est notre règle, nous mettons à disposition des chambres pour les juifs et les juives qui viennent visiter Kyoto.

— Merci, dis-je. Vous êtes admirable.

— Mais non, c'est tout à fait normal. Oui, normal.

Il sembla hésiter un moment avant de partir, puis il se ravisa et sortit de sa poche une petite pochette de soie rouge de laquelle il retira, avec mille précautions, une petite pierre brillante qu'il me remit soigneusement au creux de la main.

— Qu'est-ce que c'est ?

– Je ne saurais le dire. Elle était au cou de l'homme des glaces, attachée, comme un pendentif.

Je contemplai la pierre qui brillait de mille feux dans mes mains.

– Mais, m'exclamai-je, n'est-ce pas un diamant ?
– Bien sûr, bien sûr, Ary *San*, murmura maître Fujima. C'est un diamant.

Cette nuit-là, je m'éveillai en sueur, sans savoir que faire, la seule idée qui me venait à l'esprit était de fuir, de retrouver les esséniens et de poursuivre ma mission, celle qu'ils m'avaient donnée, celle qui était écrite dans les textes : j'étais Ary, le lion. Mais tout paraissait si sombre à présent, si confus. Que faisait Jane dans cette maison de geishas ? Quelle était cette enquête que je poursuivais, et qui devenait plus incompréhensible à mesure que je progressais ?

Je pris le téléphone et composai le numéro de Shimon.

– Shimon, dis-je, Jane était-elle au courant du fait que j'allais venir ?

Il y eut un silence au bout du fil. J'entendis le cliquetis d'un cure-dent, puis :

– Non.
– Mais Shimon, m'exclamai-je, comment as-tu...
– Tu as retrouvé sa trace ?
– Je pense, oui.
– A la bonne heure, dit-il avec un soupir de soulagement. J'en étais sûr. Où est-elle ?
– Je veux des explications.
– D'accord. C'est très simple : je t'ai envoyé là-bas après que la CIA m'a demandé de le faire.
– Pourquoi ?

Le Rouleau des ténèbres

— La CIA pense que Jane est en danger. Elle n'a plus aucun contact avec eux. C'est la raison pour laquelle elle m'a demandé d'envoyer mon meilleur agent sur le terrain, pour aller à sa rescousse. A qui d'autre que toi, Ary, aurais-je pu penser ?

— Mais Shimon, tu ne pouvais pas me le dire ?

— Je ne voulais pas t'effrayer, te laisser supposer le pire... Je te voulais en pleine possession de tes moyens... A présent, dis-moi, s'il te plaît, où tu l'as vue.

Seul, au milieu de la nuit, je me rendis au quartier de Gion. Il était très tard, des lanternes jetaient sur les lieux une lumière diffuse, un peu brumeuse. L'endroit était silencieux, vide, les trottoirs étaient sombres. Dans les rues, quelques passants déambulaient, des groupes d'hommes sortaient des petites maisons encore éclairées en titubant.

J'entrai dans le vestibule de la maison des geishas. Il n'y avait personne. Je fis tinter la petite cloche qui se trouvait à l'entrée. J'attendis un bon moment jusqu'à ce que vînt une vieille dame, que j'avais probablement réveillée. Ses petits yeux bridés me toisèrent d'un air interrogatif. Je lui demandai si je pouvais voir une geisha nommée Jane Rogers.

Elle inclina la tête et me tendit le catalogue.

Je le feuilletai nerveusement, mais il n'y avait ni photo ni aucune mention de Jane.

— Je voudrais une geisha occidentale.

— Geisha occidentale très chère, répondit la femme en inclinant la tête.

Je lui fis signe que j'étais prêt à payer. Malgré la gravité de la situation, je ne pus m'empêcher de sourire en pensant à la tête de ce pauvre Shimon lorsqu'il allait trouver les deux factures exorbitantes de la maison des geishas...

Je fus emmené dans une petite pièce où, selon le rituel, l'on m'apporta du thé et de la nourriture. Mais personne ne vint me voir. Je connaissais, à présent, la procédure : il me faudrait rester deux nuits. Mais comment allais-je pouvoir tenir pendant tout ce temps, alors que mon cœur et mon corps tout entier brûlaient d'impatience, d'effroi et de désir de la revoir ?

Il était déjà tard et je m'endormis, sans m'apercevoir que j'étais épuisé. Au milieu de mon sommeil, je fus réveillé par un souffle, un chuchotement.

Etait-ce un rêve ou la réalité ? Ces yeux, sombres dans la nuit, ces mains si fines, ce port de tête, souverain, ce sourire sincère, tendre, amical, cette bienveillance enfin, étaient-elles réelles ou était-ce un ange gardien, un doux soleil qui me réchauffait, se penchant sur mon sommeil ?

Et, pourtant, ce n'était pas elle. Elle portait sur le visage un maquillage blanc, d'une pâleur de spectre. Ses yeux étaient soulignés par des fards roses et rouges, ses pommettes formaient comme deux ronds proéminents sur son visage, sa bouche était teintée d'un rouge très vif, brillant, ses cheveux blonds étaient relevés en un chignon serré par des baguettes, son corps se trouvait tout entier dissimulé sous un habit japonais, un kimono rouge, telle une grande robe de chambre retenue par une ceinture de soie noire, serrée à la taille et aux manches très longues.

– Jane...

– Chut, murmura-t-elle en posant un doigt sur mes lèvres. Ne fais pas de bruit...

– Mais ?

C'était bien Jane, devant moi. Habillée, préparée comme une geisha. Jane était là, à la fois réelle et irréelle, proche et distante, telle que je l'avais toujours connue, et tout à fait étrangère. Mon premier mouvement fut de l'enlacer, comme je l'avais fait, la veille du jour où elle m'avait quitté. Je posai un baiser sur son front, sur ses joues, sur ses lèvres, dans son cou. Emporté par l'amour, embrasé par la flamme qui me consumait de l'intérieur depuis qu'elle m'avait quitté, je la pris contre moi, son cœur sur mon cœur, son corps mince et fragile, fort toutefois, contre le mien, comme une évidence.

Je la caressai de mes mains, mon visage posé sur son visage, comme lorsqu'elle m'avait quitté. Je la retrouvai, telle qu'elle était, dans l'éternité de l'amour accompli, dans sa plénitude, dans sa sollicitude, dans le désir incommensurable de l'avoir, comme lorsqu'elle m'avait quitté. Elle était là, je la serrai si près, si près qu'elle ne devait plus s'échapper, plus jamais s'éloigner loin de moi, plus s'arracher à moi comme si on m'enlevait une partie de moi, et ne plus jamais me quitter. Et je lui murmurai tout bas, tout bas : « Mon cœur déborde d'amour pour toi, je souffre de ne pas être toi, tu dis qu'on est un quand on est dans l'esprit de l'autre mais je souffre de ne pas être toi... »

– Que fais-tu ici ? murmura-t-elle.
– Et toi ?
– Cette maison, Ary, souffla-t-elle contre mon oreille, appartient à une secte.
– Une secte ? Mais toi, ici ?
– Tais-toi. Parle plus bas... Il est possible que nous soyons épiés.
– De quelle secte s'agit-il ?
– Une secte très puissante et très secrète. Ses hommes ne se révèlent pas, ils sont en puissance mais non en actes. Et ils sont très puissants : ils sont présents parmi les hommes politiques, les chefs d'Etat, les administrations...

Mon esprit était empli de ravissement et de bonheur de la revoir, en même temps qu'il était envahi par des pensées néfastes. J'étais suspendu quelque part entre plaisir et douleur, entre joie et tristesse, entre soulagement et terreur, entre amour et haine, entre désir et effroi. Je tentai de me calmer, mais je n'y parvenais pas.

Jane se releva, alla jusqu'à la porte, qu'elle entrouvrit, puis, voyant qu'il n'y avait personne, elle revint tout près de moi.

– Ecoute, Ary, écoute bien ce que je vais te dire, car il faut que tu m'aides.

– Oui ?

– Je suis en train de suivre un homme.

Elle prit un verre de saké, qu'elle but d'un trait, comme pour se donner du courage. Ce geste si décidé m'intrigua : je n'avais jamais vu Jane boire, et encore moins boire de cette façon.

– Un raté, ou un ambitieux, c'est selon. En tout cas, un homme dangereux. Tu m'écoutes bien ? Car nous n'avons pas beaucoup de temps...

– Je t'écoute.

– Il s'appelle Ono Kashiguri. Il est à la tête de la secte, qui s'appelle « la secte d'Ono ».

– Mais Jane, interrompis-je, comment puis-je t'écouter ? Je suis trop heureux de te revoir... Je t'ai cherchée jusqu'ici... Je voulais tant te revoir !

– Je sais, Ary, je sais... Je ne pouvais pas t'expliquer. Je ne peux pas avoir de contact avec l'extérieur. C'est trop dangereux, ici. Tous mes gestes sont épiés, écoutés. J'ai réussi à m'infiltrer dans cette maison, mais je ne peux pas sortir, je ne peux pas aller ailleurs, je serais suivie. Il y a trop de ramifications... Tu comprends ? C'est pourquoi il faut que tu m'écoutes attentivement ; ainsi tu transmettras toutes ces informations à Shimon, c'est bien compris ?

— C'est compris. Mais quand allons-nous nous revoir ?

— Quand je te ferai signe mais, avant toute chose, tu ne dois plus venir ici. Ce serait beaucoup trop dangereux. Il ne faut pas que tu sois repéré, tu m'entends ? A aucun prix. Tu mettrais ta vie et la mienne en danger.

— Je pense qu'ils ont fouillé ta chambre d'hôtel.

— C'est probable : je sais que je suis épiée.

— Vas-y, dis-je. Je t'écoute.

— Voici les renseignements que j'ai pu obtenir. Ono Kashiguri est un homme simple au départ ; issu d'une famille modeste. Après avoir raté ses études, il s'établit en tant qu'acupuncteur à Tokyo. En 1985, à l'âge de vingt ans, il épouse une étudiante dont il a cinq enfants. Il ouvre une boutique de remèdes chinois traditionnels. En 1992, il est arrêté pour vente de faux traitements. Il fait faillite. En 1997, il a fondé sa secte, déclarée officiellement comme religion. Il a également créé un parti dont il a pris la tête, bien qu'il n'ait pas réussi à se faire élire à la Diète.

» Depuis quelques mois, il a commencé à se donner les titres de « Christ d'aujourd'hui » et « Sauveur de ce siècle ». Aujourd'hui, la secte a des adeptes dans tout le pays, mais pas seulement : elle s'étend jusqu'aux Etats-Unis, en Allemagne, et elle se développe aussi en Russie.

— Quels sont ses idées, ses motifs ?

— Ses idées sont à la fois simples et complexes. Bouddhiste de nom, sa doctrine est un pot-pourri d'éléments hétéroclites : culte de Shiva, dieu hindouiste de la destruction, éléments du Nouvel Age, occultisme... l'un de ses héros est Hitler, « maître de l'occulte ». L'obsession d'Ono Kashiguri, les conspirations contre le Japon ; sa bête noire, les Etats-Unis et leurs alliés occidentaux, créatures, selon lui, des francs-maçons et des juifs, dont les instruments privilégiés de destruction seraient les fast-foods...

» Il y a un mois environ, la secte a annoncé la fin du monde. Depuis, Kashiguri se fait adorer par ses disciples qui s'inclinent devant lui et lui baisent les pieds. Certains achètent très cher un mélange de ses sécrétions, qu'ils boivent.

– A combien évalue-t-on le nombre de ses disciples ?

– Trente mille au Japon et à travers le monde. Un grand nombre d'entre eux sont des personnes âgées et riches qui disparaissent après avoir cédé tous leurs biens à la secte. Elles sont enlevées ; on ne sait pas ce qu'elles deviennent. Mais il y a aussi des scientifiques de haut niveau, des avocats, des membres de la police et, comme je te l'ai dit, des hommes politiques.

– Dans la police, tu es sûre ?

– Oui, la secte d'Ono a des adeptes-informateurs jusque dans la police japonaise. Les disciples, après avoir été en quelque sorte envoûtés par le gourou, quittent leurs famille, parents, épouse, lui donnent tous leurs biens, avant de lui consacrer leur vie en travaillant pour lui. Leurs enfants, élevés dans la secte, sont pris et isolés du monde.

– Comment sont-ils envoûtés ?

– Par le discours d'Ono... Et puis, parmi les adeptes, il y a les scientifiques, des médecins et des chimistes, qui procèdent à la fabrication de LSD et d'autres substances hallucinogènes. Ils doivent être utilisés, en même temps que les gaz toxiques, afin de créer le chaos complet dans les grandes villes du Japon, pour commencer, puis du monde entier !

– En ont-ils les moyens ?

– Les actifs du groupe sont évalués entre trois cents millions et un milliard de dollars, en biens immobiliers, boutiques d'informatique, maisons d'édition, agences de voyages, restaurants populaires, et même une agence de rencontres, sans parler des comptes bancaires... Tu me suis ?

— Je t'écoute ; mais pourquoi le gouvernement n'a-t-il pas interdit cette secte ?

— Un projet de loi présenté par le gouvernement japonais prévoit que les organisations religieuses établies dans plus d'une préfecture devront désormais être déclarées auprès du ministère de l'Éducation. Ils devront déposer la liste de leurs biens et de leurs responsables, ce qui permettra de les surveiller et de procéder à la vérification de leurs comptes. Ces dispositions ne sont pas gênantes pour les religions au sens ordinaire du mot ; la population japonaise, dans sa grande majorité, y est favorable. Mais le principal parti d'opposition, le Shin Shinto, créé par la secte Soka Gakkai, manifeste sa vive désapprobation, de même que le cardinal-archevêque de Tokyo, Mgr Shiranayagi, qui y voit une restriction de la liberté religieuse.

— La secte veut prendre le pouvoir ? Déstabiliser le gouvernement ?

— Pas seulement. Je pense qu'ils en veulent à l'Empereur...

— Pour quelle raison ?

— Je ne le sais pas encore. Mais je compte bientôt avoir plus de renseignements à ce sujet.

— Mais toi, Jane ? dis-je en la regardant. Combien de temps comptes-tu rester ici ? Crois-tu que je puisse te laisser parmi ces gens ?

— Je suis ici pour enquêter, Ary... Cette maison appartient à la secte. Des membres influents la fréquentent. Ils viennent s'y détendre, c'est leur récompense. J'ai découvert que la secte avait ouvert une école... Apparemment une école de moines bouddhistes, mais en fait... J'ai su qu'Ono avait passé plusieurs mois l'an dernier dans un monastère de l'Himalaya et il en est revenu ayant connu le *satori*, ce qui signifie : illumination suprême, en japonais. Et surtout j'ai découvert que le moine Nakagashi faisait partie de la secte, tout comme sa maîtresse, la geisha Yoko Shi Guya.

– Tiens, c'est étrange... Le moine Nakagashi faisait partie de la maison Beth Shalom, à Kyoto, consacrée au peuple d'Israël...

– Il est possible qu'il ait cherché à infiltrer la maison Beth Shalom.

– Crois-tu que Nakagashi et Yoko Shi Guya aient été assassinés par les gens de la secte ?

– Ou encore par ceux du Beth Shalom ?

– Y a-t-il un lien avec l'homme des glaces ?

– Je ne sais pas encore, mais je le suppose. C'est en revenant de son voyage au Tibet qu'Ono a déclaré qu'il était le véritable Christ ; il dit avoir découvert le vrai sens de l'Evangile ; bouddhisme et christianisme, selon lui, sont totalement identiques. Il dit que Jésus-Christ a été crucifié, mais que lui, le prochain Christ, ne sera pas tué en pleine mission, il ira plus loin et il répandra la vérité sur le monde entier. Jésus est venu pour conduire les âmes dans les cieux – Ono les emmènera encore plus haut : au nirvana, « le monde de la grande et complète destruction des convoitises terrestres ». Malgré son assertion selon laquelle il ne sera pas crucifié, il se fait représenter sur des images en Jésus, une couronne d'épines sur la tête, nu, si ce n'est un morceau d'étoffe autour des reins. Cette image doit sans doute servir à séduire le public russe, avec lequel il a des liens, en donnant l'impression qu'il s'agit d'un livre sur le christianisme. Pour une raison que j'ignore, il insiste particulièrement sur les complots criminels des francs-maçons et des juifs.

» Malgré de nombreux cris d'alarme, les protecteurs d'Ono n'ont rien voulu voir – ils n'ont pas l'air particulièrement embarrassés. Mais si l'on pense aux facilités que son association avec la sécurité militaire russe ouvre à Ono, on peut commencer à s'affoler. Non seulement il a pu se procurer toutes sortes de produits chimiques toxiques en grande quantité, mais lui et ses proches brandissent la menace nucléaire – et on sait tout ce qu'il est possible de se procurer en Russie. Aujourd'hui, j'ai appris que la secte faisait des expériences au Tibet et en Inde, sur le gaz.

– Que comptes-tu faire, Jane ? Ne crois-tu pas que tu en sais suffisamment ? Que tu pourrais partir ?

Jane reprit un verre de saké. Puis elle alluma une cigarette. Elle me considéra un moment de ses yeux noirs. Je vis alors qu'elle avait peur, même si elle essayait de ne pas le montrer.

– Je pense qu'ici, nous ne pouvons rien faire, dit-elle d'une voix posée. La secte a trop d'influence dans des milieux élevés. Ils utilisent Internet ou la vidéoconférence pour relayer leurs ordres et même pour former leurs membres. J'ai lu un texte sur le Web, qui confirme que la secte a recruté des développeurs pour monter des sites en japonais, en anglais et en russe. Si l'on faisait une perquisition, on trouverait une base de données cryptées contenant les noms et adresses de plus de cinquante mille étudiants susceptibles d'être recrutés ou infiltrés...

» Mais aujourd'hui le plus urgent ce sont les armes de destruction massive à des fins terroristes et de terrorisme nucléaire. Pour cela, je peux encore obtenir des renseignements : quels produits sont le plus susceptibles d'être utilisés ? Comment les terroristes pourraient-ils s'en procurer et par quels moyens pourraient-ils les administrer au groupe visé ? A-t-on déjà utilisé, ou menacé d'utiliser, de telles armes ? S'il n'y a jamais eu de menace ou d'attentat, pour quoi se préparent-ils ? Que cherchent-ils ? Si l'on en juge d'après ce qu'on observe actuellement dans le monde et d'après l'évolution récente des actes terroristes, il est possible qu'ils utilisent des agents chimiques ou biologiques. Ils font partie des groupes terroristes qui seraient le plus susceptibles de recourir à de tels moyens.

– Mais tu dis qu'Ono est devenu bouddhiste... Le bouddhisme offre un code moral fondé sur la compassion et la non-violence, sans exiger que le disciple ait la foi, comme le christianisme.

– Pour Ono, la pratique de la méditation bouddhiste s'apparente à l'attitude des chasseurs tribaux guettant le gibier, comme les méditants qui demeuraient physiquement immobiles et mentalement concentrés.

– Tu penses qu'Ono veut se servir du bouddhisme pour créer des écoles et former des adeptes qui vont répandre sa religion ?

– Exactement.

– Tu ne peux pas rester seule ici, Jane. Je ne peux pas le permettre. Je suis venu te chercher pour te ramener avec moi, pour que nous soyons tous les deux. Je veux t'emmener loin d'ici, je veux que nous partions maintenant, tout de suite, lorsqu'il en est encore temps.

– C'est impossible, Ary. Je dois poursuivre ma mission.

– Pourquoi à Jérusalem ne m'as-tu pas dit que tu partais ? Pourquoi ne m'as-tu pas donné de nouvelles ? Pourquoi m'avoir laissé sans un mot ? As-tu pensé à ce que moi, je pouvais ressentir ?

– Je n'avais pas le droit de le faire, Ary. C'est une mission ultra-sensible. Je ne pensais pas que tu viendrais jusqu'ici.

– Ta mission. Il n'y a donc que cela qui compte pour toi ? Et moi ? Est-ce que je ne compte pas plus que ta mission ? Est-ce que tu te souviens ?

– Bien sûr, Ary. Mais il y a aussi...

– Quoi ?

– Ce monde qui est autour de nous, qui va si mal. Ces dangers terribles. C'est bien toi qui me parlais de ma responsabilité, de notre responsabilité vis-à-vis du mal, n'est-ce pas ?

– C'est Shimon qui m'a envoyé...

– Je sais... Et puis, tu ne m'aurais jamais laissée partir, n'est-ce pas ?

– Mais Jane, comment aurais-je pu ? Je t'aime. Je veux que tu rentres, avec moi. Je ne veux plus faire d'enquête. Je veux vivre avec toi.

– C'est impossible pour le moment.

– Je ne peux pas te laisser ici, seule, en danger, continuai-je sans rien entendre et, en plus, dans une maison de geishas...

– C'est mon travail.

– Ton travail ? Mais quel est ton travail ?

– Ary, murmura Jane. Tu dois baisser la voix...

Je remarquai des petites gouttes de sueur qui perlaient de ses tempes. Ses mains tremblaient légèrement ainsi que ses paupières.

– Jane, es-tu sûre que ça va ? dis-je en lui prenant les mains, qui étaient moites.

– Oui, oui, ça va. Je ne dors pas assez en ce moment. Je ne me sens pas très bien, je dois être un peu fatiguée.

Je la regardai, terrifié.

– Fatiguée ? Mais pourquoi ?

Son regard, soudain, se fit dur.

– Ecoute, Ary, je ne t'ai pas tout dit sur moi. Je suis...

Un grand frisson me parcourut l'échine.

– Tu es une prostituée ! Jane...

Je la regardai, sans comprendre, sans vouloir comprendre, alors que les mots qui étaient sortis de ma bouche, eux, avaient déjà compris.

Livide, je sortis de la pièce, alors que Jane tentait de me retenir. Nous avons croisé à nouveau l'homme borgne qui titubait et aussitôt, comme si elle en avait peur, Jane est rentrée dans la chambre.

Je quittai la maison endormie dans la nuit, je courus dans les rues sous les faibles lueurs de l'aube, sans raison, je courus... Au hasard, dans les rues de Kyoto, hors de ce quartier de Gion, hors de cette cité maudite, de cette femme, je courus jusqu'à ce que mes jambes ne me portent plus.

J'étais sans voix devant ce désastre, cette découverte terrifiante, devant l'étendue du monde de ténèbres dans lequel Jane elle-même s'était engouffrée, suspendue, perdue, avalée. J'avais marché, couru loin derrière elle, j'avais voulu, tant voulu l'aimer à jamais, et c'était impossible, j'avais tout abandonné, tout donné pour elle, jusqu'à mon Dieu, j'avais tout sacrifié sur l'autel de l'Amour, et elle était la traîtresse qui régnait sur l'empire du mal, elle était la maîtresse des ombres.

Ô Jane. A présent je comprenais tout, oui, je savais pourquoi elle était partie sans rien dire, car comment dire l'indicible, je savais pourquoi elle s'en était allée, sans un mot, sans un geste, sans un signe, car elle savait que la honte l'attendait.

J'étais au fond du désespoir, au fond du doute, j'étais allé jusqu'au fond de ses ornières. Ainsi, elle avait tout gâché, tout saccagé, comment vivre, dès lors ? Lors de l'amour, je lui demandais si elle m'aimait, après l'amour, je lui ai dit l'amour, et je lui ai dit que je l'aimais.

Plus rien ne comptait, je ne voulais que rester seul, et partir, partir, et me souvenir du moment fulgurant où je l'avais aimée, tellement que j'aurais pu en mourir.

Plus rien n'existait, plus rien n'était important, et je ne pouvais plus me lever, car c'était la fin de l'amour. C'était la fin et j'allais disparaître.

Je me souvenais de cette nuit-là, et du matin, mes yeux ont souri après la nuit, petite éclipse du sommeil, mes yeux étonnés de la voir à l'éveil, heureux, épris, et l'Amour souriait, heureux en son confort, fier et serein, sourire d'à côté, sourire d'en face, sourire de rien, plaisir du bonheur et plaisir de la vie, c'était l'Amour qui souriait, mes yeux dans ses yeux rivés, mon corps contre son corps, au milieu de l'Amour qui souriait. Je me souviens, ô je me souviens.

Je suis allé vers elle, je lui ai dit, il n'y a plus que toi au monde, plus rien d'autre, plus personne, plus que toi et tout le reste n'est que douleur, matière, vide, lenteur, lourdeur, séparation de toi et moi, il n'y a plus que toi, tu es l'objet de ma pensée unique, tu me passionnes, me préoccupes, m'inquiètes, je te veux, t'espère, il n'y a que toi, en cette spirale, il y a toi, et c'est tout.

Et maintenant, ce n'était que la nuit, obscure, abondante, filante, c'était la nuit, effrayante, et j'avais peur, peur du noir, peur de moi, c'était la nuit et j'étais seul. Mon cœur en exil se rappelait son histoire. Il se souvenait, ô tristesse.

Hier, je pensais, on se rapproche, on ne se séparera pas et, aujourd'hui, j'étais un étranger dans la nuit, un inconnu face à une inconnue, et cet amour était un rejeton, un avorton, un jeu, peut-être.

J'étais seul dans l'abîme de la nuit.

Ainsi je partis en courant loin de Jane, fille de Satan, prostituée donnant son corps pour la CIA, c'est-à-dire pour son travail, ou pour je ne sais quoi. Jane, que j'aimais par-dessus tout, que j'aimais toujours, que j'aimais plus que jamais et que je haïssais comme je n'avais jamais haï personne.

Je me retrouvai, au petit matin, à marcher, hagard, dans Kyoto embrumée. Sans que je le décide, mes pas me guidèrent jusqu'au temple du Maître. J'entrai dans le sanctuaire, sans savoir vraiment pourquoi, sans même penser que je cherchais un refuge. Le silence régnait dans la grande pièce sombre, éclairée de quelques bougies, où fumait l'encens. L'atmosphère digne et calme de ce lieu, empreinte de sérénité, ne m'apaisa pas.

Le Maître était en train de méditer, seul. Un long moment passa avant qu'il ne lève les yeux vers moi.

– Tu es un cheval irascible, Ary Cohen. Jour et nuit, tu oublies de garder l'esprit. C'est pour cette raison que je te faisais attendre, les fois précédentes, avant que nous nous rencontrions. Pour que tu sois calme, pour que tu n'oublies pas l'esprit, alors que tu n'es qu'un cheval irascible.

– Hélas, dis-je. Que puis-je faire ? Que vais-je faire à présent ?

– Ne t'avais-je pas dit que tu devrais pratiquer l'Art du Combat ?

– Non, dis-je, je ne veux pas combattre, je veux errer ou, peut-être, rentrer chez moi et tout abandonner.

– Chez toi ? Sais-tu seulement où c'est ?

Je souris : en effet, je n'avais pas de « chez-moi ». Je n'avais pas d'endroit à moi, je n'avais plus personne.

– Tu dois être fort pour te ressaisir. Tu crois être au bout de tes forces, mais tu n'y es pas, Ary Cohen, tu n'y es pas du tout. La véritable cible que tu dois viser, c'est ton propre cœur.

– Mon cœur est meurtri aujourd'hui. Il est déchiré.

– Veux-tu le guérir ?

– Je ne crois pas que cela soit possible.

– Allons, allons, tu dis cela car tu ignores tout de notre voie vers la guérison... C'est la voie du cœur...

— Mais vous ne m'aviez pas dit de quel combat il s'agissait. Le plus terrifiant, le plus dur, le plus inattendu.

— Le combat suprême : le combat contre toi-même.

Le Maître s'approcha de moi. Ses yeux noirs me scrutèrent. Son kimono blanc donnait une lueur presque transparente à sa peau très fine. Il posa la main sur mon épaule, et je sentis comme un courant électrique me parcourir l'échine.

— Il faut apprendre à te connaître, dit-il. Et, pour cela, il te faut maîtriser ton corps. Si tu t'harmonises avec le petit univers qu'est ton corps, celui-ci sera en harmonie avec le cosmos. Cela commence par la véritable concentration. La Voie du Combat, c'est de faire du cœur de l'univers son propre cœur, ce qui signifie être uni avec le centre de l'univers.

— Si je connais mon corps, je me connaîtrai moi-même ?

— Toi-même... Pourquoi parles-tu de « toi-même » ? Tu ne te rencontreras vraiment que si tu te perds... Quand il y a un moi, il y a un ennemi. Quand il n'y a plus de moi, il n'y a plus d'ennemi.

— Comment abandonner l'ego ?

— Qu'est-ce que l'ego ? Le nez, le cœur, les oreilles, le cerveau ? On ne peut pas arrêter le cœur, on ne veut pas penser et les pensées surgissent. On vit par interdépendance. Quand on est attaché à soi, on ne peut pas être heureux.

Me prenant le bras, il me mena jusqu'au miroir suspendu au-dessus du tatami, près de l'entrée. Je vis son reflet et le mien. Il était calme, ses traits fins ne laissaient rien transparaître qu'une sorte de bonté placide, et les miens ne laissaient voir rien d'autre que le tourment, qu'une âme en souffrance.

— Dans le reflet du miroir, la forme de ton visage apparaît. Tu te reflètes toi-même, tu peux voir, comprendre ton esprit, connaître ton véritable ego.

Je souris en entendant ces préceptes, si simples d'apparence, et si difficiles d'application.

– Y a-t-il quelqu'un qui connaisse l'esprit en ce monde ?

– Celui qui atteint le détachement parvient à se débarrasser de toutes les afflictions, qui ne sont autres que celles de l'esprit.

– Je voudrais tant pouvoir me détacher. Malheureusement, c'est impossible. Je ne m'en sens pas capable.

– Le vouloir est le plus sûr moyen de ne pas y arriver. Non, il faut d'abord prendre conscience de toi-même, apprendre à te découvrir. Quelle que soit l'étendue de tes connaissances, si tu ne te connais pas toi-même, tu ne sauras rien du monde ni des autres et c'est alors que tu perdras vraiment ton temps.

– Je croyais me connaître. Je croyais que j'étais un guerrier, et j'étais un moine. Je croyais que j'étais moine, et j'étais Messie. Je croyais être Messie, et je suis homme... Je croyais aimer une femme, et je la déteste !

– Ceux qui ne se connaissent pas en profondeur critiquent les autres du point de vue de leur ego inculte. Ils admirent ceux qui les flattent et détestent ceux qui les remettent en question. A cause de leurs préjugés, ils finissent par devenir irascibles, comme toi, rongés par la colère et prisonniers des souffrances qu'ils s'infligent eux-mêmes. Si les autres t'apparaissent méchants, pourquoi veux-tu leur être agréable ? Seuls ceux qui ont réussi à surmonter leurs préjugés ne rejettent pas les autres qui, à leur tour, peuvent les accueillir.

Je me retournai vers lui.

– Ainsi, dis-je, étudier votre science, c'est s'étudier soi-même ?

– Et s'étudier soi-même, c'est oublier le moi. Oublier le moi, c'est être éveillé par toute chose.

– Alors, dites-moi, Maître, comment peut-on se connaître ?

Il s'approcha de moi et, me regardant au fond des yeux, il murmura :

– Nos idées et nos sens sont semblables à des brigands qui

ont dérobé notre esprit originel et qui sont les fruits de notre propre pensée. Tu dois cesser d'être ordinaire, Ary Cohen. Tu dois arrêter de prendre l'illusion pour la réalité, et d'adopter cette attitude qui se fixe sur les apparences, engendrant ainsi colère, incompréhension et besoins maladifs. Tu es trop occupé à produire toutes sortes d'afflictions psychologiques – parce que tu as perdu l'esprit originel. C'est pourquoi tu es incapable de la moindre concentration, et c'est pourquoi tu es le jouet de ta propre pensée. Dépourvu de tout ressort psychologique, tu deviens sombre et mélancolique ; rivé aux apparences, tu erres dans ce monde sans but et, surtout, sans compréhension.

– Maître, dis-je, surpris de l'appeler ainsi, par le nom que je donnais à mon Rabbi du temps où j'étais hassid, que dois-je faire ? Que dois-je faire pour pratiquer ?

– Tu n'as besoin ni de sagesse ni de talent, et tout ce que tu sais te gênera.

– Est-ce que je dois devenir un guerrier ?

– Un guerrier, oui, mais le guerrier ultime. Le guerrier qui tue la mort elle-même. Alors, tu connaîtras la perfection. Tu arrêteras les souffrances des autres, tu poursuivras ta mission et, finalement, tu trouveras la paix.

– Maître, à présent je suis calme, donnez-moi une leçon et je la recevrai.

Il me considéra, comme pour juger si j'étais apte à avoir une leçon de lui. Et moi je le regardais, essayant de capter son regard, de résister à l'envie de baisser le mien devant sa fulgurance, sa persévérance, sa clairvoyance.

Alors seulement, je vis.

Il était vêtu d'une robe de lin blanc. Sur la robe, un châle avec des franges qui avaient huit fils et quatre nœuds. Sur sa tête était une petite boîte noire. A côté de lui se trouvait une corne d'animal.

– Maître, quels rites êtes-vous en train d'accomplir ? Est-ce que vous accomplissez ces rites pour moi ?

– Ce sont nos rites.

– Comment ? Mais ces phylactères, ces franges, ce choffar ? Ce châle de prière et cette robe de lin blanc, celle de nos grands prêtres ?

– Ce sont nos rites, Ary Cohen.

– *Vos* rites ?

Je le considérai, perplexe, en me demandant s'il était en train de me jouer un tour. Mais non, il semblait sérieux, calme et posé.

– Qu'est-ce que cela veut dire ? Quelle est votre doctrine ? Quels sont vos rites ?

– Nous n'avons pas d'objets sacrés. Alors que ceux du bouddhisme ou du christianisme sont plus imposants ; ainsi que leur architecture. Nous, les shintoïstes, nous n'avons rien de tout cela. Nos maisons de prière sont très simples si on les compare à celles du Vatican à Rome, ou encore aux cathédrales... Notre vin sacré est le saké. La nourriture et la boisson sont des composants nécessaires de notre rituel, avec la musique et la danse, qui célèbrent la vie. C'est tout.

– Avez-vous une Torah ? Un texte ? Un écrit ?

– Non.

– Les musulmans ont le Coran, les bouddhistes ont les sutras, les chrétiens ont leur Bible et les juifs ont leurs Ecrits. Et vous ?

– Le Shinto n'a rien. Tous nos écrits, Ary, sont partis en cendres... Vois-tu, Ary, notre mémoire a été ravagée dans une guerre qui nous a opposés aux bouddhistes, au huitième siècle. Ils ont incendié notre bibliothèque, brûlant ainsi tout ce qui faisait notre patrimoine : nos écrits, nos textes sacrés...

Tout est parti en fumée, et il ne nous reste plus rien ! Rien que nos rites, nos temples et nous-mêmes, les descendants des shintoïstes... Au nouvel an, plus de quatre-vingts millions de Japonais visitent des sanctuaires, à Isé, Izumo Taisha, Meiji Jingu ou Inari, Hachiman ou Kami... Les Japonais gravissent des montagnes à Kukai ou Nichiren. Car c'est tout ce qui nous reste.

– Et vous n'avez plus rien qui soit écrit ? Aucun parchemin, aucun manuscrit ?

– Il y a certains écrits, de l'ancienne mythologie – mais c'est fragmentaire. Il nous reste nos divinités, les kamis.

– Vous êtes donc polythéistes ?

– Mais nous disons qu'il y a un seul kami, et tous les kamis partagent la même qualité, mais un seul kami peut être divisé en plusieurs parties qui peuvent fonctionner dans différents endroits – dans Takaamahara, le cosmos ; Takamanohara, le système solaire ; et Onokoro-jima, la terre.

» Chaque partie a sa propre fonction qui agit comme les membres du corps humain, avec une unité organique. L'un est multiple, mais le multiple est un.

» Vois-tu, le shintoïsme est simple... Dans le shintoïsme, notre objet de référence est un *may gohei*, une pièce de papier coupé et sacré qui reflète la simplicité de la croyance shintoïste.

– Et le fondateur de votre religion, qui est-il ?

– Nous n'en avons pas... Ou alors, nous n'en avons pas le souvenir.

– Mais toutes les religions ont un fondateur : le bouddhisme, l'islam, le judaïsme, le christianisme... Et vous ?

– Nous ne le connaissons pas... Nous avons perdu sa trace. Sais-tu ce que c'est, Ary Cohen, de perdre la trace ? De n'avoir plus rien sur quoi s'appuyer ? D'avoir perdu tous ses textes, toute sa mémoire, de ne plus savoir d'où l'on vient ?

– Je crois que je sais à présent...
– Assieds-toi, dit-il. Je vais te montrer.
Je fis ainsi qu'il l'avait dit.
– Es-tu bien assis ?
– Je ne sais pas. Y a-t-il une bonne façon de s'asseoir ?
Le maître désigna de la main la façon dont il s'était assis, le dos droit, la tête dans le prolongement de la colonne vertébrale.
– Comment peux-tu lutter si tu ne recherches pas l'équilibre ?
Il me poussa légèrement, je tombai à la renverse.
– A présent, pousse-moi.
Je le poussai, de toutes mes forces, mais il ne tombait pas.

Je rentrai au Beth Shalom.
Je me rendis dans la pièce principale, où je trouvai maître Fujima, assis, en train de lire un livre. Il leva les yeux vers moi.
– Ary *San*, dit-il, je vous attendais.
– Maître Fujima, dis-je, moi aussi je vous cherchais. Je dois vous poser quelques questions.
– Je vous écoute.
– Le moine Nakagashi faisait-il partie de votre congrégation ?
– Oui, nous l'avons rencontré et nous l'avons accepté car il était l'ami de ma fille, Isaté.
– Que s'est-il passé avec Nakagashi ?
– Il a voulu faire partie de notre groupe. Il semblait perdu, nous l'avons aidé. Il a connu notre secret...
– Votre secret ?
– C'est nous qui lui avons parlé de l'homme des glaces.

— C'est vous qui l'avez trouvé ? Où et quand ? Le manuscrit était-il sur lui ?

— Vous me posez trop de questions, Ary Cohen. Je ne peux pas répondre à toutes... Mais cet homme venait du Tibet. Ce sont les paysans du village qui l'ont retrouvé dans la neige... Près de la frontière chinoise, il y a un monastère bouddhiste perché dans la montagne.

» Seuls quelques initiés ont le droit d'y aller, s'ils connaissent le lama. Et nous le connaissons car il est venu me voir dans ma maison à Tokyo pour que je recopie certains de ses manuscrits. C'est pourquoi il m'a fait parvenir celui que vous appelez "l'homme des glaces". Il pensait que cet homme n'était pas bouddhiste, mais shintoïste, et que nous devions le voir.

Je me demandai s'il était possible que le monastère dont parlait maître Fujima fût celui où s'était rendu Ono Kashiguri, lorsqu'il avait rencontré le *satori*.

— Oui, dit maître Fujima, comme s'il devinait mes pensées. C'est là qu'a été trouvé l'homme des glaces... A présent, il me semble qu'il est venu nous hanter, comme un tengu...

Je rendis compte à Shimon des derniers développements de l'enquête. Puis je lui dis que je voulais rentrer en Israël.

— Penses-tu que maître Fujima soit impliqué dans l'assassinat de Nakagashi ?

— Je ne sais pas. C'est possible. Après tout, il doit lui en vouloir d'avoir été l'ami de sa fille. Cependant, je ne crois pas que maître Fujima pratique l'Art du Combat, et il est assez âgé. De toute façon, répétai-je, il est hors de question que je me rende au Tibet... Je veux rentrer, Shimon, demain je prendrai un billet pour Israël.

Il y eut un silence.

— Et Jane ? Grâce à tes informations, nous avons appris que le chef de la secte, Ono Kashiguri, vient de partir pour le Tibet, dans un monastère, à la frontière de la Chine...

— Est-ce qu'elle est avec lui ?

— Il semble que oui.

— Il faut tout de suite arrêter cette filature. C'est une erreur. Jane savait ce qu'elle faisait en arrêtant tout contact. Cela peut être très dangereux pour elle. Et moi, je ne veux plus partir à sa recherche...

— C'est là où tu dois te rendre, si tu veux en savoir plus sur l'homme des glaces, poursuivit Shimon, imperturbable. Mais attention : au Tibet et au Xinjiang, la Chine continue de sévir. Tout contact avec des étrangers est impossible, sous peine de prison. En particulier, les moines tibétains sont mal perçus par les Chinois, car ils sont considérés comme des séparatistes. La peine encourue est une rééducation par le travail, qui se passe dans des camps... sinistres.

— Non, dis-je, en pensant que je n'aurais même pas su situer le pays sur une carte, je n'irai pas là-bas. Pourquoi irais-je ? Je ne connais rien au Tibet, ni à son problème avec la Chine, cela ne me concerne pas.

— Bien, dit Shimon. Je vais tout t'expliquer. Le pays a été occupé en 1950 par l'armée chinoise. En mars 1959, il y a eu un soulèvement à Lhassa, la capitale du Tibet. Voulant protéger la vie du dalaï-lama qu'ils pensaient en danger, les Tibétains se sont massés autour de son palais. C'est pourquoi le dalaï-lama a décidé de s'exiler en Inde : il pensait que son départ éviterait un bain de sang, et il a été rejoint par des centaines de milliers de réfugiés. Au mois de mars, les soldats chinois ont abattu quatre-vingt-sept mille personnes à Lhassa. Ils ont tout mis en œuvre pour annihiler la résistance nationale tibétaine. On dit qu'un Tibétain sur dix a passé dix ans de sa vie en prison, ou dans un camp de travail. L'occupation chinoise a causé la mort d'au moins un million deux cent mille Tibétains... Tout le monde s'en moque, mais... c'est la vérité. Donc prudence, Ary, prudence de ce côté-là.

Pendant qu'il parlait, je considérais la pierre que maître Fujima m'avait donnée. Je l'avais posée sur ma table de nuit, sur son petit sac. Je regardais la pierre, qui était de petite taille, mais miroitait de mille feux, lorsque, soudain, j'eus une idée.

– ... et personne ne pourra venir te chercher en prison en Chine..., poursuivait Shimon... Ary ?

La voix inquiète de Shimon résonnait dans l'écouteur.

J'ouvris mon sac de voyage, d'où je sortis précautionneusement le plastron de l'éphod, le vêtement de prêtre, que j'avais empaqueté dans un linge. Je sortis le plastron, où se trouvaient les onze pierres des onze tribus. Je plaçai le diamant dans l'écrin vide, celui de la tribu de Zebulun.

Il s'y emboîta parfaitement, comme par magie.

– Ary ?
– Oh, mon Dieu...
– Quoi ? Ary ? Qu'y a-t-il ?
– La pierre, dis-je, tremblant de tout mon corps. C'est la pierre manquante de l'éphod. Oh, mon Dieu. Cet homme...
– Quel homme ?
– L'homme des glaces ! *C'est un Cohen !*
– Comment ? s'exclama Shimon. Que dis-tu ? Ary, es-tu sûr que ça va ?

Je considérai la pierre : pas de doute, elle s'encastrait dans l'écrin, au millimètre près. Cela ne pouvait pas être une coïncidence. Or il n'y avait que les grands prêtres qui pouvaient avoir de telles pierres. Mais pourquoi celle-ci ? Pourquoi pas l'éphod entier ? Cela voulait-il dire que cet homme était de la tribu de Zebulun, puisqu'il avait pris le diamant ? Il voulait peut-être prouver qui il était, c'était pourquoi il avait emporté cette pierre...

— On dit qu'au Japon, les gens peuvent devenir fous..., dit Shimon. Il y a eu des cas où...

— C'est donc un grand prêtre ! Peut-être cet homme est-il *mon ancêtre*...

La nuit qui précéda mon départ pour le Tibet, j'étais sur les berges d'un fleuve, et je poursuivais un homme qui avait le corps enduit d'huile. Il me demandait une allumette, mais je lui disais que c'était très dangereux, et il disait que non.

Je la lui passais et il commençait à prendre feu, il essayait de l'éteindre avec sa salive, mais sa langue prenait feu, alors je la prenais dans ma bouche et l'éteignais avec ma salive. Oh, Dieu ! Je m'éveillai tremblant de ce cauchemar, me rappelant les événements du sommeil, ceux de la veille, pires que ceux du sommeil.

Je regrettais tout : de n'avoir pas prononcé le nom de Dieu, lors de la cérémonie des esséniens, mais celui de Jane, de l'avoir suivie, de l'avoir écoutée, d'être venu ici, pour elle et, surtout, oui surtout, je regrettais de l'avoir connue.

J'aurais pu m'évader et contempler l'espace illimité. Mais j'étais dans la sphère du néant, seul et impuissant. Toutes les paroles du monde étaient perdues.

V

Le Rouleau de la montagne

Il s'allongera sur un lit de tristesse et dans un lieu de soupirs, il résidera. Il se tiendra solitaire, à l'écart de tous les risques. Loin de la pureté, à douze coudées ils lui parleront, à cette distance, au nord-ouest de toute habitation il résidera.

Rouleaux de Qumran,
Lois de pureté rituelle.

Je pris l'avion qui m'emmena jusqu'à Katmandou. De là, je pris un bus jusqu'à Bayi, sur la grande route Tibet-Sichuan, d'où je repris un car qui assurait la liaison jusqu'au monastère dans lequel je devais me rendre. La route, étroite, passait sur la terre ocre des collines. Le véhicule franchit une première chaîne de montagnes, pleines de fleurs et de végétation luxuriante, puis un col, avant de déboucher sur un immense plateau qui apparut soudain, comme surgi au-dessus des nuages.

Puis la route s'éleva. J'eus peur lorsque je vis le bus s'élancer à pleine vitesse sur le pont suspendu aux couleurs vert et jaune, qui traversait un fleuve. Après un tournant très raide, ce fut l'apparition du premier stupa blanc, en forme de cloche retournée : le pays des neiges.

Le chemin se poursuivit à flanc de montagne. Les murs et les toits, les mâts auxquels pendaient des draps annoncèrent les premiers villages tibétains. Des yacks déambulaient sur le chemin, des moutons passaient dans les vallées. La route atteignit une nouvelle hauteur, vers un paysage encore plus vaste, plus beau, plus serein. Puis le bus franchit un col où s'accumulaient les pierres et, enfin, ce fut un long plateau gris et aride.

Deux camions militaires nous barrèrent la route. Le car s'arrêta au poste de contrôle. Un policier chinois monta à bord et demanda le passeport de chacun. L'atmosphère était tendue dans le véhicule où il y avait de nombreux Tibétains. Entre les diverses vérifications, il fallut une bonne demi-heure avant que le policier ne s'en allât, non sans avoir jeté un dernier regard dans le car.

Nous sommes parvenus dans un village, dont nous avons traversé la partie chinoise où vivaient les paysans dans des maisons de terre battue, aux portes décorées de petites pierres de couleur. Les femmes portaient des vêtements en satin épais, vert foncé ou noir, et des foulards serrés autour du visage. Les hommes portaient une calotte blanche sur le haut du crâne, et les vieillards avaient de longues barbes blanches. Devant moi passa un vieux couple : la femme, décharnée, avait les yeux enfoncés, le visage plissé, raviné comme un très vieux parchemin.

Sur le bord de la route, étaient assis des meuniers, avec de gros sacs de farine. Il y avait également des hommes perchés sur des ânes transportant des objets ou de la nourriture. On aurait dit des personnages intemporels, comme surgis d'un passé très lointain, d'un temps très ancien, peut-être mythique.

Enfin, après un petit pont, je le vis : le monastère était accroché à la montagne. Le chemin qui y montait était raide. En bas de la vallée, entourée de montagnes couvertes de neige, se trouvait une rivière. En contrebas, on pouvait voir des grottes naturelles dans la roche. Nous étions à plus de trois mille mètres d'altitude.

Autour de nous, les vallées et les pâturages ondulaient dans les landes sauvages où paissaient les moutons gardés par les bergers.

Nous sommes entrés dans l'enceinte rouge qui encerclait le monastère. Dans la cour, des moines déambulaient, le crâne rasé, vêtus de la même façon, d'une sorte de robe à la très belle couleur orangée.

J'entrai dans la grande bâtisse de bois rouge et me présentai à la réception du monastère. Deux moines étaient là, en charge d'accueillir les nouveaux arrivants. L'un d'eux se présenta comme le maître de chant du monastère. Plus tard, je devais apprendre qu'ils avaient fait plus de quinze ans de travaux forcés, et n'étaient autorisés à porter le vêtement monastique que depuis quelques années.

Ils m'attendaient : Toshio, comme d'habitude, avait parfaitement orchestré ma visite. Officiellement, j'étais là pour faire une retraite de quelques jours, sur une recommandation de maître Fujima. On me donna une tente en poils de yak, que tendaient des piquets extérieurs. Elle comportait une ouverture au centre, par laquelle s'échappait la fumée du feu de bouse sèche qui brûlait jour et nuit.

Ma tente se trouvait en face du bâtiment principal, dans un champ, au milieu d'autres habitations du même type. Tout autour, se dressaient des petites maisons faites d'un mélange de bois et de terre, également habitées par des moines. Au centre de l'édifice, le monastère et le centre de retraite.

Je posai mes affaires dans la tente, puis je me dirigeai vers le monastère. Les chevaux des moines paissaient librement, attendant d'être montés : c'était, apparemment, le seul moyen de locomotion local. Devant l'entrée, se trouvaient des jeunes Tibétains emmitouflés dans des peaux de mouton.

De la fumée sentant le genièvre s'élevait à l'intérieur du bâtiment principal. Je m'approchai de l'endroit d'où elle semblait provenir. Là, je vis des moines qui tapaient en rythme sur des tambours de cuir. Eux aussi étaient vêtus d'épaisses pelisses de mouton. On m'expliqua brièvement que ces danses avaient pour objet de célébrer l'avènement du grand maître Padamnasanbhava, qui propagea le bouddhisme au Tibet, au huitième siècle.

Un jeune moine vêtu d'une tunique orange dansait autour d'un petit mur de pierres plates surmonté de drapeaux. Je le regardai tournoyer pendant un long moment, sans pouvoir en détacher mes yeux.

Soudain, il y eut un brouhaha, puis on fit signe à chacun d'aller au centre de retraite car le lama allait arriver.

Dans la grande salle du centre, tous les moines s'étaient réunis, sous les piliers et les arcades. Les quatre murs étaient couverts de fresques illustrant l'histoire du bouddhisme au Tibet. En les regardant, j'appris que les Tibétains étaient issus des tribus Chiang, peuple de pasteurs nomades établis dans les steppes du nord-ouest de la Chine. Ce n'est qu'au cinquième siècle de notre ère qu'un roi nommé Namri Songtsen commença à contrôler le Tibet et à le mettre sous influence bouddhiste. Il était connu sous le nom de « Commandant aux cent mille guerriers ». Après lui, vinrent une succession de nombreux rois qui, tour à tour, firent pénétrer le bouddhisme au Tibet par l'intermédiaire de textes et de sages ou, au contraire, l'éradiquèrent par une répression sanglante. L'un d'eux, Langdaram, farouchement opposé au bouddhisme, démantela les institutions religieuses érigées par ses prédécesseurs. Cependant, trois moines réussirent à s'enfuir, qui emportèrent les textes cruciaux du bouddhisme vers l'ouest et vers le nord. Ils réussirent à ordonner Gongpo Rabsal, un moine célèbre, qui fut, avec Atisha, l'artisan de la seconde diffusion du bouddhisme au Tibet, vers l'an 900.

En 978, un groupe de dix moines ayant étudié auprès de

maîtres bouddhistes rentra à Lhassa. Leur chef reconstruisit des monastères dans la région de Lhassa, tel le plus grand temple tibétain, le Jokhang. Depuis ce temps, le bouddhisme connut un grand essor au Tibet, si impressionnant que les Mongols décidèrent de l'officialiser en prenant comme vice-rois des lamas. Ceci dura jusqu'à l'avènement du chef mongol Gushri Khan. En 1655, lorsqu'il mourut, les dalaï-lamas devinrent de fait les chefs spirituels et temporels du pays. La dernière illustration de la fresque représentait l'actuel dalaï-lama, s'enfuyant de sa demeure, dans la ville de Lhassa.

Le lama était installé dans une pièce attenante où il recevait ceux qui s'étaient déjà rassemblés devant sa porte. Il leur prodiguait des conseils, des instructions spirituelles, des enseignements ou des bénédictions. Là, venaient toutes sortes de gens : paysans, pèlerins tibétains ou étrangers, et d'autres encore qui apportaient des messages envoyés par d'autres lamas.

J'appris par un jeune moine qui se trouvait à côté de moi que le lama jouissait d'une réputation extraordinaire dans tout le pays. Même après des journées bien remplies, il répondait aux requêtes individuelles et, jusque tard dans la nuit, il recevait les gens. Lors des cérémonies qui duraient toute la journée, il prenait rapidement son repas au moment de la pause de midi et il utilisait chaque minute restante à la méditation.

Je m'approchai de la porte. Je ne le voyais pas car un groupe se tenait devant lui, mais je l'entendais : il parlait sans effort à un rythme régulier, sur un ton égal, sans emphase, en un flot continu de paroles, sans pause ni hésitation, comme s'il lisait un livre invisible ouvert dans sa mémoire.

Je retournai dans la salle où les moines attendaient la venue de leur maître. Ils étaient silencieux, assis en tailleur. On n'entendait pas un bruit, pas un souffle et, pourtant, ils étaient plus de cent dans la grande salle éclairée de bougies. Ceux qui entraient se prosternaient en entrant. Les autres semblaient abîmés dans de profondes méditations.

Au bout d'une heure à peu près, le lama fit son entrée. Il n'était pas très grand de taille, et il était bien en chair, mais il avait une présence physique impressionnante, à la mesure de ce que sa voix laissait entendre, qui inspirait la crainte et le respect. Il avait un port de tête tel qu'il semblait très grand, immense, et son visage, impassible et avenant comme celui d'un bouddha, ressemblait à une statue gravée dans la pierre. Mais son regard mobile était profond comme un gouffre. Il portait, comme les autres moines, une toge orange, et une tiare dorée sur ses cheveux longs et raides.

Je compris que ce charisme, résultat d'une grande recherche intérieure et d'une force psychologique extrême, était aussi la raison pour laquelle ses adeptes et disciples le suivaient sans faillir.

Il s'assit en silence. Aussitôt, les moines s'agitèrent autour de lui pour apporter des bols de thé fumant et de farine d'orge cuite. Chacun recevait dans un bol une louche de farine qu'il mélangeait au thé et mangeait en se léchant les doigts.

Non loin du lama, un moine était en train d'achever un dessin avec du sable de différentes couleurs. Lorsqu'il eut fini, il le montra à tous, qui le regardèrent, avant qu'il ne détruisît sa belle œuvre, sans hésiter. Le sable fut placé dans une urne et transporté en procession hors de la pièce. Mon voisin, à qui je demandai quel était le sens de ce rituel, m'expliqua qu'il s'agissait d'un mandala : un support figuré d'un rituel de libération qui consiste en une représentation de l'univers. Celui-ci, étant un mandala de sable, devait être détruit pour montrer la nature éphémère de toute chose.

Alors les moines formèrent un cercle et ils se mirent à

danser, en sautillant avec une souplesse incroyable, pour manifester leur joie devant la présence du lama. La danse dura assez longtemps, ponctuée par de grands coups de gong ; c'était comme un tableau vivant aux couleurs vives et gaies. Certains des moines avaient des masques d'animaux, d'autres, dont le visage était découvert, semblaient concentrés dans l'effort de la danse. Parfois un moine avec un masque de clown investissait la danse de ses mouvements désordonnés et provoquait le rire de toute l'assemblée.

Puis le silence se fit, et le lama se mit à parler de sa voix douce, toujours sur le même ton et, sans comprendre ce qu'il disait, je partageais le respect de ses disciples.

J'écoutais la musique de sa voix, détachée, profonde, libérée des peines de cette vie, mais aussi des souffrances sans fin du cercle vicieux de l'existence. Au fond de son timbre, il y avait comme une tristesse et une désillusion, en même temps qu'une grande sincérité. Et dans son regard on pouvait lire une compassion, une compréhension, une sollicitude que je n'avais rencontrées chez personne auparavant.

Il appréhendait les visages des moines tournés vers lui comme s'il s'adressait à chacun en particulier. On aurait dit qu'il remarquait chaque geste, chaque expression, et qu'il prenait le temps d'y répondre, un peu comme s'il résidait dans tous les êtres et qu'il percevait leur perfection et leur pureté originelles. Et dans chaque visage tendu vers lui, concentré, attentif, il semblait y avoir le désir de posséder un peu de son essence à travers ses paroles, comme si chacun voulait combler son vide, son ignorance, sa méconnaissance. On aurait dit des mendiants en train de recevoir des milliers de pièces d'or et d'argent, et qui en étaient si émerveillés qu'ils n'en croyaient pas leurs yeux. On aurait dit des aveugles qui voyaient le soleil, qui n'avait jamais cessé de briller, sauf pour eux, ou encore des enfants en train de naître.

Après le discours du lama, les moines firent une offrande. La nuit était tombée. Chaque participant tenait une lampe allumée et se trouvait relié à ses voisins par des écharpes blanches qui, nouées les unes aux autres, faisaient le tour de l'assistance tout entière, l'image terrestre du lien spirituel. Puis les moines se mirent à entonner un chant qui consistait en un seul son, lent et mélodieux, et qui me plongea dans une douce rêverie.

Dès le lendemain, je sollicitai une entrevue auprès du lama, qui me fut aussitôt accordée. Je me rendis dans la petite pièce attenante à la grande salle du monastère, où patientaient déjà une dizaine d'hommes et de femmes. Là, je m'assis avec les autres, attendant mon tour.

Au bout d'un moment, un moine me fit signe que je pouvais entrer. Lorsque je vis le lama, je fus aussi impressionné par la profondeur de son regard que je l'avais été la veille en entendant le timbre de sa voix.

– Bonjour, Ary Cohen, dit-il en anglais. Maître Fujima m'a fait parvenir un message vous concernant. Il m'a dit que vous n'étiez pas venu ici pour faire une simple retraite ?

– En fait, je cherche un homme qui était moine ici, et qui est revenu vous voir il n'y a pas longtemps.

– Son nom ?

– Ono Kashiguri.

– Oui, il était ici il y a quelques jours à peine.

– Où est-il à présent ?

– Je ne peux vous le dire. Nous ne demandons rien à personne. Les gens arrivent et partent et nous ne savons ni d'où ils viennent, ni vers où ils vont.

— Nous pensons que cet homme est mauvais. Nous devons le retrouver...

— Mauvais ? dit le lama. Pourquoi dites-vous qu'il est mauvais ? Ne savez-vous pas que le monde a la nature de Bouddha, même si le karma le modifie ? Cet homme a fait zazen ici, chez nous, et son karma s'est terminé.

— Je ne comprends pas.

— C'est simple : le karma est le mal qui nous vient du passé. Si vous voulez vraiment comprendre, il faut saisir ce qu'est l'ego. Il faut savoir qu'à la fin, il n'y a pas d'ego, car celui-ci change d'instant en instant. Alors où existe l'ego ? Il est un avec le cosmos. Il n'est pas seulement le corps, l'esprit, mais il est Dieu, Bouddha, la force cosmique. Si vous faites zazen, votre ego devient fort et vous trouvez votre moi propre. Si vous abandonnez tout à fait l'ego, vous devenez Dieu ou Bouddha.

— Croyez-vous qu'Ono Kashiguri soit devenu Bouddha ?

— Je crois qu'il est venu ici et qu'il a tout abandonné, il s'est dépouillé de toute chose, il s'est libéré de sa conscience personnelle.

— Il est revenu de chez vous en proclamant qu'il était devenu Dieu.

— Si l'on dit qu'on est Dieu, on n'est pas Dieu...

— Qu'entendez-vous par « il a terminé son karma » ?

— Le karma veut dire : action. Il y a le karma du corps, de la parole et de la conscience. Si vous tuez un homme, même si vous échappez à la justice, un jour, certainement, le karma de cette action réapparaîtra dans votre existence et dans celle de votre descendance.

— C'est pourquoi nous devons le retrouver.

Le lama me considéra pendant un moment d'un air triste, comme s'il était en train de chercher un mot que j'allais entendre. Car lui et moi ne parlions pas le même langage. Moi, j'étais encore dans le désir pragmatique d'obtenir l'information que j'étais venu chercher, et lui évoluait dans un tout autre monde, qui pourtant ne m'était pas tout à fait étranger.

– Regardez ceci, dit-il, la main gauche placée sur la main droite, c'est la meilleure position pour se concentrer et éviter la dispersion de l'énergie. Si on somnole, les pouces tombent, si on est nerveux, les pouces se redressent. On peut ainsi se contrôler et reprendre possession de soi. Simplement en regardant vos doigts, je peux dire quel est votre état d'esprit. A vos doigts, je comprends votre karma, votre destin...

– Que voyez-vous ?

– Je vois que vous avez tué un homme.

– C'est vrai[1], dis-je avec stupéfaction, car personne ici ne connaissait ce fait.

– Regardez, poursuivit le lama en me considérant attentivement. En contrôlant vos mains et la jonction des pouces, vous arrivez à relâcher la tension des épaules et à les abaisser. C'est pourquoi les yogis méditent aussi avec les doigts en cercle... Regardez bien : il faut que les pouces se touchent. Mais ce n'est pas la peine de presser trop fort. Il faut que les mains soient perpendiculaires au centre. Ainsi elles expriment la condition de la conscience.

– C'est difficile, remarquai-je, tentant de suivre le fil de son discours.

– Le regard est très important. Il faut poser le regard à un mètre devant soi et ne pas le bouger. Certains ferment les yeux, ainsi ils s'assoupissent... A présent, soufflez.

Je pris ma respiration, puis j'expirai longuement, comme si mon souffle venait de l'estomac.

– C'est cela : il faut expirer, pas besoin d'inspirer ; seulement expirer. Car lorsqu'on a complètement expiré, on peut

---

1. Voir *Qumran*.

encore respirer un petit peu. Maintenant, appuyez sur le sol avec le gros orteil, le pouce dans le poing gauche. Ressentez-vous l'énergie, dans tout le bassin ?

Je fermai les yeux et m'efforçai de ne plus fixer mon esprit sur rien. Je tentai de tout oublier : la nourriture, le milieu, l'humidité, le climat, la chaleur, le matin, le midi et le soir, tout ce qui était susceptible de m'influencer. Je restais immobile, comme sur les représentations du Bouddha que j'avais vues.

– A présent, dit le lama, pensez à tout ce que vous possédez, à toutes les choses que vous utilisez, et même à votre corps, et tentez de penser que vous allez tout donner.

– Je ne possède rien, plus rien qui soit à moi. Mes choses, comme mon manteau, mes livres, mon lit... Je n'ai plus rien de tout cela. J'ai tout donné et, à présent, je suis seul.

– Je vois autre chose chez vous.

– Que voyez-vous ? dis-je, inquiet cette fois.

Le lama inclina légèrement la tête et, avec un sourire malicieux, il dit :

– Je vois que vous allez bientôt me poser une autre question.

– Je voudrais savoir qui a retrouvé l'homme qui se trouvait dans la glace.

– A cette question je peux vous répondre, Ary Cohen. Ce sont les villageois qui habitent près du monastère. On les appelle : les Chiang Min.

– Ce sont les mêmes que les Chiang à l'origine du Tibet, deux cents ans avant notre ère ?

– On dit que ce sont eux. Ils ont toujours vécu un peu à l'écart, dans les montagnes... Ils ont trouvé l'homme des glaces dans la neige éternelle.

Après mon entrevue avec le lama, on me présenta à mon instructeur, qui m'attendait dans la chambre d'études. C'était un homme entre deux âges, grand et assez épais, qui répondait au nom de Yukio. A l'inverse des autres moines, qui étaient tondus, il avait des cheveux longs. Il me dit qu'il allait m'enseigner l'Art du Débat qui consistait à réfuter les conceptions erronées, distinguer le vrai du faux, dissiper les incertitudes au sujet de la validité du postulat présenté.

Et il m'apprit les cinq couleurs principales : le rouge, le feu, le jaune, le vert d'eau, le blanc du ciel, le bleu du métal. Je connus les secrets des mandalas : le cercle, symbole du ciel et du temps. Le carré, symbole de la terre, représentait la stabilité. Le triangle reflétait la notion d'harmonie et l'étoile était la lumière qui avait toujours guidé l'homme. Le rouge était la joie, la santé, l'orange éveillait les sens et provoquait bien-être et joie, santé et bonne humeur. Le jaune représentait la lumière, le vert l'accomplissement et la régénération de l'âme, le bleu apaisait, comme l'eau éternelle. Le noir était la fécondité. C'était le centre de la terre, qui précède tout ce qui existe, le blanc était l'unité et la pureté.

Je regardais les adeptes tracer les mandalas avec tous leurs détails. Par la méditation, ils s'identifiaient tout d'abord à cette représentation avant de la dissoudre en vacuité.

L'un d'entre eux dessina un mandala qui représentait un palais carré à quatre piliers marqués de cercles de pétales de lotus vers le centre. Au centre du mandala, il y avait la déité principale sur un siège de lotus. Autour d'elle se trouvaient ses émanations, que l'on nomme « entourage ». Dans les corridors et les cours du palais divin, il y avait toutes sortes de déités secondaires formant sa suite. Aux portes du palais, siégeaient les autres gardiens des portes qui protégeaient les palais des négativités. Chaque quartier du palais avait une couleur différente, qui correspondait à un élément et à sa direction symbolique. Le quartier original était blanc, comme l'eau, le Sud était jaune, comme le Soleil, la Terre à l'ouest était rouge, comme le feu, et le Nord, qui représentait l'air, était vert. Le palais était doublement protégé : à l'extérieur, par un cercle, autour de l'enceinte sacrée indestructible, entouré d'un cercle de flammes aux couleurs des cinq sagesses.

C'était absolument magnifique : c'était une des plus belles œuvres que j'avais jamais vues, gracieuse et sereine, une œuvre si forte qu'elle était appelée à rester pour l'éternité. Devant ce mandala, j'eus un désir de possession, et l'étrange sentiment qu'il m'appartenait puisque j'avais su le voir. Je me demandai si ce n'était pas cela, le Temple idéal.

Mais le moine, aussitôt qu'il l'eut achevé, le déchira : je passai brutalement du sourire au frisson, apprenant par là la vanité et la vacuité. Je méditai alors sur le changement et la corruption, sur le corps qui disparaît, sur ce monastère qui, dans dix mille ans ou moins, ne serait plus, avec tous les villages alentour.

Je méditai longuement sur tous ces sujets devant une flamme. L'exercice était difficile, je voyais tant de choses... Et il y en avait tant d'autres qui n'existaient plus pour moi.

Le lendemain, je me rendis au village près du monastère, où vivaient les Chiang Min. Là, je rencontrai des hommes jeunes qui déambulaient dans la rue avec qui je tentai de parler, mais ils ne semblaient pas comprendre ce que je disais. Ils m'emmenèrent chez l'un d'entre eux, qui parlait l'anglais. Celui-ci était jeune ; il avait la peau sombre et ses yeux n'étaient pas aussi bridés que ceux des Japonais ou des Chinois. Je lui demandai s'il savait qui avait trouvé l'homme des glaces, et à quel endroit, et aussi qui le leur avait pris.

– Nous l'avons trouvé dans la montagne, dit le jeune homme. Le moine Nakagashi qui venait étudier au monastère l'a pris et l'a emmené dans son monastère car il croyait que c'était important pour lui. Nous, nous ne savons pas qui est cet homme, alors ce n'est pas important pour nous.

– Vous êtes bouddhistes ?

– Non, nous croyons en un seul Dieu ; il s'appelle Abachi, ce qui signifie très exactement le père des Cieux, ou encore Mabichu, l'esprit des cieux, ou encore Tian : cieux. Ce Dieu tout-puissant règne sur le monde entier, le jugeant avec bonté, et donnant aux justes selon leurs mérites, et aux pauvres, leur punition.

Je remarquai qu'il portait une corde pour fermer sa robe, et dans sa main gauche un bâton ayant la forme d'un serpent.

– D'où vient ce bâton ? demandai-je car il me rappelait le bâton de Moïse.

– C'est un bâton rituel. Il me vient de mon père, qui l'a eu de son père.

– Combien êtes-vous dans votre tribu ?

– Environ deux cent cinquante mille hommes et femmes.

– Vous venez de Chine ?

– Selon notre tradition, nous descendons de notre ancêtre, celui qui avait douze fils.

– Avez-vous des livres, des écrits qui témoignent de votre foi ?

– Avant nous avions des livres et des parchemins, maintenant tout est perdu, depuis bien longtemps, lors des guerres contre les bouddhistes. Il ne nous reste que nos traditions.

En sortant de sa maisonnette, je remarquai une trace rouge sur le linteau de la maison.

– Les Chiang mettent du sang d'animal sur les linteaux, pour assurer la garde de la maison, expliqua le jeune Chiang Min.

– Faites-vous des sacrifices animaux ?
– Pourquoi me demandez-vous cela ? me dit-il, l'air méfiant.
– Pour me renseigner, pour en savoir plus sur vous ; mon peuple aussi faisait des sacrifices animaux.

Je pensais qu'il devait avoir peur que je sois bouddhiste et que je condamne cette pratique.

– En effet, nous les accomplissons en mémoire des temps anciens. Nous ne mangeons pas de la nourriture impure. Nous nous rassemblons pour asperger le sang, apportons des sacrifices, et procédons à l'aspersion du sang.

» Après la prière, plusieurs des organes des animaux sont brûlés avec la viande et le feu ; le prêtre reçoit l'épaule, la poitrine, les jambes, et aussi la peau, et la viande est divisée parmi les adorateurs. C'est ainsi que nous procédons, depuis des milliers et des milliers d'années.

J'étais sur le point de repartir quand soudain :
– Pouvez-vous me montrer l'endroit où vous avez retrouvé l'homme des glaces ? dis-je. Je pourrais vous payer, si vous m'y emmenez.

Le jeune homme refusa toute rémunération, mais accepta de me guider. Il me dit qu'il se nommait Elija. Nous convînmes d'un rendez-vous le lendemain matin, à l'aube, pour un voyage d'une durée indéterminée, à la frontière de la Chine.

Dans un baluchon, Elija avait pris quelques affaires, un petit pain et du thé au beurre, ainsi qu'une couverture. Bientôt, les toits en pagode disparurent de l'horizon et, je ne sais pourquoi, je ressentis vis-à-vis de ce paysage une sorte de nostalgie.

A perte de vue, les rizières en terrasses dévalaient et grimpaient les pentes. D'un rocher jaillissait la courbe d'un torrent. Je portais des savates que m'avait prêtées un moine, et je m'en repentais amèrement car je n'étais pas habitué à marcher pour ainsi dire à même le sol. Mes pieds, enflés et meurtris, se mirent rapidement à saigner.

J'étais au milieu de nulle part et, pourtant, j'étais sous le même ciel, ce ciel infini, comme par une nécessité absolue. Derrière moi le vide, devant moi, la vérité extrême. J'étais isolé dans l'espace, sur le flanc de la montagne ensoleillée, et j'allais loin, toujours plus loin, même si je ne savais pas où.

Impressions fugitives... Les mauves, à la lisière de la terre et du ciel, les plateaux arides et infinis, les jungles, les orchidées sauvages... Je poursuivais ma route aux sentiers vertigineux, aux ponts étroits et aux profonds glaciers. La montagne ne s'arrêtait pas, elle était sans fin, et j'étais ivre de ses hauteurs.

La première nuit, nous fûmes devant une muraille de rocs rouges, à l'entrée d'une gorge d'où s'échappait un torrent. Le lendemain, nous prîmes un sentier de chèvres et je tombai : je dégringolai la pente, presque à pic, vers la jungle, sans me faire d'entorse, car j'avais appris à chuter avec maître Shôjû Rôjin, sans savoir que j'utiliserais cette leçon contre la montagne.

Pendant la deuxième journée, nous avons remonté la vallée, avant d'emprunter une piste au milieu de grands arbres à l'odeur pénétrante. J'avais soif, j'avais faim. Nous sommes passés devant un village minuscule dont les habitants, des Chiang Min, étonnés et émus de nous voir, nous donnèrent du thé au beurre.

La deuxième nuit, je fus réveillé par deux yeux jaunes comme des flammes ; c'était un léopard. Immense, magnifique, la fourrure lustrée, le félin semblait m'observer calmement, comme s'il se demandait ce que j'étais. Je ne savais que faire, je suis resté immobile, sans oser dire un mot, sans oser réveiller mon guide, car j'étais paralysé par la peur. Je demeurai ainsi, la respiration arrêtée, jusqu'à ce qu'il poursuive son chemin, comme si de rien n'était.

Etait-ce mon imagination qui avait besoin de peupler ce pays immense et vide ? Etait-ce la réalité ? Je me sentais suivi, espionné par un mystérieux groupe, dans les pentes gazonnées et les montagnes bleues. Je sentais derrière moi une présence, quelque chose qui me guettait.

Le jour et la nuit j'affrontais l'inconnu dans ce paysage aux grandes arabesques, aux pistes minuscules, aux sentiers de chèvres, et parfois aux grandes terrasses dans les montagnes où paissaient les yaks.

Sans cesse, nous montions. J'avais des ampoules, des gelures aux pieds, et mes poumons devaient trouver le souffle juste, car plus je m'élevais dans la montagne, plus je manquais d'oxygène. Je découvrais la terre dans sa dimension verticale, entre soleil et glacier, dans le silence de l'univers, je suivais le sentier qui s'élevait, jusqu'à la ligne de crête, lorsque l'on se sépare du monde.

Nous marchions depuis de nombreuses heures, le ciel s'obscurcissait, et il fallait rejoindre ces maisons que nous apercevions, où nous devions faire étape pour la nuit, mais elles étaient loin, comme des mirages. Les arbres devant nous ne cessaient de défiler, et j'écoutais, la nuit, jusqu'au bruit des oiseaux.

Le troisième jour, j'avais de la fièvre à cause de la marche et de la fatigue. J'avais chaud à l'intérieur et pourtant le froid perçait mes os. Plusieurs fois, je dus m'arrêter, je ne pouvais plus avancer. J'avais l'impression d'être congelé dans un champ de glace. Mon guide, lui, avançait silencieusement, enveloppé dans sa pelisse, les joues rougies par le froid. Nous ne parlions pas beaucoup, nous étions trop concentrés dans l'effort de la marche.

J'aurais voulu trouver l'endroit où la mort ne pouvait me rejoindre. Mais il n'y avait pas un tel lieu, pas de grand château de pierre, pas de bateau sur la mer, pas de maison dans la forêt. Autour de nous le désert, autour de nous le vide.

Le lama disait qu'il existait une façon d'arrêter la mort. Mais était-ce par la médecine ou les incantations sacrées ? Non, aucun docteur n'avait trouvé de médicament pour arrêter la mort, et aucun prêtre n'avait trouvé de mots pour la tenir éloignée...

Comment pouvait-on ajouter des heures à sa vie ?

J'étais un arbre sous la lune.

Derrière les glaciers, la lune entourée de nuages se transforma en une forme fantastique. Elle projeta une clarté lumineuse sur les collines ; la terre et les pâturages verdoyants disparurent. Les feuilles brillaient intensément sous la lumière. J'étais conscient que quelque chose allait se produire, je l'attendais.

Au quatrième jour, nous étions au milieu d'une lumière immense, aveuglante. Tout était blanc, immaculé : le pays des neiges. C'était comme un bain d'amour. Et soudain, il n'y eut plus de moi, plus d'extérieur, plus de bien, plus de mal, plus de vrai, ni de faux, de sacré ou de profane, de relatif ou d'absolu, il n'y avait plus de moi, plus d'ego ; mais juste un corps qui marchait dans la montagne, qui marchait tellement qu'il ne savait plus où était la montagne et où était le corps. Enveloppé d'un nuage, je ressentis la chaleur d'une flamme, d'un feu et une immense exultation, une joie ineffable accompagnée d'une illumination, et j'eus l'impression de posséder à ce moment la vie éternelle.

Je respirai profondément, jusqu'au bout de mon souffle. En expirant, je mêlai ma respiration à celle de ce gouffre étrange qu'est l'univers. Je n'existais plus, j'étais une plénitude qui n'était plus, qui n'était ni à l'extérieur ni à l'intérieur. Je me sentais minuscule, minuscule. Tout s'estompait et s'effaçait autour de moi.

Seul demeurait ce vide plein. Mon corps fluide, léger, aérien, n'était que fumée, une ombre qui se déplace, un nuage dans l'air. Je ne marchais plus, je m'élevais sans effort, sans contrainte.

Mon corps avec moi, les yeux agrandis, je marchais. Ma main n'était plus de la chair d'homme. Mon visage était un miroir, un filtre par où passaient tous les rayons de l'air : mes yeux les avaient tellement absorbés qu'ils en décelaient les moindres nuances. Ils se décomposaient en une infinité de couleurs. Chacune se mit à danser, à vivre, à rejoindre les autres, à les prendre et à les quitter. Dans l'ombre des arbres, ou dans les coins les plus obscurs, la lumière se glissait, conquérait, éclatait. Sous sa pression, des morceaux d'ombre s'allumaient peu à peu comme des vers luisants se préparant à naître. Puis l'ombre se remplit de chaleur vivante. Elle était un être qui respire et qui appelle.

Il n'y avait rien que cette lumière éclatante sans rayon, sans reflet, sans ligne où l'œil enfin se repose. Autour de moi, tout était lumière : devant, derrière, dessus, dessous, tout était lumière.

Et je reconnus le langage des couleurs. Le jaune couleur du soleil et de l'or, qui est la lumière, le désert, et la sécheresse, qui est lumière. Le bleu, couleur du ciel, qui représente l'élévation, le symbole de l'infini, le parent de l'immortalité. Le rouge, couleur intense et puissante, qui clame la passion, l'ardeur ; le vert, les végétaux, l'humidité et le froid, le printemps ; l'orange qui est l'union, le violet, couleur secrète de la spiritualité. Le blanc, synthèse de toutes les couleurs, qui est lumière.

La vision a duré quelques secondes, puis elle s'est dissipée, mais sa mémoire et le sens de réalité de ce qu'elle exprimait m'habitèrent durant plusieurs jours. A partir de ce moment, je ne marchai plus, je sautais, je tressautais de joie. Je savais que cette vision était vraie ; j'avais atteint un point d'observation du haut duquel il ne pouvait qu'en être ainsi.

C'était comme un voile qui se déchire. Il me semblait à présent que j'étais proche de cet homme venu jusque-là, avec moi. Même si nous ne parlions pas, je me sentais proche de lui. Tout le reste était et cependant n'était pas, et le monde était là autour de moi, tangible, réel, et en même temps transparent. J'étais comblé, captivé. J'étais heureux, bien que vide de sentiments, j'étais heureux comme un jour de soleil.

– Voilà, dit mon guide, en désignant un bâton planté dans la neige. C'est ici que l'homme des glaces a été retrouvé. Par un habitant du village qui se rendait avec son chien de l'autre côté de la frontière. Le chien s'est mis soudain à gratter la terre, et c'est ainsi que l'homme a été trouvé.

» Nous ne savions pas qui il était. Notre peuple offre des sacrifices animaux, et il nous est interdit d'adorer des statues ou des dieux étrangers et quiconque offre un sacrifice à un autre dieu encourt la peine capitale. Nous pensions qu'il s'agissait peut-être d'un dieu étranger... conservé ainsi dans la neige.

» Le froid et la neige avaient préservé les os de l'homme, mais aussi ses habits. Des habits de lin blanc, comme ceux que nous revêtons lorsque nous faisons nos sacrifices. Il y avait aussi une calotte de lin blanc, semblable à celle que nous portons.

Elija sortit deux pioches et nous commençâmes à creuser dans la neige, puis dans le sol terreux.

Au bout de quelques heures, nous étions en nage. Nous avions dégagé une assez grande surface autour du bâton, mais il n'y avait rien.

– Allons-y, dit mon guide, la descente sera beaucoup plus facile que la montée, mais la route est encore longue !

– D'accord, répondis-je en considérant le chantier...

Soudain vers le bord droit, je remarquai quelque chose qui semblait sortir du sol. Je me précipitai vers l'objet, que je dégageai en peu de temps... C'était un morceau de parchemin. Je le pris délicatement, de peur qu'il ne s'effrite, mais non, il était dur et solide, plus que moi dont les jambes se dérobaient au fur et à mesure que j'examinais l'écriture araméenne, la texture du parchemin, l'encre utilisée, le tracé des lettres... Ô si vous saviez, mes amis, mon impression en cet instant ! Tout mon corps vacilla, et la fatigue qui m'avait harassé durant toutes ces heures, tous ces jours et ces nuits, s'abattit sur moi d'un coup, me faisant tituber, puis tomber à terre, le nez dans la neige, évanoui.

C'était un manuscrit de Qumran.

Le soir, à l'aide de la lampe de poche, je déchiffrai le texte du manuscrit. Les lettres s'assemblèrent devant moi pour ressusciter une voix, une voix lointaine et proche, venue du fond des âges, qui renaissait par ma voix en silence, comme un fantôme. J'étais bouleversé, sans savoir ce que je pensais, sans comprendre à quel point c'était absurde, cela ne faisait pas sens, c'était irréel, j'étais pris par une émotion très forte, qui me disait, par le cœur, que c'était vrai, alors que l'esprit disait : non. Oui, je savais qu'il y avait un sens à tout cela, je savais qu'il y aurait un sens, et c'est pourquoi j'étais heureux, heureux et soulagé, en même temps que pris par la terreur.

La voix disait :

Et les Hébreux chantaient et dansaient autour de l'Arche d'Alliance.
L'Arche d'Alliance avait deux statues de chérubins en or. Les chérubins étaient des anges qui avaient des ailes comme les oiseaux.
Tout comme le roi David et le peuple d'Israël chantaient et dansaient aux sons des instruments de la musique, en face de l'Arche, ils jouaient de la musique, une musique particulière.

Et les prêtres et les Lévis arrivaient au Jourdain qu'ils traversaient pour rappeler l'Exode d'Egypte. Puis on distribuait à chacun, homme et femme, une miche de pain, une pièce de viande et un gâteau de raisins.
Et le grand prêtre vêtu de lin blanc, portait l'éphod de David.
Les prêtres israélites avaient une branche avec laquelle ils sanctifiaient les gens. Et le prêtre disait : « Verse sur moi l'hysope, et je serai pur. »

Devant le Temple israélite, il y avait deux piliers utilisés comme portes.
On les appelait « Taraa ». Certains étaient peints en rouge,

pour rappeler le sang de l'agneau, dans la nuit qui a précédé l'Exode d'Egypte.

Le Saint des Saints israélite était situé à l'ouest du Temple. Dans le Temple de Salomon, il était à un niveau supérieur aux autres pièces.

Il existait aussi une coutume en Israël : dans le Temple de Dieu en Israël, et à la place de Salomon, il y avait deux statues de lions.

On s'inclinait. Ceci signifiait : je garde la promesse.

Sans doute ces mots venaient de la Bible. Mais quel était le sens de ces descriptions précises ? On aurait dit des instructions, des rappels, des recommandations, mais pourquoi ? Pour qui ? A quelle intention ? Quel était le sens de leur présence, ici, au Tibet, à des années-lumière de Qumran ? Shimon savait-il, lorsqu'il m'avait envoyé, que je devrais découvrir des manuscrits de la mer Morte, ou s'agissait-il d'une coïncidence ?

Je m'endormis, épuisé de fatigue, d'émotion, de soif et de faim, dans une nuit si profonde que même mes rêves en furent obscurcis.

VI
Le Rouleau de la retraite

Je te rends grâces, Seigneur, car tu m'as placé près d'une source vive en terre ferme, d'un jet d'eau en terre aride, arrosant un jardin que tu as planté, cyprès, pins, arbres de vie cachés dans une source secrète au sein de la végétation aquatique. Ils produiront un rameau qui donnera une plante éternelle à greffer avant la floraison, ses racines s'élanceront vers la rivière. Il émergera en eau vive. Un tronc sera l'origine de tout. Le rameau offrira une pâture aux bêtes de la forêt, son tronc accueillera les voyageurs, et sa ramure tous les oiseaux. Tous les arbres sur l'eau s'élèveront autour de lui, fructifieront, avec leurs racines et bourgeons vers le ruisseau, alors que le saint rameau devient une plante de vérité feignant l'anonymat, scellant profondément son secret.

Rouleaux de Qumran,
Rouleaux des hymnes.

De retour au monastère, je demandai une audience auprès du lama, espérant obtenir une indication de sa part, un indice concernant l'homme des glaces, et la raison de sa présence dans cette contrée lointaine s'il venait vraiment de Qumran, et s'il était un Cohen. Cependant, le lama me considérait, l'air grave, sans paraître vouloir me répondre.

– Est-ce parce que vous ignorez la réponse ? lui demandai-je.

– La réponse à ta question viendra en son temps, répondit le lama.

– Quand ce temps viendra-t-il ?

– Ce temps sera le tien, répondit le lama.

Je compris qu'il en savait plus, mais que je devais gagner sa confiance pour qu'il accepte de me parler. Je revins à l'homme que je cherchais.

– Où Ono Kashiguri se trouve-t-il à présent ?

– Il se trouve ici.

– Ici ? Dans ce monastère ?

Le lama hocha la tête.

– Où ?

A nouveau, il fit un signe de la tête sans répondre.

J'étais attristé plus qu'énervé. Il me semblait que je devais parcourir un long chemin avant de pouvoir obtenir une indication de sa part, une réponse à mes questions : où Ono Kashiguri se trouvait-il ? Que faisait-il au monastère ? Où se cachait-il ? Lorsque je posai cette question aux moines, ils me répondirent qu'ils n'en savaient rien. Alors je leur demandai s'ils avaient vu une femme, et ils me dirent que les femmes n'avaient pas le droit d'entrer dans l'enceinte du monastère. Je compris que je devais rester là, me fondre dans leur vie.

Autrement dit : je devais infiltrer le monastère. Aussi étrange et aussi dangereux que cela parût, je devais devenir moine bouddhiste si je voulais parvenir à en savoir plus.

Au cours des différentes visites que je fis au lama, j'appris à mieux le connaître. J'étais toujours bouleversé par la puissance de son expression et de ses yeux au moment où il répondait aux questions des adeptes. Il était un guide : il ne faisait pas le voyage pour ses disciples, mais il leur montrait la direction et il leur signalait les embûches du chemin. Il était celui qui les emmenait dans un voyage sur une route inconnue. Il les escortait dans les contrées redoutables, leur faisait franchir les grands fleuves. Il pensait, parlait et agissait continuellement en accord avec son enseignement. Il montrait ce qu'il fallait faire pour progresser sur la Voie et il savait quels étaient les obstacles à éviter. Par lui, j'avais l'impression d'avoir un regard nouveau et une intuition juste, dans les longs moments de silence intérieur et de plénitude que je passais, seul ou en groupe, à méditer. Il était celui qui par des étincelles éveillait de tels instants : sa présence, ses paroles créèrent en moi une ouverture, comme une unification contre la dispersion, vers l'éveil.

Je travaillais, j'étudiais, je méditais avec les autres moines du monastère durant le jour et, la nuit, j'explorais toutes les tentes, tous les recoins du monastère où Ono Kashiguri aurait pu se dissimuler. Tapi dans un coin, je guettais. Je me glissais dans la nuit comme une panthère, mais il n'y avait pas d'homme caché.

Deux fois par jour, après l'enseignement de mon instructeur, je me présentais au Maître. Quand sonnait la cloche, je me précipitais avec les moines vers la pièce où se trouvait le lama, et je m'asseyais par terre en attendant mon tour.

Au signal, le premier de la file s'inclinait avant d'entamer la dernière partie du trajet, devant la porte de la chambre du lama, puis il se prosternait une deuxième fois. Enfin, avait lieu la troisième prosternation lorsqu'il arrivait en face du Maître. Et, quand on levait les yeux vers lui, il apparaissait comme une lumière intense. Et tous s'adressaient à lui en tant que tel, mais sans cesse il disait que son rôle consistait à leur faire découvrir en eux l'Absolu qu'ils recherchaient en lui.

Je prenais place parmi les moines, je m'asseyais correctement, je réglais ma respiration selon un rythme profond et juste. Et mon cerveau était semblable à une fenêtre ouverte par laquelle soufflait le vent. Des pensées s'élevaient. Alors, le vent cessait, la pièce retrouvait le calme.

Je plaçais mon esprit sur la ligne de l'horizon, en gardant la posture exacte, pour conserver intactes la concentration et la vigilance. Puis je parvenais à la deuxième forme de concentration, qui consistait à laisser passer les pensées, à s'en détourner dès leur apparition, à les lâcher dès que l'on s'apercevait qu'on s'y était arrêté.

La troisième et la plus difficile, selon Yukio, mon instructeur, était la réalisation de sa vraie nature : celle-ci, disait-il, n'a pas de substance propre. Je ne savais pas encore ce que cela signifiait, mais je savais que de la compréhension intime de cette notion devait jaillir l'éveil. On appelle cet état suprême le *nirvana*, extinction totale de toute forme discriminée dans l'Un absolu.

Pour atteindre le nirvana, il faut se libérer des mauvais karmas, des actions néfastes engendrées par la parole, le corps ou la conscience. Car toute action est la réalisation du karma passé et engendre le karma futur : même le karma de nos ancêtres nous influence.

Yukio m'expliqua que je me méconnaissais, pris dans la trame des voiles qui me masquaient la réalité. J'avais besoin d'un guide pour m'indiquer comment sortir des illusions et réaliser le pur esprit.

Pour se libérer du *samsara*, cercle vicieux des renaissances, et pour atteindre l'éveil, il faut s'appuyer sur un maître qui soit capable de montrer ce qu'il convient de faire pour progresser sur la Voie en évitant les obstacles qui se présentent sur le chemin. Je compris que le lama allait me conduire vers l'éveil, c'est-à-dire vers l'ultime réalité. Il allait me guérir de ma maladie : les illusions, les préjugés et les conceptions erronées dues à l'orgueil. Il m'aidait à voir combien l'attachement et la haine sont négatifs.

Il était le miroir réfléchissant l'image de moi tel que j'étais. Il m'aidait à ne pas me laisser prendre dans le feu de l'auto-illusion, et sa présence silencieuse m'apaisait, m'approfondissait. Chaque jour, il me semblait que j'étais différent. Chaque jour, je renonçais un peu plus à mon ancien style de vie.

Je portais l'habit de couleur safran, comme les maîtres bouddhistes des origines que je rendais présents. Mon instructeur me fit la tonsure, et il me donna un petit livre contenant la liste de tous les maîtres depuis le Bouddha jusqu'au maître actuel. Ce document écrit à l'encre de cinabre s'appelle le *shisho*. Et le jeune moine que j'étais devenu, un peu malgré moi, un peu parce que je le voulais, fut appelé à constituer à son tour un maillon supplémentaire dans la chaîne de transmission.

Je me sentais libre, spontané, épanoui, et je l'étais, lorsque je participais aux exercices de la communauté. En dehors de la méditation, nous avions aussi de nombreuses activités pratiques : je repris la calligraphie. J'étais le conseiller artistique des moines qui venaient me soumettre leurs œuvres, je donnais même mon avis sur les mandalas.

J'appris la cuisine des moines : chacun à son tour devait la faire. Je préparais les *momos* aux légumes : je faisais fondre le beurre dans un wok ou une poêle sur feu moyen, puis j'ajoutais le gingembre, l'ail et l'oignon. Je mettais le piment, le poivre noir, le sel et la sauce de soja, que je faisais frire. J'ajoutais les légumes et le tofu, puis je les retirais du feu, les plaçais dans un bol et je laissais refroidir. Je mettais une cuillerée à soupe de la sauce, que j'enveloppais de pâte. Je ramenais les bords au-dessus et les refermais. Enfin je plaçais les *momos* dans un cuiseur à vapeur, bien séparés pour éviter qu'ils ne collent entre eux.

Le *kopan masala* était une sauce délicieuse à base de coriandre, de cumin, de cardamome noire hachée, de cardamome verte, de girofle, cannelle, poivre noir, noix de muscade, que l'on mélangeait et que l'on concassait dans un mortier, avec quatre tasses de farine et une cuillerée à café de levure de boulangerie, ainsi que deux tasses d'eau et du sel.

Durant les repas, je fermais la bouche, j'utilisais seulement la main droite. Personne ne parlait à table. La télévision, la radio, les magazines étaient interdits. Tous les matins, je trempais le pain dans le thé chaud et gras. Puis je prenais une heure de repos avant de rejoindre le professeur qui expliquait le sens d'un texte. A midi, je prenais le repas, selon le rituel : d'abord les moines âgés, puis les moines confirmés et enfin les novices, qui n'avaient rien à dire, qui n'avaient qu'à baisser la tête. En un sens, c'était comme à Qumran.

Je mangeais des pousses de bambou et du riz. Je prenais l'écuelle de la main gauche puis, de la main droite, je saisissais une poignée de nourriture, que je malaxais et mettais dans ma bouche. Bientôt, j'abandonnai la cuiller, je me prosternais pour purifier les actes négatifs du corps, pour me libérer, pour pénétrer le sens des textes, pour faire le lien essentiel entre corps et esprit. Je lisais dans le but d'accéder à l'esprit d'éveil, qui permet d'acquérir le renoncement et le dégoût pour le *samsara*.

Je ne regardais pas à plus d'un mètre cinquante devant moi, je baissais la tête le plus possible lorsque je me déplaçais. Quoi que je fasse, je me montrais attentif et vigilant, et mon esprit n'était plus agité ni troublé. Calmement, j'observais les moines, sans cesser de chercher Ono Kashiguri.

L'après-midi, je faisais de la lecture, j'étudiais la philosophie, puis après le dîner, je participais aux débats dans la grande cour et aux compétitions de dialectique. Pour mémoriser les textes lus, chaque soir, avant de m'endormir, je devais revoir celui de la veille, et ensuite apprendre celui du matin. Les deux premiers soirs, je m'endormis en lisant. Puis mon esprit s'entraîna et ma mémoire se développa, grâce à cet exercice quotidien.

Et tous les jours, j'allais voir le lama et lui posais la même question : Savez-vous où est Ono Kashiguri ? Savez-vous pourquoi il est venu ici ? Et lui, invariablement, répondait :

– Si quelqu'un vient, tu l'accueilles. S'il s'en va, tu le reconduis. S'il t'affronte, montre-toi conciliant.

Il disait aussi :

– Un et neuf font dix.

– Deux et huit font dix.

– Cinq et cinq font dix. Voilà les façons d'être conciliant. Il n'y a rien d'inconciliable en ce monde ; il faut bien distinguer le réel de l'irréel.

Ou encore :

– Il faut discerner aussi tout ce que l'ombre recèle. S'il s'agit de la grandeur, transcende l'univers. S'il s'agit de la petitesse, entre dans les poussières minuscules. Change-toi selon les moments. Si tu rencontres le succès, considère-le comme un rêve ou une illusion. Si tu t'affrontes à des problèmes, il ne faut pas te décourager. Ravive ta compassion pour que le mal cesse.

» Sache que, si puissantes que soient les pensées, elles ne sont que pensées et finiront par s'évanouir. Lorsque tu connaîtras la compassion, ces idées qui paraissent et disparaissent ne seront plus à même de te leurrer.

» Pour cela, il faut faire le vide dans l'esprit, et les soucis d'eux-mêmes s'en vont. Alors le désir et la haine ne parviennent plus à te troubler. Les émotions vives telles que la colère, qui provient de la méprise, cessent de te perturber.

Ou encore :

– Que ton esprit demeure calme face aux problèmes.

– Depuis que je suis venu à vous, je n'ai pas reçu la réponse à la question que je suis venu vous poser, dis-je au lama.

– Depuis que tu es venu à moi, je n'ai cessé de te montrer de quelle façon tu peux trouver ta réponse.

– De quelle façon, Maître ?

– Lorsque tu m'as apporté une tasse de thé, je l'ai acceptée. Quand tu m'as servi de la nourriture, je l'ai prise. Quand tu t'es incliné devant moi, je t'ai rendu tes salutations.

– C'est vrai, dis-je. Mais en quoi cela m'a-t-il aidé ?

– Lorsque tu auras atteint l'état de Bouddha, la durée de ta vie ne sera plus limitée. Tu seras en permanence traversé par la vie, sans extinction. De même que le cristal prend la couleur du support sur lequel on le pose, qu'il soit blanc, jaune, rouge ou noir, de façon analogue, la direction qu'a prise la vie a subi l'influence de ce que tu as rencontré. Mais si tu veux poursuivre ton chemin, il faut te libérer du *samsara* et atteindre l'éveil.

– Mais je pratique... très tôt le matin, avant l'aube, jusqu'à midi. Puis du début de l'après-midi jusque tard dans la nuit. A midi, je lis mes livres à voix haute pour les apprendre par cœur.

– Crois-tu que cela soit suffisant ? Moi, j'ai passé sept ans dans une grotte, et quatre ans dans une cabane, entouré d'épaisses forêts et de montagnes couvertes de neige et, pourtant, ce n'était pas assez.

– Moi aussi, murmurai-je, j'ai vécu dans ma grotte. Et je n'éprouvais pas le besoin d'en sortir. Croyez-vous que j'ai un mauvais karma ?

– Non, car tu as eu de nombreuses visions et tu as découvert des trésors. N'est-ce pas, Ary Cohen ? Tu as pu découvrir de très nombreux trésors pour être utile aux autres. Le texte de l'Essence de la vie s'est révélé dans ton esprit et tu l'as couché par écrit, comme un mandala, dans le but de transformer et de purifier nos perceptions ordinaires du monde.

– Mais je dois savoir où est Ono Kashiguri. Certaines personnes sont peut-être en danger, et il s'agit d'une question de temps.

– C'est ainsi : il faut garder la sérénité en toute circonstance. Mais je vois que ton esprit est encore égaré par le désir, la colère et, surtout, par l'ignorance. Ton esprit se méprend. A l'occasion d'une rencontre imprévue avec ton ennemi, des pensées de désir ou de haine surgiront de façon fortuite. Elles s'enracineront et proliféreront, renforçant le pouvoir de ton désir ou de ta haine habituels et laissant chaque fois des empreintes qui te feront faire le mal et te poursuivront dans le futur, de génération en génération !

» Tu es encore trop attaché à ce que tu crois être la réalité des choses, ainsi tu te laisses tourmenter par le désir ou la haine, le plaisir ou la douleur, les profits ou les pertes, la gloire ou l'infamie, la louange ou la critique, et ton esprit se fige. Or, sache que tout ce qui t'arrive n'a pas de réalité tangible. La vraie nature du réel est d'être vide, même s'il n'apparaît pas ainsi, mais tu dois te libérer de l'emprise de l'illusion.

– Que faire de plus ?

– Si tu sais laisser tes pensées se dissoudre par elles-mêmes à mesure qu'elles surgissent, elles traverseront l'esprit comme un oiseau dans le ciel : sans laisser de traces.

Puis, un jour, alors que je lui posais encore et toujours la même question, le lama me fit cette réponse sibylline :

– Je t'ai déjà dit qu'il est ici.

– Où est-il ?

– Comment puis-je répondre à une question si mal posée ?

– Comment dois-je la poser ?

– Tu me demandes sans cesse où est Ono Kashiguri. Invariablement, je te réponds : il est ici. Mais pourquoi ne dis-tu pas : savez-vous *qui* est Ono Kashiguri ?

Pendant un long moment, je méditai au sujet de ce qu'avait dit le lama. J'étais persuadé de trouver la réponse dans la question, car mon instructeur m'avait enseigné qu'une question bien posée contient déjà en elle une partie de la réponse. Alors qu'une question mal posée est comme un voile mis sur la solution de l'énigme qu'elle propose.

Je méditais en adoptant la bonne position, les deux paumes de la main, les deux plantes des pieds retournées face vers le ciel. Le bout des orteils ne touchant pas la cuisse, sinon il s'ensuivait une déperdition d'énergie. La méditation purifiait les sens et l'esprit de tout objet. Grâce à elle, je pouvais atteindre l'idée de la longévité. Grâce à elle, surtout, j'avais fait la découverte du temps. Celui qui enseigne, qui est réel, dont on peut faire l'expérience, et non celui que l'on subit. Avant, j'avais tant de désirs à satisfaire que je traitais le temps comme un objet, une denrée. Sorti de l'enfance et emporté par l'agitation et l'inquiétude, je ne voyais le temps qu'en termes de limites, de quantités. Happé par le mouvement inexorable, la fuite, la perte, le non-retour, je m'étais éloigné du temps, le vivant d'une façon fausse, injuste, à la hauteur de mes désirs, me condamnant à n'en avoir jamais assez, à le consommer. J'appris à oublier le temps que je n'avais pas, et je découvris celui que j'avais, et la sensation très particulière de celui qui passe, et de celui qui se fige, soudain, dans un instant d'éternité.

Loin du temps utile, je m'échappais. Loin du passé, était mon miroir avec lequel j'avais rendez-vous chaque jour. J'oubliais le temps des matins, celui des horloges, des lourdes constructions, des pyramides et des cathédrales. J'entrais dans le sens intime du monde, celui de ses rythmes, lents ou rapides, et de ses transformations insaisissables. Le temps, ce maître, m'enseigna que rien n'est contradictoire et que, naissant à une vérité, je meurs à une autre. Il me révéla aussi l'existence du présent, en constante relation avec l'éternité. Je compris qu'on ne pouvait pas mesurer le temps. Un instant, la durée d'un éclair, peut être si long. Un long moment peut être si court.

J'étais quelque part dans le présent, entre le passé et l'avenir. J'étais revenu vers l'origine.

Comment dire ? Je compris, à la façon dont le lama avait reformulé la question, *qui est Ono Kashiguri*, que celui-ci se trouvait parmi nous, et, chose étrange, que je le connaissais, même si je ne l'avais pas reconnu.

Le lama m'avait mis sur la voie, sans pour autant avoir renoncé au vœu qu'il avait fait de ne pas révéler l'identité de ses disciples, si ceux-ci ne le désiraient pas.

Le lendemain, dès le grand coup de gong de cinq heures du matin annonçant les premières récitations, je me levai d'un bond.

A ce moment, je compris que je ne souffrais plus. Je ne souffrais plus d'amour, de Jane. Le souvenir de mon tourment ne s'éloignait pas, mais il se diffusait dans mon corps et se répandait dans l'univers, en s'épanchant.

Mon crâne était lisse, je portais les habits de moine. Ma peau avait foncé et s'était burinée sous l'effet du froid et du soleil. Ma voix était devenue plus douce, plus uniforme. Ce fut à ce moment que le lama me fit appeler près de lui.

Assis en position du lotus sur un fauteuil, il me fit signe d'approcher. Des jeunes moines nous entouraient. Selon le rituel, je me prosternai à trois reprises.

L'un des moines posa sur mes épaules une cape jaune. Alors le lama aspergea le sommet de mon crâne d'eau sacrée pour enlever les influences néfastes. Puis il me fit signe de venir à lui. D'un coup de ciseaux dorés, il coupa mon ultime mèche de cheveux, la posa sur un plateau tenu par un moine à ses côtés, fit tourner trois fois un encensoir fumant autour de mon crâne, et il versa sur ma tête de l'eau sacrée.

– Ton nom sera désormais Jhampa.

Il prit une passoire, la tint par un bord et moi par l'autre :

– Il est dit que tu te serviras de cette passoire pour aller chercher l'eau. Cela évitera de tuer les petits animaux, si minuscules et invisibles soient-ils.

Il reposa l'objet et prit un bol rempli de graines de riz :

– Ainsi l'a dit Bouddha, ceux qui suivent mes enseignements ne mourront jamais de faim.

Il me tendit un tissu jaune.

– Quel que soit l'endroit où tu seras assis pour méditer, il faudra que ce soit sur ce tissu.

Il saisit un morceau de ma robe à hauteur de la ceinture.

– C'est grâce à sa robe qu'un moine gardera toujours son corps au chaud.

» Pour obtenir la voix de l'omniscience, tu devras respecter ton cœur de novice : ni tuer, ni voler, ni mentir, ni calomnier, ni avoir de relations sexuelles. Ainsi tu abandonneras la source des souffrances du *samsara*. En répondant à ton nom, tu quitteras ta famille et le monde de l'extérieur.

Puis il se pencha vers moi :

– Connais-tu les inconvénients du *samsara* ?

– Oui, je les vois.

– A partir d'aujourd'hui, respecteras-tu tes vœux ?

– Oui, je les respecterai.

Puis il m'offrit un mélange de riz et de raisins grillés et beurrés, avec du thé au beurre.

Les anciens, les érudits, entrèrent dans la salle. Je les regardai attentivement pendant que les jeunes moines servirent à tous du thé salé au beurre. Sans cesse, je me disais : *qui est Ono Kashiguri ?* La plupart étaient si jeunes, il était impossible qu'il soit parmi eux. D'autres étaient trop âgés.

Une heure plus tard, nous étions assis en lotus. Mes jambes

commençaient à être engourdies. Au bout de deux heures, mon attention commença à flotter.

Et je n'étais pas étonné d'être là, le crâne rasé, au milieu de tous, vêtus de rouge et de jaune, dans cette salle illuminée de lampes à beurre, parfumée par les lourdes vapeurs de l'encensoir, dans les murmures sourds des prières.

Je pensais à mon père, perdu loin dans les hauteurs de Jérusalem, je pensais aux esséniens sur le plateau de Qumran, je pensais à Jane : alors cela me serra le cœur.

Je me rendis compte que mes pensées s'étaient arrêtées, et toutes mes méditations me menaient vers Jane. J'étais à nouveau troublé, comme à l'approche d'un danger imminent.

Soudain, je fus devant un lac, au pied des pics enneigés, et je le vis clairement, à la surface de l'eau. Ono Kashiguri... ne pratiquait-il pas l'Art du Combat ? N'avait-il pas le don de se faire passer pour un autre ? Par deux fois, j'avais vu un homme à la maison des geishas, et par deux fois, les femmes avec qui j'étais l'avaient craint. Il boitait, il avait l'air ivre, il avait un œil caché par un masque.

Je sortis de la salle, je pris un bambou taillé, de l'encre provenant de la suie des foyers finement moulue et mélangée à l'eau et à de la colle naturelle, je pensai à ce que m'avait enseigné mon instructeur : « Tout le bonheur du monde provient des pensées altruistes, et tout son malheur, de la recherche de son propre bien. »

Et je ressentis l'expression d'un grand silence. A quoi bon tant de paroles ? *Le sot est attaché à son propre intérêt et le Bouddha se dévoue à l'intérêt d'autrui.*

Je dessinai l'homme que j'avais vu dans la maison des geishas, en tentant de me rappeler ses traits, du mieux que je le pouvais. Je considérai mon dessin... L'approchant, l'éloignant, faisant bouger les ombres, le dépouillant de ses artifices...

Alors j'allai voir le lama et je lui montrai mon dessin. Le lama le regarda :

– Avais-tu déjà vu cet homme ?

– A Kyoto.

Le lama me fixa attentivement. Je n'avais jamais lu sur son visage serein la moindre expression trahissant un déséquilibre. Or, pour une fois, à mon grand étonnement, je discernai de la joie dans l'expression de ses yeux sombres.

– Ainsi, Jhampa, dit-il, ta perception s'est enfin ouverte. A présent, tu sais qui est Ono Kashiguri. A présent que tu sais interpréter les signes, tu es apte à comprendre et à écouter ce que je vais te dire.

– Oui, Maître.

– Connais-tu l'histoire du lac ? C'est notre histoire à nous, notre genèse...

Il descendit de son siège et s'assit près de moi, en tailleur, comme moi. Ses yeux profonds comme une mer silencieuse ne cessaient de me regarder, et je ne parvenais pas à les quitter.

– On dit qu'au commencement il y avait un lac aux eaux parfaites, dans lequel vivaient des Naga, serpents magiques et gardiens des eaux.

» Soudain au milieu du lac, il y eut un tubercule avec des boutons, un lotus à mille pétales, et tous les dieux et déesses descendirent pour rendre hommage au lotus et la terre trembla. Là vivait un héros qui se nommait Douce Gloire, en sanskrit, Manjushri. Il vit le lac et le lotus, et il s'abîma dans une extase.

» Le lac était dans un col de la montagne où se trouvait la Tortue, et Douce Gloire de son épée tailla une ouverture dans la roche par où les eaux du lac s'échappèrent. C'est ce qu'on appelle aujourd'hui la force du Chobhar. Mais la Tortue fut si vexée que sa colère ne prit fin que lorsque Manjushri lui offrit un temple consacré à la Grande Compassion.

Le Rouleau de la retraite

» Manjushri voulait assécher le lac, mais Chepu le démon ne le voulait pas. Alors Manjushri le trancha : les rochers et les pierres de la vallée sont le sang de Chepu.

» Mais le plus dur, c'étaient les vrais maîtres du lac : les princes Naga, mi-reptiles mi-hommes, à qui Manjushri demanda de rester dans la vallée pour assurer sa fertilité.

» Cependant, il n'y avait plus d'eau et ils n'avaient plus d'endroit où rester. Les princes Naga voulaient aller vivre au fond de l'Océan. Ils s'établirent près de la source de l'actuelle rivière Vishnumati. Les autres frères restèrent dans la vallée pour assurer la fertilité de la terre, la prospérité des êtres qui y vivent et la régularité des pluies assurant la moisson.

» Manjushri leur offrit un étang et un palais sous-marin : l'étendue d'eau de Taudaha, au sud-ouest de la force de Chobhar.

» La vallée était fertile. Un jour la terre se souleva au-dessus de l'étang et forma un mamelon qui reçut le nom de « colline sommée d'un Vajra ». Le Vajra, taillé dans un os du sage védique Dadhichi, était à la fois une arme, un sceptre et le symbole de l'indestructibilité. La colline s'appelle aujourd'hui Svayambhunath, ce qui veut dire : protecteur spontané.

» De ce monde qu'il avait créé, Manjushri se retrouva satisfait et se retira derrière la colline sommée d'un Vajra pour contempler la Dimension Spontanée du Réel dans le lotus à huit pétales et, tandis qu'il méditait, son temple apparut spontanément autour de lui.

– Je comprends, dis-je, c'est ce qui m'est arrivé en méditant.

– A présent, Jhampa, à toi de me dire ce que tu désires savoir et je te le dirai.

– Je voudrais savoir pourquoi vous avez accepté Ono Kashiguri dans votre demeure.

– Tout a commencé lorsque le berger Chiang Min a retrouvé l'homme des glaces. La communauté villageoise est venue nous faire part de cette découverte, ainsi que de celle d'un manuscrit trouvé sur l'homme des glaces, qu'ils ne savaient pas lire. Avec beaucoup de précautions, le corps et le manuscrit furent emportés au Japon, par le moine Nakagashi qui se trouvait en retraite ici.

– Que disait ce manuscrit ?

– Nous non plus nous ne connaissions pas son écriture. Nous ne pouvions pas le dire ! C'est la raison pour laquelle nous avons fait envoyer le corps de l'homme et le manuscrit à maître Fujima, qui est calligraphe et qui connaît toutes les écritures anciennes.

– Qu'en a dit maître Fujima ?

– Cet homme des glaces était des leurs, pas des nôtres...

– Mais comment le savait-il ?

– Il était vêtu tel un prêtre shintoïste et, de plus, il avait la marque du sanctuaire d'Isé, au Japon.

– Quelle marque ?

Le lama sortit de dessous sa grande toge un petit médaillon, une petite étoile en cuivre qui paraissait très ancienne, comme celles que l'on peut voir dans les musées en Israël.

– L'étoile à six branches, les deux triangles superposés. La marque du sanctuaire d'Isé.

– Pourquoi cet homme a-t-il été retrouvé ici, s'il était prêtre shintoïste ?

– Cela nous l'ignorons. Peut-être accomplissait-il une marche pour un rituel...

– Bien, dis-je, perplexe devant l'étoile de David, qu'il appelait « la marque du sanctuaire d'Isé ». Quel est le lien avec Ono Kashiguri ?

– Tout d'abord tu dois savoir qu'il est parti ce matin à Lhassa, au monastère Johpang.

– Comment ? Vous ne pouviez pas me le dire avant ?

– Je ne pouvais te le dire car ceci, Jhampa, ne doit être révélé à personne, sinon tu t'exposes et tu nous exposes à un terrible châtiment. Les déités pour se venger de ton indiscrétion peuvent retourner vers toi leurs maléfiques pouvoirs, ou encore certaines des divinités déçues risquent de nous délaisser définitivement.

– Pour quelle raison Ono Kashiguri est-il revenu vous voir ? Pourquoi avez-vous accepté qu'il soit mon instructeur ?

– Il est venu nous voir pour obtenir ceci, dit le lama en désignant le petit médaillon. Mais je ne lui ai pas remis. C'est moi qui ai décidé qu'il serait ton instructeur...

– Pourquoi ?

– Mais parce que telle était ta requête... N'as-tu pas dit que tu voulais le voir ?

– Si, dis-je, car j'avais enfin compris l'étendue de ma méprise sur mon instructeur et, également, sur mon Maître dont je ne comprenais pas l'obstination.

– Jhampa, reprit-il, à présent que je t'ai révélé ce que tu voulais savoir, tu dois me dire à ton tour quel est ton secret.

– Quel secret ?

– Approche-toi.

Je baissai ma tête près de son oreille. Il me considéra de ses yeux bienveillants, et je vis les signes sur son front, quelques rides profondes venues du monde des lumières.

– Tu sais, Jhampa, que les moines que nous sommes sont en train d'être niés, d'être annihilés. Au cours de l'invasion chinoise au Tibet, en 1966, un million d'hommes et de femmes, le sixième de la population, sont morts de la persécution par les Chinois et de la famine. Six mille monastères ont été rasés, nos livres ont été brûlés ou jetés dans les rivières, et nos statues fondues pour faire des fusils et des canons. On a interdit l'enseignement du bouddhisme. On a enfermé et torturé les moines et les nonnes. On a transformé nos temples en silos à riz, et nous avons perdu notre terre et nos maîtres.

» Plus de cent mille Tibétains, précédés par notre chef temporel et spirituel, le quatrième dalaï-lama, se sont enfuis vers l'Inde ou d'autres pays voisins, le Népal et le Bhoutan. Après la mort de Mao Tsé-toung, les choses ont paru s'améliorer. Notre peuple a repris espoir. On a reconstruit des monastères et les moines ont pu reprendre leurs études. Mais nous nous sommes vite aperçus que ceci n'était qu'un leurre : les Chinois avaient recours à d'autres méthodes ; plutôt que de tuer les Tibétains et d'en faire des martyrs, ils ont décidé qu'il valait mieux les submerger sous une multitude de Chinois, jusqu'à ce qu'ils deviennent une minorité dans leur propre pays. A présent, le transfert de population chinoise han risque de réussir là où la persécution avait échoué. Aujourd'hui, à Lhassa, il y a plus de Chinois que de Tibétains.

– Oui, dis-je, je comprends.

– ... C'est comme toi, n'est-ce pas ?

– Moi ?

J'étais étonné de cette question.

– Cela aussi je l'ai vu, Jhampa. Tu appartiens au peuple juif. C'est pourquoi je désire connaître ton secret.

– Mais quel secret, Maître ?

– Le secret de la résistance spirituelle juive à l'exil.

Je le considérai, totalement désarçonné par cette question à laquelle je ne m'attendais pas.

– Que puis-je vous dire ? répondis-je. Sinon que les juifs sont soumis à six cent treize lois.

– Mais les religions restent ce qu'elles sont. A la base de toutes les religions, il y a la méditation.

– Je ne crois pas que la méditation suffise à la survie d'un peuple.

– Mais ce n'est pas seulement spirituel. Comme vous, nous pensons que l'esprit et le corps sont la même chose, comme les deux faces d'une feuille de papier. Nous avons la méditation. Penses-tu que cela ne suffit pas ?

– Non, dis-je, cela ne suffit pas.

– Ah...

Il poussa un soupir comme s'il soupesait les mots qu'il allait prononcer, sembla réfléchir un moment.

Je pris la parole :

– On dit, selon la lecture cabalistique de Béréchit, que quatre mondes, et non un seul, furent créés, qui correspondent aux quatre lettres du tétragramme divin : *yod, hé, vav, hé* : esprit, raison, cœur, corps, ou encore : émanation, création, formation, fonction, ou encore : intuition, connaissance, sentiment, action.

– Ici nous pratiquons l'intuition, la connaissance et le sentiment. Est-ce que cela ne suffit pas ?

– Le mode d'être de la créature, c'est d'adhérer à son Créateur. Cela n'est possible que par l'action.

– Nous disons que la parole créatrice, le souffle, est mise dans la bouche de l'homme. Est-ce que cela ne suffit pas ?

– C'est au consentement de l'homme à la Parole de Dieu que tient l'efficacité de la Parole qui assure l'existence de la créature.

– Nous avons des guides qui nous montrent le chemin. Est-ce que cela ne suffit pas ?

– L'enseignement est la carte et le guide celui qui sait la lire et a déjà une expérience du voyage ; sans un guide, l'aveugle ne saura trouver son chemin. Mais cela non plus ne suffit pas.

– Le Bouddha a décidé de s'abstraire du monde, de le quitter en s'enfermant dans une forteresse jusqu'à ce qu'il trouve enfin la solution de l'énigme qui le hantait, la réponse à sa question. Comme toi, il a vécu dans une grotte en Inde du Nord : située dans une montagne, qui surplombait la vallée, c'était une cavité minuscule où un homme doit d'abord ramper avant de pouvoir s'installer, il a poussé son expérience ascétique jusqu'à un point tel qu'il pouvait sentir sa colonne vertébrale en pinçant la peau de son ventre.

» Quand il sut que sa fin approchait, Bouddha se traîna hors de la grotte, puis vers la vallée pour mourir à la lumière du jour. Il s'adossa contre un arbre, entre les racines. Ce fut alors qu'un professeur de musique passa, accompagné de quelques élèves qui s'installèrent tout près. Alors il leur dit : "Voyez les cordes du luth, si elles sont trop lâches, elles seront molles. Si elles sont trop tendues, le son sera discordant ; il faut que l'instrument soit exactement accordé pour que l'on puisse créer de la musique et produire des sons justes." Et le Bouddha connut un immense *satori*, c'est-à-dire une immense prise de conscience. Il se dit : "Voilà, il en est de même pour moi, j'ai vécu dans les jouissances et les facilités, et j'étais inutile et vain ; il faut au contraire équilibrer sa vie entre le trop et le trop peu, entre le nécessaire et le superflu, afin de pouvoir créer l'harmonie." C'est ainsi qu'il a rencontré l'esprit de sagesse. Il a pris l'univers entier comme étant un, car rien sur la terre ni aux cieux ne change les va-et-vient. Et il est parvenu à l'immortalité.

Le lama me sourit, d'un air triste.

– Tu sais comment la vie semble à un vieil homme de soixante-dix ans ?

– Non.

– Imagine un long rêve, un rêve long comme la vie, rempli parfois d'expériences plaisantes, et défiguré par les moments de grande douleur. Et imagine le moment de se réveiller... Comment une personne qui vient de se réveiller regarde-t-elle son rêve ?

– Comme un moment de grande vérité.
– Vers la quarantaine, je me suis mis à haïr la société. Mes repas se réduisaient à de la bouillie de blé, ou à du blé cuit à l'eau. J'étais exposé au vent et à la pluie. Je suis tombé malade, les médecins ne pouvaient rien faire pour moi, sauf un qui m'a dit de manger de la viande ; c'est ce que j'ai fait, et j'ai guéri. J'ai eu tous ces maux, Jhampa, parce que mon karma était mauvais, très mauvais... Dans une vie antérieure, j'ai fait un acte répréhensible, terrible, qui ne cesse de me poursuivre jusqu'à aujourd'hui... C'est la raison pour laquelle j'ai voué ma vie à la méditation et au repentir.
– Quel acte mauvais avez-vous commis ? Et comment l'avez-vous su ?
– Alors que ma mère était enceinte de moi, la famille rendit visite à un grand lama qui vivait dans un ermitage, à une heure de marche de chez nous. Le lama demanda si ma mère était enceinte. Mes parents répondirent que oui et le lama dit : « Ce sera un fils, dès qu'il sera né, il est important que je le sache. » Il tendit à ma mère un cordon de protection pour le moment de ma naissance. Ce jour venu, avant même que j'aie pu boire une goutte du lait maternel, le lama écrivit sur ma langue *dh* la syllabe ferme du mantra de Manjourshir. C'était pour me sauver, Jhampa, du mauvais karma. Quelques jours passèrent, puis mes parents m'emmenèrent voir le lama qui déclara que j'étais un enfant spécial, et que je devais racheter mon mauvais karma. Et il dit : « Cet enfant ne ressemble à aucun autre. Je veux voir les lignes de sa main. » Il contempla mes mains à la lumière du jour et murmura : « Cet enfant devra vouer sa vie à racheter son karma. »
» Alors il me fit le don d'une perle magnifique qu'il portait à son cou. Il fabriqua aussi un cordon de protection de soie et une longue écharpe blanche, car il voulait une écharpe immaculée qui soit à même d'assurer la purification du karma.

Il dit à mon père qu'il fallait m'emmener au monastère car je devais y aller pour accomplir ma mission.

A nouveau le lama se pencha vers moi.

– Mon père, sais-tu, ne désirait pas que je devienne moine. Nous avions un grand domaine et il ne voulait pas me laisser partir car il souhaitait que je m'en occupe. Mais un jour où je jouais près du feu, je me suis brûlé. Je suis resté au lit, très malade, durant de nombreux mois. Mon père, désemparé, me dit : « Que faut-il faire pour te guérir ? » Je lui répondis : « Il faut me faire moine. » Mon père me fit coudre la robe et je la mis. Le lendemain, je reçus la tonsure.

» J'avais dix ans. Je suis allé étudier au monastère. Là, j'ai fait la connaissance du lama, celui qui m'avait vu à la naissance et qui ne quittait jamais l'ermitage.

» A sa mort, je suis venu ici, Jhampa, depuis la vallée. Je ne suis pas resté au monastère. Il fallait que j'aille plus loin, encore plus loin ; c'est pourquoi j'ai vécu dans les grottes, pendant sept ans.

– Pourquoi, Maître, avoir fait tout cela ? Qu'aviez-vous à expier ?

Il y eut un silence, comme si cette vérité était trop difficile à dire et trop lourde à porter.

– Dites-moi ce que vous avez fait pendant vos sept années de retraite.

– J'ai médité sur l'amour, la compassion et le désir de mener tous les êtres à la délivrance. Je pratiquais tôt le matin avant l'aube, jusqu'à midi. Je lisais mes livres à voix haute pour les apprendre par cœur. Mes parents venaient me voir de temps en temps. J'avais seize ans, mon frère m'a dit que j'allais devenir fou. Les oiseaux, les souris, les corbeaux me tenaient compagnie. Pendant trois ans, je n'ai pas dit un seul mot. Après le déjeuner, je me détendais un peu en étudiant quelques livres.

» Ma grotte avait une échelle et des petits ours venaient souvent grogner en bas de l'entrée. Dehors, dans la forêt, il y avait des renards et toutes sortes d'oiseaux. Et aussi des léopards. Un jour, ils attrapèrent le petit chien qui me tenait compagnie et j'en conçus une peine si immense que, durant trois nouvelles années, je n'ai pas prononcé un seul mot. Jour et nuit, malgré le froid glacial, j'étais assis sur une peau d'ours, vêtu seulement d'un châle blanc et d'un vêtement de soie sauvage. Dehors, tout était gelé mais, dans la grotte, il faisait chaud. Je ne m'allongeais pas pour la nuit ; je dormais assis dans ma grotte. Le soir après le dîner, je commençais à méditer. Tout cela à cause de mon mauvais karma... Celui que j'expie en ce monde !

Le lama me considérait gravement. Bien sûr, il expiait quelque chose, et n'étions-nous pas tous en train d'expier ?

— Je ne voulais pas sortir de la grotte, de temps en temps j'étendais mes jambes au-dehors. Je voulais être comme Shabkar, le yogi du dix-neuvième siècle, qui avait l'habitude de s'asseoir pour entonner ses chants. Je ne voulais pas me marier ni avoir des enfants.

» Puis les Chinois sont venus et j'ai dû fuir avec tous les moines, me cachant la journée et marchant la nuit. Les Chinois tiraient à vue. La nuit, il faisait très froid et on ne pouvait pas allumer de feu pour faire du thé, car ils auraient vu la fumée. Nous avons fui jusqu'au Népal, où l'on nous a accueillis dans les montagnes. Les paysans venaient nous donner du riz et des légumes séchés dans des paniers de bambou. Puis lorsque la libéralisation a commencé, j'ai reçu des visions et des signes, et je suis revenu ici, dans mon monastère, car je savais que c'était ici que je pourrais réparer mon karma et nulle part ailleurs.

Je le considérai : son visage était troublé, ses paupières

tremblaient légèrement... Il tendit une main vers moi, comme pour me toucher.

— Je suis revenu, Jhampa, car je devais te rencontrer... A présent, ajouta-t-il après un silence, tu peux partir si tu le veux, et tu effaceras de ta mémoire ton nouveau nom, mais pour moi, ce sera toujours Jhampa.

— Maître, dites-moi quel est cet acte que vous passez votre vie à réparer. Dites-le-moi, je vous en supplie.

Cette fois, j'étais décidé à savoir ce qu'il devait me dire.

— Lorsque tu auras atteint la perception pure, tu reconnaîtras ta nature oubliée et celle de tous les autres. Pour toi, ce sera comme revoir le soleil qui n'a jamais cessé de briller, à mesure que les nuages qui le cachaient sont chassés par le vent...

Il partit, me laissant ainsi, dans la même position, abîmé dans sa réflexion.

De retour dans ma tente, j'avais le cœur qui battait, tambourinant contre ma poitrine, car bientôt j'allais partir et je sentais que j'allais rejoindre Jane si toutefois elle était avec Ono Kashiguri. Je m'en voulais de n'avoir pas eu plus de discernement alors que je le voyais tous les jours, qu'il était à un souffle de moi. Je m'étais laissé égarer par la parole qui est illusion. On m'avait dit qu'il s'appelait « Yukio » et cela avait suffi à me tromper. J'avais foi dans les noms ; mais pourquoi les noms seraient-ils signes de vérité ? Voilà ce que ne cessait de m'expliquer le lama et que je n'avais pas su comprendre. Il fallait tout remettre en question pour y voir clair, toutes les certitudes, tous les préjugés du sens commun. Ono Kashiguri était mon instructeur... il était le plus proche de moi en ce lieu et c'était peut-être pourquoi je ne le voyais pas. Y avait-il encore d'autres erreurs, d'autres illusions que je prenais pour le réel ? Certainement, et peut-être fallait-il toute une vie dans les grottes pour parvenir à lever le voile.

Je m'endormis en faisant un rêve, ou plutôt un cauchemar. Je me trouvais dans une maison, c'était la nuit. Je devais sortir dans la forêt alors que des choses étranges s'y passaient et un grand danger me guettait. Quelqu'un voulait me détruire. J'avais peur de sortir, mais je le faisais tout de même.

Il y avait un homme dans la maison, à l'air très inquiétant, un homme sombre au regard un peu fou, et je pensais qu'il voulait me tuer, qu'il préparait quelque chose.

Je retournais dans ma chambre : elle avait brûlé entièrement, j'avais perdu toutes mes affaires, mon lit, mon armoire, mes livres, mes parchemins. Je n'avais plus rien. Alors je sortais dans la forêt pour affronter seul le danger.

VII
Le Rouleau des démons

A vous qui entrez dans les corps, je supplie, au nom de Dieu, qui délivre du mal et de la faute, le démon de la fièvre, le démon de la maladie, le démon de la toux, de ne pas gâcher les nuits et les jours par les cauchemars lors du sommeil. A vous incubes, à vous succubes, à vous démons qui passez les murs, je vous en supplie, sur la terre et dans les cieux.

Rouleaux de Qumran,
Exorcisme.

Au milieu d'une masse de glaciers bleus, j'étais en route vers Lhassa, à la poursuite d'Ono Kashiguri.

Je me posais mille questions auxquelles je ne trouvais pas de réponse.

Pourquoi Ono Kashiguri s'était-il intéressé à l'homme des glaces ? Etait-ce lui qui avait tué le moine Nakagashi ? Mais pour quelle raison ? Quel était le mauvais karma du lama ? Y avait-il un lien avec Ono Kashiguri ? Si oui, lequel était-ce ? Est-ce que l'homme des glaces venait de Qumran ? Que faisait-il dans cette contrée lointaine ? Et pourquoi ?

J'avais pris le bus jusqu'à Katmandou, sous un soleil voilé par les ondées. De là, je devais partir en minibus pour Lhassa. Le petit véhicule nous emmena cahin-caha sur les routes sinueuses, au-dessus de la Ragmati, rivière de Katmandou, jusqu'aux rives où l'on incinère les morts. Jour et nuit, les corps se consumaient sur les bûchers.

Puis la route a quitté les terrasses cultivées pour entrer dans les vallées aux bords abrupts. Au bout de quelques heures, nous avons franchi un no man's land surveillé par des miliciens chinois.

Lhassa est située en hauteur, à trois mille six cent cinquante mètres d'altitude. De loin, on dirait une ville irréelle, un mirage vétuste et sombre. De près, c'est différent.

En entrant dans Lhassa par la colline, nous sommes passés devant le Potala, résidence des dalaï-lamas et siège du gouvernement tibétain, qui surplombait toute la ville. Ce bâtiment de treize étages contenait des milliers de pièces, de sanctuaires et de statues. Le Potala comprenait le palais Blanc, qui abritait les appartements du dalaï-lama et le palais Rouge où se déroulaient les activités religieuses, mais tout cela se passait avant l'invasion chinoise qui, par la destruction de l'architecture, avait apposé sa marque nouvelle sur la trace ancestrale.

Soudain les grands buildings et les galeries commerciales émergèrent, comme surgies de nulle part. C'était Lhassa, ce grand boulevard, baptisé Beijing Road, qui menait à une immense place, seul espace dégagé au milieu du béton. Lhassa, cette ville moderne, tout à fait chinoise, ces firmes chinoises et toutes ces inscriptions se surimposant aux marques tibétaines, c'était Lhassa et ce ne l'était pas.

Le minibus déposa quelques-uns de ses passagers, puis il continua son chemin vers l'est de la ville où se trouvait le quartier tibétain. Le changement fut brutal, entre la ville moderne, flambant neuve, et l'ancienne cité de pierre, ses traditions : au marché tibétain, la viande de yak était étalée en plein air. Nous avons traversé le Barkor, un circuit de pèlerinage que l'on parcourt dans le sens des aiguilles d'une montre. Les pèlerins tibétains étaient nombreux à venir prier dans ce lieu saint. L'endroit comprenait un marché luxuriant et même une sorte de Bourse à la tibétaine. On y trouvait aussi des bannières de prières, des blocs d'imprimerie en bois gravés de saintes écritures, des boucles d'oreilles, des bottes en cuir de yak...

Enfin nous nous sommes arrêtés au cœur du quartier tibétain, devant le temple Jokhang, l'un des sanctuaires les plus sacrés du Tibet.

Le temple, construit au septième siècle, contient quatre chapelles. Je me dirigeai immédiatement vers la quatrième, où le lama m'avait dit de me rendre. Je vis alors avec stupéfaction le nom de la chapelle : Jhampa. La statue de Jhampa Truze était impressionnante. C'était, disait la légende, le Bouddha du futur.

Je le regardai, durant un long moment, sans pouvoir en détacher les yeux. Pourquoi le lama m'avait-il donné le nom de Jhampa ? Cela non plus, je ne l'avais pas remis en cause, je ne lui avais même pas demandé le sens de ce nom, et j'étais certain, à présent, qu'il ne s'agissait pas d'un hasard, mais d'un signe, d'un message qu'il voulait me transmettre.

J'avais apporté une lettre du lama grâce à laquelle on m'octroya une chambre du monastère, une pièce avec des draperies de soie devant le broc qui permettait de faire sa toilette, des peaux de mouton par terre, des bouddhas avec des photos un peu partout, des récipients, des bols pour le thé et des tisanes. De l'encens brûlait, c'était tant de confort que je n'arrivais pas à y croire tant j'en avais perdu l'habitude.

Le matin, je rejoignis les moines au premier coup de gong, en espérant voir Ono Kashiguri, et peut-être Jane. Ils avaient la tête rasée, ils étaient vêtus de robes grises, l'un d'eux versait de l'eau sur les pierres en face du temple. Je brûlai l'encens et remarquai un moine qui me regardait : il savait que j'étais étranger, malgré la tonsure.

Je m'approchai de lui, lui dis que je venais de la part du lama, et lui demandai si Ono Kashiguri était là.

Il me répondit dans un anglais hésitant qu'il venait de partir pour une grande fête en Inde et que tous s'apprêtaient à le suivre.

Quelques jours plus tard, je me retrouvai, avec les cinq moines du monastère, dans le train bondé qui traversait le pays vers l'Inde. Mes compagnons de voyage récitaient des mantras, en échange desquels, parfois, ils recevaient à manger.

Les conditions de voyage étaient difficiles. Les gens, installés pour un voyage de plusieurs jours, faisaient cuire leur nourriture dans les compartiments ; le train ne dépassait pas les quarante kilomètres-heure, il faisait de nombreux arrêts dans les gares surpeuplées, où, chaque fois, il accomplissait le miracle de se remplir davantage.

Nous étions en route vers Bodh Gaya, lieu saint le plus important et le plus vivant au sud de l'Inde, vers le temple de Mahabhodi, pyramide haute de plus de cinquante mètres, encerclée à la base de quatre petites tours. Ce temple abritait une colossale statue de Bouddha effleurant le sol de sa main.

Durant ce long trajet, j'ai vu nombre de statues de Bouddha, sur les bords des chemins, dans les villages et devant les temples. Je finis par demander à l'un des moines qui au juste était Bouddha, car je n'avais jamais entendu parler de lui, à part ce que le lama m'en avait dit :

– Tu es un disciple du lama et tu ignores l'histoire du Bouddha ?

– Oui, dis-je, je suis novice. Et toi, es-tu un disciple du Bouddha ?

— Je suis un disciple d'Ono Kashiguri, répondit le jeune moine. C'est auprès de lui que je me rends.
— Mais tu es aussi un disciple du Bouddha, n'est-ce pas ?
— Oui, bien sûr. Je vais te raconter son histoire, dit le jeune moine, qui semblait me prendre en pitié pour être aussi ignare. L'histoire du prince Siddharta...

Bercé par le ahanement du train, j'écoutai cette histoire, comme pour me distraire, sans me douter à quel point elle allait être mêlée à ma vie...

— Nous sommes, commença le jeune novice, loin dans l'histoire, vers − 500 avant notre ère.

» Une belle jeune femme devait donner naissance à un enfant. Au même moment, il y avait, dans le ciel, un bienheureux qui méditait sur sa dernière apparition sur terre, car il voulait préparer sa prochaine réincarnation. Il avait déjà eu de très nombreuses existences antérieures ; mais il était à la recherche de la réincarnation suprême qui lui permettrait d'atteindre l'ultime délivrance du nirvana. Ayant observé tant de beauté et de sagesse dans le palais de Kapilavastu, il décida de choisir la famille des Çakya pour reparaître, une ultime fois, chez les hommes.

» A l'instant où il prit sa décision, on vit sur les terrasses du palais des centaines d'oiseaux, des arbres recouverts de fleurs, des étangs de lotus bleus. La jeune femme enceinte, en voyant cela, se retira dans le gynécée. Elle commença à méditer longuement.

» Le moment de l'accouchement venu, la reine se rendit aux portes de la ville, dans des jardins majestueux. Elle donna naissance à l'enfant debout, en tenant de la main droite la branche d'un arbre, et l'enfant sortit de son côté droit. Alors le ciel se déchira et deux rois Naga, du royaume des serpents, apparurent, et il y eut un courant d'eau froide pour laver le nouveau-né et lui donner le bain rituel. On l'appela Siddharta.

» Un vieil homme du nom d'Asita, un ascète venu de l'Himalaya, lui prédit un grand destin. Ce fut lui qui le premier décerna les signes des Bouddhas : l'*urna*, ou flocon de laine blanche entre les yeux et, sur la plante des pieds, le sceau de la Loi. Il fut conduit au temple où se trouvaient les statues des divinités védiques.

» Lorsque l'enfant grandit, il impressionna ses maîtres par sa sagesse, car il était plus savant que les vieux hommes. Un jour où il se trouvait dans un champ, il vit de l'herbe arrachée, dans laquelle se trouvaient des œufs, et des insectes qui venaient d'être tués. Profondément affligé, pensant qu'il avait assisté à une terrible injustice, il s'assit à l'ombre d'un pommier rose. Pour la première fois, il médita sur la douleur universelle. Le soleil se coucha, mais lui ne se couchait pas.

» Lorsque Siddharta devint un jeune homme, il fallut lui trouver une épouse. On rassembla toutes les jeunes filles du pays et l'une d'entre elles fut choisie : la jeune Gopa. Mais son père demanda, avant de donner sa fille, que Siddharta montrât son courage et sa force pour voir s'il la méritait. Il lui proposa une joute, et Siddharta fut le seul à réussir à tendre l'arc du héros, son aïeul.

» Il épousa Gopa et découvrit les délices du gynécée. Cependant, il ne pouvait s'arrêter de penser à la misère, et il était triste. Son père, qui vit sa douleur, demanda qu'aucun spectacle de la souffrance humaine ne vînt frapper les yeux trop sensibles de Siddharta.

» Malgré toutes les précautions, Siddharta fit quatre rencontres qui allaient changer le cours de sa vie : un vieil homme, un malade, un mort et, enfin, un moine. Lorsqu'il vit le moine et qu'il comprit sa sérénité, il décida de devenir religieux.

» Malgré toutes les tentatives de son père pour l'en dissuader, Siddharta ne changea pas d'avis. Ni les musiques ni les jardins remplis de femmes ne réussirent à le détourner de son chemin. Il considérait le gynécée comme un cimetière où dormaient les femmes.

» Une nuit, il sortit et appela son écuyer. Celui-ci lui dit : *"Où irez-vous, loin des hommes, aux longs sourcils, aux yeux beaux comme des pétales de lotus, où irez-vous ?"* Et Siddharta de répondre : *"J'irai où je dois aller."* Il s'enfuit dans la nuit, loin du royaume et du jardin des délices.

» Il était âgé de vingt-neuf ans, c'était le jour de son anniversaire.

» Il entra dans les forêts, il coupa sa longue chevelure et la lança vers le ciel où les dieux la recueillirent. Il échangea ses splendides habits de prince contre les haillons d'un chasseur sauvage. Il vécut dans la forêt, il n'était plus Siddharta, mais le moine Gautama, l'*ascète des Çakya*.

» Il rencontra les maîtres brahmanes, il marcha et il visita des capitales. Ce fut alors qu'il commença à parcourir le pays, propageant la nouvelle et recevant l'hospitalité de ceux qui voulaient bien l'accueillir. Il rencontra le roi du Magadha, qui lui fit la proposition de lui donner la moitié de son royaume.

» Mais Siddharta ne succomba pas non plus à cette tentation.

» Pour vivre, il demandait l'aumône. Pour devenir sage et se détacher du monde terrestre, il méditait dans la position du lotus. Il pratiquait le jeûne et l'austérité de la vie. Durant six ans, Siddharta mena cette vie ascétique. Il faisait quotidiennement des exercices respiratoires très difficiles, avec l'occlusion complète de la voie buccale en serrant les dents et en pressant la langue contre le palais avec une telle force que la sueur lui sortait des aisselles. Puis il bloquait sa respiration, retenant son souffle avec une telle pression qu'il aurait pu faire éclater ses tympans. Il jeûna jusqu'à l'affaiblissement, pour être maître de son corps et de sa pensée. Cinq disciples étudiaient et méditaient près de lui.

» Un jour, il se leva, très affaibli, et, ses vêtements étant tombés en loques, il prit le linceul d'un cadavre, le lava dans un étang et le façonna en robe de moine. Alors, il décida d'abandonner l'ascèse. Il partit en quête de nourriture. Ses cinq disciples qui considéraient comme une défaillance impardonnable son abandon du jeûne, le quittèrent pour se rendre à Bénarès.

» Alors Siddharta se remit à manger, du riz et du lait que lui offrit une jeune fille du village, puis il se baigna dans la rivière, avant de se rendre vers Bodh Gaya, où se trouvait l'Arbre de la Science et de la Sagesse, le figuier sacré, le Bodhi, au pied duquel il s'assit pour méditer.

» A nouveau, il se mit à penser au mal, et à la douleur.

» Et ce fut alors que se produisit l'Illumination. Il découvrit le moi, sur lequel tous fondent les pensées fausses et le monde matériel, et il se dit que si l'on supprimait la volonté d'exister, on abolirait la douleur.

» Ainsi, par la Révélation de la Sagesse Parfaite, Siddharta accéda à la sagesse de Bouddha.

» A cette crise d'âme succédèrent sept semaines de repos, durant lesquelles il savoura les douceurs de la délivrance. Ensuite, il se leva, partit vers Bénarès, et *"mit en branle la Roue de la Loi"*. Arrivé dans cette ville, il se rendit au parc des Gazelles et y retrouva les cinq disciples qui l'avaient abandonné. Il les convertit : ce furent les Sermons de Bénarès. *"Ô moines, dit-il, il y a deux extrêmes dont il faut rester éloigné : une vie de plaisirs, cela est bas, ignoble, contraire à l'esprit, indigne et vain. Et une vie de macération : cela est triste, indigne et vain. De ces deux extrêmes, ô moines, le Parfait s'est gardé éloigné, et il a découvert le chemin qui passe au milieu, qui mène au repos, à la science, à l'illumination, au nirvana..."*

» Le Bouddha reprit ensuite sa vie errante. Il allait de village en village, prêchant et faisant des miracles.

» Revenu à Çravasti, dans le royaume de Kosala, où il établit sa résidence, le Bouddha y accomplit le Grand Miracle. Le roi de ce pays ayant organisé un tournoi de prodiges entre ascètes, on le vit ce jour-là s'élever dans les airs, des lumières multicolores diffusaient de son corps. Peu après, on l'aperçut assis sur un lotus créé par les rois Naga. Brahma était à sa droite, Indra à sa gauche, et le ciel se remplit de lotus, chacun contenant un Bouddha magique.

» Il continua de faire le bien et de répandre le doux enseignement pendant plus de quarante années. Plus tard, il admit quelques femmes dans son ordre, mais à regret. Il n'avait plus revu sa femme depuis si longtemps.

» A soixante-dix-neuf ans, Bouddha enseignait à tous, tout en continuant de quêter sa nourriture.

» Un jour, il dit à son disciple favori, Ananda, qu'il aimerait prolonger son séjour en ce lieu, mais celui-ci manqua à trois reprises de lui demander de survivre. Bouddha choisit alors la voie de la Totale Extinction. Ananda réunit tous les moines pour entendre une nouvelle exhortation qui le fit rester sur terre un peu plus longtemps.

» Enfin, devenu très vieux et sentant approcher la fin, il remonta vers le nord du pays pour contempler les monastères qu'il avait fondés. "Je suis vieux", dit-il à son disciple Ananda, le seul qu'il eût autorisé à le suivre. "Je suis un vieillard parvenu au bout de sa route. Soyez donc vos propres

lampes, ô Ananda. Soyez votre propre refuge. Attachez-vous à la lampe de la vérité." Il fit préparer son lit de mort sur le bord de la rivière, entre deux arbres jumeaux qui se couvrirent aussitôt de fleurs. Et il dit : *"En vérité, ô disciples, je vous le dis, tout ce qui est créé est périssable. Luttez sans relâche."*

» Il eut les funérailles d'un fils de roi, durant sept jours on dansa et on joua de la musique avant de brûler le corps. Il mourut sans successeur.

» Pour la première fois, un homme, un *"lion des hommes"* était proclamé suzerain des dieux...

Enfin, au bout de trois jours de voyage éprouvant, nous sommes arrivés à Bodh Gaya, cité couleur de poussière, comme la terre qui la porte, cité de fin du monde, dans un état de délabrement que je n'avais jamais vu auparavant. Devant les murs décrépits, les mendiants, les éclopés, les mutilés se traînaient dans la poussière, le regard égaré. Devant chacun, je voulais m'arrêter, mais hélas ! c'était une foule innombrable. *Oui, tu es démuni. Ne dis pas : comme je suis pauvre, je ne peux pas rechercher la vraie connaissance.* Mais comment pouvait-on rechercher la sagesse lorsque le ventre avait faim ?

Nous avons marché jusqu'à la rivière sacrée que l'on appelle Naranyadza. Puis nous sommes parvenus au pied du figuier, l'arbre de l'Illumination où Bouddha, après sept semaines, avait connu l'éveil.

Dans ce grand pèlerinage, tous étaient dans une joie immense. Certains même pleuraient.

Les moines se pressaient autour de la pyramide centrale dont les douze niveaux sculptés montaient, semblait-il, jusqu'au ciel. Une foule compacte entourait la statue de Ganesh, corps d'homme et tête d'éléphant, qui apporte, dit-on, la prospérité dans les maisons.

Nous nous sommes dirigés vers le monastère tibétain, où se trouvait un grand bâtiment entouré de nombreuses tentes.

La foule en ce lieu était très dense. Les pèlerins venaient de loin pour y participer. Des moines, des Tibétains, des Occidentaux et des Asiatiques, certains, vêtus de complets, paraissant aisés, d'autres beaucoup plus pauvres. Il y avait aussi des hommes qui regardaient de toutes parts, comme pour contrôler le rassemblement. On aurait dit une sorte de milice.

La tête d'Ono Kashiguri était dans l'alignement de celle de Bouddha. J'avais du mal à l'entendre, je m'approchai donc, me frayant un chemin dans la masse compacte de la jungle humaine.

J'arrivai enfin près de lui. Perché sur une estrade, il surplombait la foule. Il ne portait pas son bandeau, il n'était pas ivre, comme lorsque je l'avais croisé dans la maison des geishas, à deux reprises, il était tel que je l'avais connu au monastère, sous les traits bienveillants, presque gais, de mon instructeur.

« Oui mes amis, disait-il en anglais, le vingt et unième siècle sera japonais. Si nous savons éviter la volonté de nos ennemis qui veulent dominer le monde entier, ceux qui colonisent l'Europe et l'Amérique, jusqu'au Moyen-Orient. Est-ce que les juifs contrôleront le Japon comme ils contrôlent l'Europe et l'Amérique ?

» Dans la province de Yamato autour de Kyoto, il y a deux anciens villages, Goshen et Menashe...

» Dans la ville d'Usumasa, sur un site ayant appartenu aux familles Chada, il y a quinze cents ans, sur une pierre, est gravé le nom "ISRAËL"...

» Ils sont là secrètement, parmi nous, puissants et depuis longtemps ! Oui, sans que vous le sachiez les juifs ont conquis le Japon et nous devons les en chasser ! Oui, mes amis, ils ont même investi le palais impérial ! »

C'est alors que, tournant la tête, je la vis.
Jane. Vêtue d'un kimono, elle se tenait un peu en retrait, sans savoir que je la voyais. Elle avait un maquillage blanc, comme dans la maison des geishas. Cependant, ce n'était pas ce teint très pâle qui la rendait différente, mais ses yeux qui semblaient perdus dans le vague, dans l'indifférence. Comme s'ils voyaient et qu'ils ne voyaient pas.
– Méfiez-vous des juifs, poursuivait Ono Kashiguri en s'adressant à ses adeptes. Tout ce qu'ils vous diront est faux... Ils ont bâti un séminaire à Kyoto... Il s'appelle : Beth Shalom. Ils disent que Kyoto veut dire « capitale de la paix » et Tokyo, capitale de l'Est en hébreu, mais c'est faux. Ils possèdent une épée, une épée à sept branches au pouvoir maléfique, qu'ils appellent *menora*.

» Et nous, nous arrivons au millénium prédit dans la Révélation ! Nous parvenons à l'ère de l'Antéchrist, et il sera vaincu dans la bataille d'Armaggedon... Oui, l'Antéchrist est là, parmi nous !

Je vis un moine murmurer quelques mots à l'oreille d'Ono en pointant le doigt vers moi. Des hommes arrivèrent, mais je me fondis dans la foule et, comme je ressemblais, par mes habits et ma tonsure, à bon nombre de participants, je passai inaperçu. Je m'éclipsai rapidement, tout en réfléchissant à ce que je venais d'entendre.

Le soir, je me glissai dans les campements, et je rejoignis sans bruit l'endroit d'où Ono Kashiguri avait parlé. Juste à côté, j'aperçus une petite tente.

Comme il n'y avait personne autour, je jetai un coup d'œil à l'intérieur. A travers les tentures, je vis Jane sur le lit. Dormait-elle ? Non : elle ne faisait pas un geste, pas un mouvement, mais elle avait les yeux grands ouverts. Deux grands cernes violets encombraient son beau visage.

Dans la pénombre, je distinguai une forme immobile, qui dégageait une certaine lueur, comme une espèce d'ombre aux yeux phosphorescents.

Je pensai aux paroles du Maître :

« Ne te déplace ni trop vite ni trop lentement, ta progression doit être à la fois imperturbable et désinvolte. Ni trop près ni trop loin : adopte le juste milieu. Trop vite, c'est faire preuve de désordre et d'agitation, aller trop lentement, c'est trahir sa timidité, voire sa peur. »

Je m'approchai dans un grand calme. D'ordinaire, je clignais des yeux lorsque quelque chose effleurait mes paupières.

Lorsqu'il me projeta son couteau au visage, je ne sursautai pas, je me contentai de me baisser : ainsi je montrais que j'étais dans un état normal.

Mon esprit était immuable. Je saisis le second geste que mon ennemi fit en ma direction. Son temps de réaction fut plus long que je ne pensais et j'agissais à la pointe de l'instant.

J'utilisai la technique du non-sabre, qui permet d'éviter la mort lorsque l'on est désarmé. Faisant comme si je n'avais pas vu l'arme, je combattis en utilisant les potentialités de la situation. Je faisais les gestes que j'avais appris au Krav Maga, tout en utilisant la stratégie enseignée par maître Shôjû Rôjin.

Le laissant s'épuiser, j'esquivais ses attaques. Ainsi je le laissais procéder à des actes inutiles, sans tenter de contrecarrer toutes les attaques. Agissant avec science, je tentais de deviner, à chaque instant, les moindres intentions de son esprit, d'étouffer dans l'œuf ses plus petites impulsions.

J'essayais de capter le rythme de mon adversaire au fur et à mesure qu'il perdait son énergie. Je savais que si je manquais le moment juste, la contre-attaque serait imminente.

Au bout de quelques minutes, mon adversaire commença à perdre son rythme propre : il s'essoufflait. Je savais qu'il était essentiel de suivre au plus près le moindre symptôme de son affaiblissement pour ne pas laisser passer l'occasion.

Pour cela, j'utilisai la technique qui consiste à faire bouger les ombres. Je fis semblant de lancer un assaut brutal afin de comprendre ce qu'il avait en tête. Puis j'arrêtai les ombres, aussitôt que je perçus son intention de me frapper. Ainsi je stoppai son action au moment précis où elle germait dans son esprit : je lui montrais à quel point je contrôlais mon avantage. Alors, il fut pris d'une grande excitation et il sembla être sur le point de se précipiter sur moi. Ce fut à cet instant que j'adoptai une attitude nonchalante et relâchée, comme si j'étais indifférent : il sembla contaminé au point qu'il relâcha la sienne. Alors, je repassai aussitôt à l'assaut, le prenant par surprise. Il s'effondra.

Soudain un acolyte arriva, suivi par un autre. Ils avaient des poignards et s'apprêtaient à m'attaquer.

Je fis le vide en moi, prêt à parer le coup dès la perception, sans réfléchir ni conjecturer.

Il fallait arracher les poignards aux adversaires pour les frapper. Mais pour cela je ne devais pas fixer mon esprit sur l'attaquant, sur son arme, sur la distance ou sur le rythme, sinon mon action allait échouer et je risquais d'être pourfendu par mes adversaires. Je savais que mon esprit ne devait s'occuper ni de mes ennemis ni de moi-même.

« Quels que soient tes actes, si tu les accompagnes d'une

pensée et que tu les exécutes avec une concentration violente, ils perdront leur efficacité. »

Mon corps, mes pieds et mes mains agissaient sans la moindre intervention de la pensée, sans commettre d'erreur et, ainsi, j'atteignis ma cible neuf fois sur dix. Mais dès que je prenais conscience de ce que j'avais fait, j'échouais, frappé, et tombais à terre. Je me relevais aussitôt en souplesse, car je n'avais pas peur de tomber : je savais tomber. Dès lors que j'abandonnais l'attention consciente, je gagnais à tous les coups. Les pensées qui apparaissaient étaient des blocages et je m'efforçais d'être totalement présent dans l'action de combattre. J'avais la force, j'avais la maîtrise, sans tension ni relâchement, afin qu'elle ne puisse cesser même une seconde. Je désarmai d'un geste éclair le premier puis le second assaillant, et je me retrouvai, face à eux, avec les deux couteaux.

Ils m'attaquèrent successivement. Je parai le premier coup, sans laisser mon esprit s'attarder sur cette impression, mais en affrontant déjà l'attaque suivante, que j'oubliai aussitôt.

Je maîtrisais tout : le souffle, l'énergie interne, l'attention et l'esprit. Par intuition, je devinais leurs gestes, ainsi j'anticipais les mouvements de l'adversaire pour rester inattaquable... Je pouvais ressentir toute pensée agressive émise contre moi. Mais il ne me fallait pas succomber à la peur.

Je devais vaincre, comme l'eau qui ne s'oppose à personne, que nul ne peut affronter, qui cède au couteau sans qu'on puisse la déchirer, qui est invulnérable et qui ne résiste pas... Je devais vaincre, comme le vent que rien n'arrête, et comme la tempête, comme la mer en furie, comme la montagne imprenable, je devais vaincre comme sept cents cavaliers, aux portes du combat, dans leur jour de vengeance, pour la gloire et pour la justice, je devais vaincre, avec un cœur déterminé, je devais vaincre ceux dont les genoux tremblent, comme mille trompettes, je devais vaincre et être invincible.

Je les regardai tour à tour dans les yeux pour les plonger dans le désarroi.

J'avais réussi à épuiser leurs forces, à semer la division en leur sein. Les prenant ainsi au dépourvu, je me déplaçais dans l'inattendu. J'étais subtil jusqu'à l'invisible. J'étais mystérieux jusqu'à l'inaudible.

Pour finir, je poussai un *Kiaï* : ce fut celui de l'énergie interne. En même temps, je terrassai par un coup le premier puis le deuxième adversaire, pendant que le troisième s'enfuyait.

Je pris Jane dans mes bras. Comme un éclair, je la transportai jusqu'à l'extérieur du camp.

Je l'emmenai sur mon dos, en marchant vite, le plus loin possible, jusqu'à un petit hôtel que j'avais vu en arrivant, à la lisière de la ville. Devant la porte, des mendiants dormaient. Je me dis qu'ils seraient les gardiens de notre nuit.

Enfin, je déposai Jane sur le lit de la chambre. Elle aussi dormait, d'un sommeil profond, inaltérable.

J'attendis un instant en la regardant. Elle avait l'air angélique en son sommeil, son souffle s'exhalait doucement, sa peau, plus blanche que jamais, semblait immaculée, elle était si belle, elle était belle comme le premier jour.

Je composai le numéro de Shimon pour lui annoncer que j'avais retrouvé Jane.

– Comment est-elle ? demanda-t-il.

– Elle dort. Elle a l'air abattu...

– Est-elle droguée ?

– Droguée ? Je ne sais pas... peut-être...

– Bien... A présent, Ary, tu dois l'exfiltrer.

– Comment ? Que dis-tu ?

— Ary, tu dois savoir que la manipulation mentale ou le conditionnement psychique sont la base de l'endoctrinement sectaire. Jane a décidé d'infiltrer la secte en solo. Elle ne pouvait pas faire autrement, mais pour cela il a fallu qu'elle s'expose à l'influence de son gourou. Peu de gens résistent à la manipulation psychologique intensive des sectes... L'individu devient un robot humain, le but étant de créer un mécanisme fait de chair et de sang, équipé de nouvelles croyances et de nouveaux processus de pensée.

— Crois-tu qu'elle ait pu devenir geisha non pas pour son travail, mais à cause de l'emprise exercée par la secte ?

— Souvent, le disciple, ou le persuadé, est privé de libre arbitre. Le sujet est bombardé de liens affectifs et d'amour qui le lient aux autres membres de la secte... Si bien que ceux-ci parviennent à lui faire faire ce qu'ils veulent. Y compris des actes insensés, tels des suicides collectifs. Aujourd'hui, il est possible qu'elle ne sache plus du tout où elle en est, ni qu'elle veuille même le savoir...

— Mais pourquoi ? Pourquoi la CIA l'a-t-elle envoyée, seule, dans une mission aussi dangereuse ?

— La CIA s'intéresse beaucoup aux sectes asiatiques... Sun Yat Moon, créateur de la secte des moonistes, a bénéficié du soutien de la CIA pour lancer sa secte, l'implanter en Corée...

— Pourquoi ?

— Pour en faire un bastion contre le communisme en organisant la vente et la production d'armes. Lorsqu'ils ont envoyé Jane sur cette mission, je suppose qu'ils n'avaient pas encore connaissance de l'ampleur du danger.

— Peut-on la soustraire à cette influence ?

— D'après l'expert que j'ai consulté, dans la phase de *deprogramming*, on tente d'obtenir une pensée vide, ce qui peut produire une vive angoisse liée à la perte des références. C'est ce qui s'appelle : « exfiltrer ».

– Ensuite ?
– Une période de doute intense, de perte des repères, peut-être de dépression. Du stress, une réduction des affects et de l'intérêt pour le monde extérieur.
– Et après ?
– Bon, avoua Shimon. Après, je ne sais pas.

Je raccrochai le combiné, tout à fait décontenancé. Je regardai Jane qui dormait, l'air paisible.

Alors seulement je compris le sens des paroles de maître Shôjû Rôjin : « *L'ego t'empêche de voir les choses telles qu'elles sont, tu es victime de tes préjugés, ton pire ennemi n'est pas celui que tu crois.* » Mon ego, mon orgueil blessé m'avaient aveuglé, et j'avais laissé Jane seule, en lui en voulant mortellement, tandis qu'elle avait besoin de mon aide. Et, pour la comprendre, il avait fallu que je parcoure un long chemin dont le but n'était autre que la perte de mon ego, qui m'avait permis de découvrir la vérité : Jane n'était pas une prostituée, elle était sous influence de la secte, elle l'avait infiltrée, car elle était courageuse et admirable, au péril de sa vie.

Elle se tournait de droite à gauche dans le lit, le visage en sueur. Soudain, elle s'éveilla, regarda de tous côtés. Elle ne savait pas où elle était.

– Jane, lui dis-je, tu es avec moi à présent. Tu ne dois plus avoir peur.

Elle me considéra, l'air totalement paniquée.

– Jane, ça va ? Comment te sens-tu ?
– Que faisons-nous ici ? Où sommes-nous ?
– Dans un hôtel. Je t'ai emmenée avec moi, hors de la tente

où tu étais retenue. Je suis venu te chercher pour t'emmener loin d'eux.
— Mais que fais-tu ici ?
Elle me regardait, stupéfaite.
— Je t'ai suivie.
Elle sembla soudain très lasse.
— Mais pourquoi as-tu fait cela... Ce n'était pas la peine.
— Ça va ?
— Oui. Je dois retourner là-bas à présent.
— Retourner là-bas ? m'écriai-je. Mais tu n'y penses pas. Tu étais leur prisonnière, Jane. Des hommes te gardaient !
— Non, dit-elle en hochant la tête. Non, ce n'est pas vrai. Je dois y retourner.
— Tu ne peux pas, je ne te laisserai pas partir. Tu comprends ?
— Je ne peux pas rester ici. Il se passe quelque chose de grave là-bas et je dois y aller.
— Que se passe-t-il de grave ?
— Quelque chose... Je ne me souviens pas...
— Essaie de te rappeler.
— Je ne sais pas... C'est comme les rêves, on se souvient du sentiment, mais pas du contenu... Je me souviens que c'est grave... comme une conspiration. Il faut que je sache !
— Tu ne partiras pas d'ici. Je t'en empêcherai.
— C'est ce qu'on verra, dit-elle en se levant et en prenant ses affaires.

D'un bond, elle se dirigea vers la porte, mais elle vacilla sur ses jambes, et je la retins dans mes bras avant qu'elle ne s'effondre.
— Ça va, dit-elle, ça va aller.
— Je pense que tu as été droguée ou hypnotisée...
Elle me regarda, l'air étonnée.
— Pourquoi tu dis ça ?

– Parce que tu n'es pas... normale !

– Et toi, tu crois que tu es normal... ? Qu'est-ce que tu peux savoir des autres, de ce qui se passe là-bas ? Et de ce qui est normal ou pas normal ?

Son visage s'était durci. Il avait pris des contours anguleux, presque haineux. Je ne la reconnaissais plus.

– Mais Jane, lorsque je t'ai vue à la maison des geishas, tu disais que c'était une secte, une secte dangereuse, avec d'énormes moyens d'action !

– Maintenant, c'est différent.

– Tu ne crois plus ce que tu m'as dit ?

– Qu'est-ce que je t'ai dit ?

– Qu'Ono Kashiguri était un gourou, qu'il avait fait assassiner des gens, qu'il avait des moyens énormes pour faire encore plus de mal.

Elle me regarda, l'air dubitatif.

– C'est faux.

– Et toi, dit-elle, pourquoi es-tu parti ainsi, sans un au revoir ? Tu savais que je ne pouvais pas te joindre, que je n'avais pas de moyen de partir.

– Je sais, Jane... Tu étais seule, et moi je t'ai laissée là... Je m'en veux tellement...

– Non, tout le monde était très gentil avec moi. Et j'ai découvert beaucoup de choses...

– Qu'as-tu découvert ? Veux-tu me raconter ?

Elle s'allongea sur le lit, ferma les yeux comme si elle tentait de se souvenir.

– Il y avait de longues, très longues séances de mantras...

– Des mantras ?

– Il fallait répéter un son, une syllabe ou une phrase, à un rythme variable. Cette répétition permettait d'obtenir un état proche du sommeil, mais qui n'était pas du sommeil... C'était comme une transe. Après cela, j'étais bien... je pouvais faire n'importe quoi, dire n'importe quoi. Quand je t'ai vu, à la maison des geishas, ce n'était que le début et je n'ai pas pu te parler, mais après... C'était comme si j'étais vidée de moi-même pour me remplir avec quelqu'un d'autre. Et puis, ajouta-t-elle en me regardant, j'ai découvert l'Amour, le vrai... Pas celui qui abandonne l'autre mais celui qui est ouvert à tous... L'Amour transforme tout ce qu'il touche... En progressant dans sa lumière, nous apprenons à aimer et à être aimé de tous... Et lui...

– Qui ?

– Ono Kashiguri... J'ai peut-être fait la rencontre la plus importante de ma vie. Il a transformé ma perception du monde extérieur, dans lequel je vis. Il m'a permis de nourrir mon énergie... J'ai compris que je pouvais changer tout ce que je voulais en me changeant moi-même... Et puis, à chaque instant, j'essaie de me dire que tout individu sur cette planète possède une âme. De me rappeler aussi qui je suis, car j'ai oublié à force de travail et de voyages... toujours à courir à travers le monde. Mais après quoi ? A quoi bon ?

Elle parlait lentement, avec lassitude. Elle s'abandonna à une sorte de rêverie. Puis elle se mit à chanter un son, faiblement, en se laissant bercer.

– Raconte-moi encore, dis-je. Ce qu'il t'a dit... Ce qui s'est passé... Y a-t-il eu un événement, un fait qui a changé les choses ?

– Un soir, après les mantras, j'ai vu des images... C'était extraordinaire. Tu ne peux imaginer ce que c'est que de toucher son propre moi intérieur.

– Quelles images ?

– Comme des réminiscences de vies antérieures, l'une suivait l'autre, au ralenti, puis l'une d'entre elles s'est détachée de l'ensemble et s'est placée au centre... J'ai retenu mon souffle... La silhouette était puissante et bienveillante, elle me contemplait avec un amour total, un visage compréhensif. Elle m'a accueillie et elle m'a dit : « Je suis ton vrai moi. » Elle m'a dit tout ce que j'avais toujours voulu savoir sur moi. Sur mon entourage, ma famille, ma vie professionnelle, et sur toi, Ary... Sans que je le veuille, les larmes se sont mises à couler sur mes joues. En comprenant la réalité intérieure des choses, j'ai changé.

– Et moi ?

– Toi aussi, ton seul espoir de survie est la vérité.

– Quelle vérité ?

– Celle qui est difficile à voir en face. Moi, qu'ai-je fait de ma vie ? J'ai passé mes jours à prendre des risques, toujours plus de risques. A me battre contre quoi ?

– Contre les sectes, Jane. Contre les propagateurs d'idées fausses. Voilà ta vie, ton domaine, tes idéaux.

– J'avais tort. J'étais endoctrinée par la CIA. J'étais manipulée par ceux qui me faisaient croire qu'ils avaient besoin de moi. J'étais endoctrinée, parce que, finalement, qu'est-ce que j'avais dans ma vie ? Rien qui vaille que je laisse tout cela...

– Ton père était pasteur. Il t'a transmis le christianisme...

– Le Christ ! Ary... Tu sais, toi, combien de mensonges ont été proférés sur le Christ et au nom du Christ. Le Christ n'existe pas... Jésus existait, et il n'est pas sûr qu'il ait voulu être le Christ...

– Et moi, est-ce que je ne suis pas important dans ta vie ?

– Lorsque je t'ai rencontré, dit-elle avec un sourire triste... tu as fait voler en éclats toutes mes certitudes. Et c'est là, je crois, que j'ai vraiment perdu... J'ai passé mon temps à te chercher, à te vouloir, à t'aimer, et toi tu étais ailleurs, toujours ailleurs... Et moi, je ne voulais pas le voir, pas le savoir... Tu sais pourquoi ?

– Non.

— Parce que, dans le fond, ça m'arrangeait. Oui, ça m'arrangeait d'avoir trouvé une histoire impossible, qui soit un vrai divertissement. Ça m'arrangeait pour combler le vide de ma vie.

— Toi et moi ?

Jane me regarda, l'air indifférente.

— Nous sommes tous des particules d'énergie divine universelles permettant toute vie.

— Viens, dis-je, viens près de moi.

Je la regardai dans les yeux. Ses paupières tremblaient, elle paraissait très agitée à présent. Je lui pris le bras et murmurai avec ferveur :

— Je vous conjure, vous tous qui pénétrez dans le corps : démon qui fait dépérir l'homme et démon qui fait dépérir la femme... je vous conjure par le nom du Seigneur, « Lui qui efface l'iniquité et la transgression », ô démon de la fièvre, démon du frisson et démon des maux de poitrine... Vous n'avez pas le droit de semer le trouble la nuit par des rêves ou le jour durant le sommeil. Ô incubes, ô succubes, ô vous, démons qui traversez les murailles perfides... devant lui... devant lui... et moi ô esprit, je te conjure, ô esprit... sur la terre, dans les nuages...

— Mais que dis-tu, Ary ? Tu es fou ? Laisse-moi ! dit-elle en se dégageant brutalement.

— Oui ! hurlai-je. Je suis fou de te voir ainsi, je suis fou de tristesse, fou de désespoir, fou de douleur, et fou de t'avoir laissée là-bas... Mais je ne savais pas... je ne savais pas.

Je pleurais... Je pleurais comme un torrent qui s'écoule, sans pouvoir retenir mes larmes...

— Viens, dit-elle, viens près de moi.

Je l'enlaçai, puis lui prenant la tête dans les mains :

— Pardonne-moi.

— Tu es venu me chercher, alors, Ary ?

– Oui, je suis venu jusqu'ici pour toi.
Ses yeux se remplirent de larmes.
– Oh, Ary, j'ai... j'ai peur !
– De quoi ?
– Ici...
Elle hocha la tête en posant la main sur son cœur.
– Mon cœur est vide...

Elle pleura longtemps sur mon épaule, ses larmes étaient comme un torrent qui dévalait une montagne. Elles exprimaient une tristesse infinie dont j'avais peur de comprendre la raison. Elle avait tout perdu, jusqu'à elle-même. Elle avait tout perdu, et son amour pour moi aussi.

Elle s'endormit et je la regardai, toute la nuit, sans faire un geste, un mouvement. Je la contemplais, et mes yeux éveillés se remplirent de sa vision.

VIII
Le Rouleau des fêtes

Les fleuves de Bélial submergeront tous les affluents supérieurs, tel un feu dévorant, consumant tout arbre sec et humide. Les étincelles enflammeront toute végétation alentour. Les monceaux d'argile seront dévorés, la plaine et les fondements seront la proie des flammes, les filons de granit deviendront des torrents de poix, ils seront dévorés jusqu'au fond de l'abîme. Les torrents de Bélial exploseront dans l'Abbadon. Alors les conspirateurs du néant frémiront dans le tumulte des émetteurs de fange. La terre grondera devant les malheurs qui frappent l'univers et tous les conspirateurs gémiront.

Rouleaux de Qumran,
Rouleaux des hymnes.

Lorsque Jane ouvrit les yeux, le lendemain matin, je sentis naître en moi une émotion exceptionnelle, indescriptible, incommensurable. Ce n'était pas la passion. C'était plus fort, plus vrai encore, plus profond.

Tous les souvenirs, toutes les images de la veille m'assaillaient. Elle me semblait lointaine, et plus proche qu'elle ne l'avait jamais été, et je ne l'avais jamais autant aimée. Cela me submergea, sans que je sache pourquoi, cela me prit par surprise au premier regard, cela s'installa à chaque coin de mon cœur. C'était comme une reconnaissance d'un temps ancien, lointain, une découverte que l'on a envie de mettre dans des mots, sans y parvenir. La passion que j'avais pour elle n'était pas morte : elle s'était transformée, elle avait évolué et grandi, pour devenir compassion.

Je la regardai s'éveiller : nous vivions une expérience sublime, miraculeuse, cette grande fuite, cette cavalcade, elle que je soignais, dont je tentais de combler les défaillances, et moi qui comprenais enfin, qui n'étais plus aveuglé par l'orgueil, il ne restait que l'amour.

Elle ouvrit les yeux, qui se remplirent de larmes. Elle avait été si loin, elle avait eu si peur, elle avait été si misérable.

Elle m'étreignit, dans la faiblesse de ses bras, recroquevillée, et moi j'étais heureux de nos retrouvailles. Mon amour, si grave, si fort, m'insupportait, je me sentais mal de trop aimer, et moi aussi j'étais faible.

Elle me considéra, l'air étonnée.

– Mais Ary, murmura-t-elle. Pourquoi as-tu le crâne rasé ?

Je passai la main sur ma tête. En effet, mes cheveux commençaient à peine à repousser après la tonsure qui m'avait rendu moine.

Elle me regarda soudain avec une grande appréhension.

– Oh non ! oh non..., s'écria-t-elle, paniquée. Je ne veux pas. Laissez-moi !

Je la pris dans mes bras. Elle riait au milieu de ses pleurs, elle pleurait au milieu de ses rires. Son corps était secoué de tremblements. On aurait dit qu'elle ne voyait pas, qu'elle avait autre chose devant les yeux. Je ne comprenais pas comment elle, qui était si intelligente, avait pu se laisser envoûter par la secte. Elle me considéra, l'air hébété. On aurait dit qu'elle avait été privée d'elle-même, de son désir propre, mais aussi de sa pensée et de ses émotions.

Cette dépossession s'accompagnait d'une possession, d'une emprise, comme si un démon l'habitait.

– Tu es ici, avec moi... tout va bien à présent.

– J'ai peur, dit-elle en regardant de tous côtés. J'ai peur qu'ils nous suivent.

– Non, non, ils ne nous suivent pas.

– Et qui te dit qu'ils ne sont pas là ?

– Je le sais. J'ai bien regardé. Ils ne peuvent pas savoir que nous sommes ici.

– Sauf si...

Elle me regarda, l'air encore plus effrayé.

– Sauf si tu le leur as dit.

– Moi ? Mais pourquoi est-ce que je leur aurais dit ? Je suis venu pour te sauver !
Elle secoua la tête.
– Non... Non, ce n'est pas possible...

A nouveau, il fallait combattre, délivrer, se délivrer et partir, sans regarder derrière soi, jouer et déjouer, invoquer, risquer. Il fallait vaincre et, surtout, se vaincre pour se trouver, il était nécessaire que je me perde pour la voir, pour la retrouver et il était nécessaire qu'elle se perde pour me rencontrer.

Et soudain, le grand frisson, le grand vertige devant le vide, et moi aussi j'avais peur, toujours peur, de la faille, de la brisure immense des montagnes au loin, de la décadence, d'être seul au monde.

Trop immense est la faille du vide, alors partons !

Je l'ai emmenée, je l'ai portée dans mes bras, vers le train, pour nous éloigner du danger. Elle était encore faible, mais chaque heure elle reprenait des forces nouvelles.

Dans la locomotive qui nous menait vers New Dehli, enlacés, dépassés, délassés, emportés par le rythme incertain de notre véhicule, nous étions seuls au milieu du monde.

Elle se rassasiait de sommeil pour chasser la drogue qui l'avait affaiblie, qui l'avait envahie. Endormis l'un contre l'autre, partis au bout du monde, ainsi nous étions. Elle se réveillait et elle me disait : « Quelle beauté. » Elle contemplait le plus beau paysage après la montagne, et elle disait : « Dormons encore. » Et je la regardais, m'impatientant de son sommeil, et j'aimais ses gestes à l'éveil. Elle avait les traits tirés, les yeux fatigués, le teint pâle, maladif, la bouche desséchée, elle était belle...

Au sommet de la montagne...
Après la vitesse, la campagne, notre but, notre itinéraire, au sommet des collines, après le froid, après la peur et le combat, l'horizon, le doux horizon regardait nos nuits étoilées, nos nuits ramassées, amants des heures qui passent, qui s'oublient, amants des jours qui passent, arrêtons le temps, laissons là l'instant, encore un moment qui dure un jour, un jour juste à toi, juste à moi, face à face dans le train qui nous emmène vers l'inconnu.

Et j'avais décidé de l'entraîner toujours vers le plus grand large, la liberté, j'avais pris tous les moyens du monde pour l'emporter encore, défilant devant un grand lac, les arbres cherchés, débusqués, douce exhalaison, les arbres odorants aux senteurs d'artichaut velouté, les arbres sans cesse recommencés, arbres dans les buissons, les forêts, au cœur de la clairière, au bord de la rivière, j'irai, oui j'irai regarder plonger les racines immenses de l'arbre près duquel elle se repose, préparant le plus doux des moments, regarde, dis-je, regarde l'arbre parfait !

Lorsque nous sommes arrivés à la gare de New Delhi, j'ai proposé à Jane de la conduire à l'hôpital afin qu'elle soit examinée et soignée.
— Non, répondit-elle d'un air décidé que je ne lui avais pas vu depuis longtemps. Nous devons nous rendre à Kyoto.
— Pourquoi à Kyoto ?
— C'est là que doit aller Ono Kashiguri. A présent qu'il a vu les Chiang Min, il doit savoir...

– Sais-tu pourquoi Ono Kashiguri est allé voir les Chiang Min ?

– Les Chiang Min sont les descendants des anciens israélites qui sont venus en Chine...

– Venus en Chine ? Mais d'où ? Et quand ?

– Quand ? dit Jane. Bien avant le Christ. C'est pourquoi ils portent l'étoile de David... Ils sont venus de la terre de tes ancêtres, Ary.

– Lorsque j'étais dans leur village, j'ai observé que plusieurs de leurs coutumes rappelaient la tradition israélite antique. J'ai remarqué que la charrue que les Chiang utilisent est similaire à celle des anciens israélites, et qu'elle est tirée par deux bœufs, jamais par un bœuf et un âne... Ceci est en accord avec la Bible : *Vous ne mettrez pas un bœuf et un âne ensemble.* Et leur conception du sacrifice ressemble à celle des anciens israélites.

– De plus, les Chiang Min croient en un seul Dieu. Durant les temps de calamité, ils poussent un cri : *yaweh*.

Elle sembla réfléchir pendant un moment, puis ses yeux s'agrandirent d'effroi.

– Mais oui, tout me revient à présent... Ce que je sais, ce que j'ai appris, oui, tout me revient... Ils vont faire un attentat, pour la fête de Gion.

– La fête de Gion ?

– C'est une grande fête shintoïste qui a lieu à Kyoto.

– Il faut prévenir la police ?

– La police ? Non, non... C'est impossible...

– Pourquoi ?

– Ecoute, Ary, voici ce que j'ai découvert : il y a dix mois, un avocat, sa femme et son fils de quatorze mois disparaissaient. Lui représentait un groupe de familles qui avaient porté plainte contre la secte. La police, au bout de quelques mois, a abandonné les recherches.

» En juin dernier, à Matsumoto, où la secte avait une vaste

propriété, des émanations de gaz ont tué sept personnes et blessé deux cents autres. Les résidents étaient en conflit avec la secte.

» Il y a eu aussi la mort d'un pharmacien, dans la maison des geishas.

» Puis l'affaire du notaire, frère d'un adepte. Il refusait de donner sa part d'héritage. Enlevé par quatre jeunes gens. Le mois dernier, cinquante personnes ont été retrouvées entassées dans une chapelle, presque mortes de faim et de déshydratation. Toutes les enquêtes dont je te parle ont été abandonnées, ces affaires ont été classées...

– Tu crois que la police est complaisante ?

– La police est très réticente à mener l'enquête. Oui, je pense qu'elle est infiltrée.

– En tout cas, cela expliquerait pourquoi ils ont refusé que je voie le manuscrit de l'homme des glaces, alors que je voulais les aider.

– Ils vont faire un attentat, Ary... c'est sûr... Il faut les en empêcher...

– Quand a lieu la fête de Gion ?

– Le 17 juillet, lors de la plus grande fête shintoïste, le Gion Matsuri. Ono a préparé quelque chose... il faut l'arrêter !

Nous sommes allés à l'aéroport où nous avons pris le premier vol pour Tokyo. De là, nous avons pris le train pour Kyoto.

Lorsque nous sommes arrivés, j'ai déposé Jane à l'hôtel, et je suis allé en toute hâte voir maître Shôjû Rôjin afin de le prévenir de l'attentat et lui demander ce qu'il fallait faire.

Lorsque je suis arrivé au sanctuaire, il était en train de prier

Le Rouleau des fêtes

devant une idole en se balançant d'avant en arrière, d'arrière en avant, la tête penchée comme un Hassid.

– Je suis désolé de vous interrompre, Maître.

Il releva la tête et me regarda dans les yeux.

– Cette porte que tu vois à l'entrée du temple s'appelle une porte Torri : elle est le symbole d'une porte sans porte, car elle est ouverte, été comme hiver, nuit et jour. Tu ne me déranges jamais, Ary Cohen. Bienvenue parmi nous. Je pense que tu reviens de loin, et je suis heureux de te voir car j'étais inquiet.

– Maître, dis-je, je suis rentré du Tibet et d'Inde, où j'ai appris que votre moine Nashiguri avait retrouvé l'homme des glaces et le manuscrit chez les Chiang Min, des paysans de la frontière du Tibet et de la Chine, qui semblent avoir des coutumes similaires à celles des Hébreux...

– Bien, dit le Maître.

Puis, après un temps de réflexion :

– Mais pour quelle raison ont-ils été retrouvés ici, à Kyoto ?

– Il apparaît que c'est maître Fujima qui l'a fait venir pour l'examiner. Le moine Nakagashi faisait partie de la congrégation de Beth Shalom, qu'il avait infiltrée, sur l'instigation d'Ono Kashiguri. Je crois que maître Fujima et la congrégation de Beth Shalom voulaient reprendre l'homme des glaces, car d'après le manuscrit que j'ai trouvé à l'endroit où était le corps, cet homme n'est pas shintoïste, mais... juif ! De plus, je crois que l'homme des glaces vient de là d'où je viens... de Qumran. Et moi, je suis venu vous prévenir que vous êtes en danger...

– Quel danger ? demanda le Maître, posément.

Je répondis par une question :

– Maître, dites-moi quel est le sens de cette fête de Gion ?

– Dans cette fête, nous rappelons la mythologie japonaise, selon laquelle la famille impériale et la nation de Yamato sont les descendants de Ninigi, qui est venu des cieux. Ninigi est l'ancêtre de la tribu de Yamato, ou nation japonaise.

» Mais selon la mythologie japonaise, ce n'est pas Ninigi qui est venu des cieux, mais l'autre. Tandis que l'autre se préparait, Ninigi est né et a pris sa place.

– Selon notre tradition, Esaü, le frère de Jacob, devait devenir le Dieu de la nation ; cependant la bénédiction de Dieu fut accordée à Jacob, qui devint l'ancêtre des israélites.

– Après que Ninigi fut descendu des cieux, continua Shôjû Rôjin, il est tombé amoureux d'une femme appelée Konohana-sakuya-hime et voulait l'épouser. Mais son père lui a demandé de se marier aussi avec sa sœur aînée. Cependant, cette dernière était laide, c'est pourquoi Ninigi l'a rendue à son père.

– Ceci aussi me rappelle la Bible : l'histoire de Jacob, tombé amoureux de Rachel, mais le père de celle-ci, Laban, dit à Jacob qu'il ne pouvait lui donner la plus jeune sœur avant la plus âgée. Ce fut ainsi que Jacob épousa Léa, qui n'était pas belle, que Jacob n'aimait pas.

– Ninigi et Konohana-sakuya-hime, poursuivit le maître, avaient un enfant appelé Yamasachi-hiko. Mais Yamasachi-hiko fut chassé par son frère et il dut partir du pays. Là-bas, Yamasachi-hiko obtint un grand pouvoir. Mais lorsque son frère vint le voir à cause de la famine qui sévissait dans son pays, il l'aida et lui pardonna son péché.

– Lorsque Joseph, fils de Jacob et Rachel, fut chassé par ses frères, il dut fuir en Egypte. Là, il devint si important auprès du roi, qu'il fut nommé premier ministre, et lorsque ses frères arrivèrent en Egypte à cause de la famine, Joseph les aida et leur pardonna leur péché.

– Yamasachi-hiko se maria à une fille du dieu de la Mer, et il eut un enfant nommé Ugaya-fukiaezu. Ugaya-fukiaezu avait quatre fils. Mais ses second et troisième fils sont partis.

L'un des fils est l'empereur Jinmu qui a conquis la terre de Yamato : il est le fondateur de la Maison impériale du Japon.

– Alors Joseph épousa une fille de prêtre en Egypte et eut deux fils : Manasseh et Ephraïm. Ephraïm eut quatre fils, mais deux d'entre eux furent tués. Le descendant du quatrième fils était Josué qui conquit la terre de Canaan. Dans la lignée d'Ephraïm est la Maison royale des dix tribus d'Israël...

» Jacob avait vu dans son rêve des anges de Dieu montant et descendant entre les cieux et la terre. C'était la promesse que ses descendants hériteraient de la terre de Canaan... Maître, dis-je, est-ce que certaines femmes restent à l'écart de la cérémonie de Gion ?

– Au Japon, depuis les temps anciens, les femmes durant leurs menstruations ne peuvent pas se rendre aux célébrations saintes dans les temples. Elles ne doivent pas avoir de relations sexuelles avec leur mari et elles doivent se mettre dans un abri, *gekkei-goya* en japonais, d'utilité collective dans le village, pour la menstruation et même sept jours après la menstruation. Puis, la femme doit se laver avec de l'eau naturelle dans la rivière ou la mer. S'il n'y a pas d'eau naturelle, cela peut être effectué dans la baignoire.

– C'est comme chez nous ! Aux temps anciens, les femmes ne pouvaient pas se rendre au Temple durant leurs menstruations, elles devaient être séparées de leur mari, et elles devaient s'enfermer dans un abri. Puis la femme se rendait au Mikveh, qui était un bain rituel. L'eau du Mikveh devait être de la pluie, ou de l'eau naturelle.

– Chez nous, poursuivit le Maître, une mère qui attend un enfant est considérée comme impure pendant une certaine période. Selon le vieux livre shintoïste, *Engishiki*, durant sept jours, la femme ne pouvait participer aux activités du temple après avoir eu un enfant.

– Ceci ressemble à une coutume du peuple juif : la Bible dit que lorsqu'une femme a conçu et porté un enfant mâle, elle sera impure sept jours. Dans le cas où elle a une fille, elle est impure durant deux semaines.

– Au Japon, à l'ère Meiji, une femme qui a eu un enfant devait s'enfermer dans un abri pendant trente jours après l'accouchement.

– Après cette période de purification, la mère ne pouvait pas revenir au Temple avec son enfant, le premier mois.

– Après cette période de purification, la mère ne pouvait pas venir au sanctuaire, en portant son enfant. C'est le père de la mère qui devait le porter... Vous souvenez-vous que je vous ai demandé de m'expliquer la Bar-mitsva ?

– Oui, je vous ai dit que la Bar-mitsva célèbre l'accès au monde adulte.

– Eh bien, dit le Maître, au Japon, lorsqu'un enfant a treize ans, il se rend au sanctuaire avec ses parents, frères et sœurs. Il assiste à la célébration appelée *Genpuku-shiki*, dans laquelle le garçon porte des vêtements d'adulte pour la première fois et, parfois, son nom est changé.

– Mais quel est le sens de tout cela ? Pourquoi les shintoïstes ressemblent-ils autant aux Hébreux ? Est-ce une simple coïncidence ?

– Moi aussi, je me suis posé la question. C'est pourquoi j'ai voulu en savoir plus sur vous. Ainsi j'ai appris qu'il y a une différence importante entre vous et nous.

– Laquelle ?

– Il n'y a pas d'autel dans les sanctuaires shintoïstes.

– Il se pourrait que la réponse soit dans le livre des Nombres, au chapitre 12. Moïse a commandé au peuple de ne pas offrir de sacrifices animaux dans d'autres endroits que sur sa terre.

– Ah oui ?

Le Maître me regardait attentivement. Il semblait réfléchir intensément.

— Il y a encore une foule d'autres petites choses, Ary Cohen...

— Mais pourquoi tant de ressemblances ? Qu'est-ce que cela signifie ? Est-ce que cela a un lien avec l'attentat ?

— Quel attentat ?

— Je crois qu'Ono Kashiguri projette de faire une action d'envergure sur la ville de Kyoto, peut-être en profitant de la fête de Gion...

— Dans ce cas, il faut se rendre sur place et avertir la police.

— En êtes-vous sûr, Maître ?

— Il n'est pas possible de faire autrement. Allons-y, avant qu'il ne soit trop tard.

La fête de Gion se déroulait en plusieurs endroits à Kyoto. Le plus important était celui du Yasaka-jinja, un sanctuaire shintoïste. Je remarquai que la fête prenait place du 17 au 25 juillet... Or selon la Bible, il était dit que le 17 du dix-septième mois, l'arche de Noé avait percuté le mont Ararat : *« Alors l'arche est restée au septième mois, le dix-septième jour du mois, sur les montagnes Ararat. »* Il est probable que les Hébreux avaient eu une fête de remerciement en ce jour. Etait-ce une coïncidence ? Etait-ce une influence ? Mais par quel hasard les Japonais auraient-ils eu connaissance des fêtes juives ? Je ne parvenais toujours pas à le comprendre.

De plus, maître Shôjû Rôjin m'avait dit que la fête de Gion à Kyoto commençait avec le souhait que le peuple ne souffre pas de la peste, souhait étrangement similaire au texte de la Bible, concernant le roi Salomon.

— Vous ne trouvez pas que « Gion » rappelle « Sion » ?

demandai-je à maître Shôjû Rôjin, alors que nous nous dirigions vers le sanctuaire Yasaka-jinja.

– Oui. De plus, Kyoto s'appelait « Heian-kyo », qui signifie « cité de la paix ». Jérusalem en hébreu veut aussi dire « cité de la paix », n'est-ce pas ?

– « Heian-kyo » serait donc « Jérusalem » en japonais... Ce qui explique pourquoi c'est la ville des temples...

Les rues semblaient différentes : elles étaient décorées avec des lanternes de papier et, dans le quartier résidentiel de la ville, devant les maisons traditionnelles japonaises, se trouvaient exhibés les trésors de famille, boîtes et objets anciens, statuettes et bijoux. Des centaines de milliers de gens, la plupart habillés en kimono d'été, se promenaient et admiraient les divers objets, les poteries et les gravures. C'était à cette occasion, selon Jane, que la secte d'Ono avait décidé d'agir, mais nous ne savions ni quand, ni de quelle façon.

Nous avons traversé les divers temples où se déroulaient la fête en les inspectant. Nous avons vu le Toji, un temple à l'est de Kyoto, une pagode de cinq étages. Il fallait entrer par la porte du douzième siècle, derrière laquelle se trouvait un autre domaine, rempli de superbes constructions, à la fois impressionnantes et simples, par les murs blancs, les piliers vermeils et les toits faits de tuiles.

Et les Hébreux chantaient et dansaient autour de l'Arche d'Alliance. L'Arche d'Alliance avait deux statues de chérubins en or. Les chérubins étaient des anges qui avaient des ailes comme les oiseaux.

Tout comme le roi David et le peuple d'Israël chantaient

et dansaient aux sons des instruments de musique, en face de l'Arche. Et ils jouaient de la musique, une musique particulière.

Une musique aux sonorités étranges, comme sortie d'un autre temps, avec des instruments antiques, une musique entêtante qui ne s'arrêtait pas : elle venait de l'intérieur du sanctuaire. Alors les hommes emportèrent sur leurs épaules les arches d'alliance, les *omikoshi*, vers la rivière.

Sur la montagne, les pèlerins, habillés de blanc, laissaient l'eau couler sur leur corps en signe de dévotion rituelle.

Et les prêtres et les Lévis arrivèrent au Jourdain qu'ils traversèrent pour rappeler l'Exode d'Egypte. Puis on distribuait à chacun, homme et femme, une miche de pain, une pièce de viande et un gâteau de raisins.

Et le grand prêtre vêtu de lin blanc portait l'éphod de David.

Les prêtres israélites avaient une branche avec laquelle ils sanctifiaient les gens. Et le prêtre disait : « Verse sur moi l'hysope, et je serai pur. »

Nos pas, suivant la foule, nous guidèrent vers une très longue parade du peuple habillé de façon à représenter plusieurs périodes de l'histoire de Kyoto.

La séquence chronologique de la parade était renversée : elle commençait par la période la plus récente et remontait le temps. Le premier groupe dépeignait les patriotes du milieu du dix-neuvième siècle qui, ayant combattu la règle militariste du Shogun, avaient restauré le pouvoir de l'Empereur. Chaque groupe avait les costumes, les armes et la musique appropriés. A la fin de la longue parade, arriva le groupe représentant le huitième siècle, pendant lequel Kyoto fut fondée. C'est là, m'expliqua maître Shôjû Rôjin, pendant l'ère Nara, que les moines influents commencèrent à dire que les divinités du Shinto étaient des manifestations du Bouddha. La religion bouddhiste arriva au Japon en 538, lorsque le roi coréen offrit à l'empereur Kimmei des textes sacrés bouddhistes et des statues. C'est ainsi que le bouddhisme toucha le Japon après le Tibet, la Mongolie, la Chine et la Corée au détriment du shintoïsme pour le Japon.

A la fin de la parade, nous avons suivi la foule qui se massait autour d'un sanctuaire shintoïste, lorsque retentirent les premiers cris, sans cesse répétés, du refrain : « *Saireiya, sairyo* – la meilleure fête. »

Des jeunes gens transportaient des torches en chantant le refrain d'une voix haut perchée. Derrière eux, se profilaient les vagues successives d'enfants, chacun avec une torche proportionnelle à sa taille. Finalement, les hommes apparurent, portant des bûches de pin. D'après leur expression, on pouvait voir qu'ils avaient consommé une grande quantité de saké. Ils criaient : « *saireiya sairyo* », et le son de la musique arrivait des marches de pierre au sanctuaire. Un groupe de trente hommes, presque nus, apparut au sommet des escaliers, transportant le char du dieu du sanctuaire de Yuki, ils coururent, encouragés par les cris des festivaliers et les sons du *gagaku*, musique traditionnelle de cour jouée par les pipes et les flûtes.

Devant nous, la procession avançait. La police, postée discrètement de part et d'autre, la suivait. De temps en temps, nous entendions des cris. Souvent, c'était le même qui revenait : « *en-yara-yah* ». Lorsque je demandai à Shôjû Rôjin quel était le sens de ce mot, il me répondit que les Japonais ne le comprenaient pas.

Nous nous approchions de l'endroit où avait lieu la cérémonie, le sanctuaire shintoïste dont les portes ouvertes permettaient à tous de voir ce qui se passait à l'intérieur. C'est alors que nous vîmes le grand prêtre vêtu de lin blanc s'avancer lentement vers l'autel.

Soudain il y eut comme une nuée qui s'échappa d'une voiture. Celle-ci partit, démarrant en trombe. Des cris tonnèrent de partout, tout le monde commença à s'agiter pour tenter de quitter les lieux. C'étaient des gaz toxiques.

Des gens s'évanouissaient. D'autres étaient piétinés par la foule en proie à la panique. Les prêtres shintoïstes qui transportaient des arches d'alliance, tout comme David avait tenu l'Arche d'Alliance à Jérusalem, couraient dans tous les sens, empêtrés dans leur longue robe de lin, sans abandonner leur précieux chargement. Ceux qui dansaient et chantaient au son des instruments de musique avaient arrêté, se dispersant dans la foule en panique.

Profitant de la confusion générale, je me glissai à l'intérieur du temple. J'étais toujours tondu : je passais facilement pour un moine.

Dans le sanctuaire, se trouvaient les prêtres shintoïstes. Certains avaient des robes avec des franges, sortes de cordes qui tombaient aux coins de la robe. D'autres avaient passé sur leur tunique un vêtement rectangulaire qui allait des épaules aux cuisses. Tous portaient une calotte sur la tête. Leur taille était prise dans une ceinture.

Au centre, se trouvait le grand prêtre, isolé de tous. Une robe blanche couvrait tout son corps, sauf ses pieds qui étaient nus.

Il sanctifia le lieu en agitant une branche. Dans sa main, il tenait du sel.

Les chants retentirent, dans la fumée de l'encens, ponctués de grands coups de gong.

Ce fut alors que je le vis : dans l'ombre, près d'un pilier, il tenait un long sabre, juste devant le grand prêtre.

Au moment où il leva son arme, je m'élançai vers le prêtre et le plaquai au sol, tandis que le sabre frôlait nos deux têtes. Puis, d'un bond, je me relevai et, saisissant l'adversaire, d'un geste rapide comme l'éclair, je tordis son poignet et lui pris son arme.

Il me regarda, avec l'air terrifié de celui qui va mourir, alors que deux hommes le tenaient fermement, l'empêchant de faire un mouvement.

L'agresseur, de grande taille, le visage strié d'une grande balafre et les yeux fixes, n'était autre que Jan Yurakachi, le chef de la police.

Le grand prêtre s'était éloigné, encadré par deux hommes.

L'un des prêtres s'avança vers moi et me fit signe de me mettre à l'écart.

– Qui êtes-vous ? murmura-t-il.

– Je m'appelle Ary. Ary Cohen.

– Félicitations, Ary Cohen, vous venez de sauver la vie de l'empereur du Japon.

Quelques heures plus tard, je retrouvai Jane au Beth Shalom. Elle était encore ensommeillée. Elle avait dormi d'un trait, toute la journée, et semblait étonnée que le temps soit passé si vite. Lorsque je lui racontai les événements de la journée, elle eut un sourire triste.

— Bravo, Ary, c'est bien.

— C'est grâce à toi.

— A présent, dit-elle, je voudrais rentrer, partir. Je suis si fatiguée.

Je la regardai. Ses traits étaient tirés, sa peau plus blanche que jamais, ses yeux presque délavés par la fatigue.

— Non Jane, dis-je. A présent, tu vas rester ici.

— Non, je ne peux pas. J'ai... j'ai peur, Ary.

— Peur ? Mais Jane... Toi qui n'as jamais peur de rien. Ne vois-tu pas que tu es en sécurité avec moi ?

— A présent, j'ai peur... n'as-tu pas vu ce qui s'est passé à la fête de Gion ?

— Les gaz lâchés dans la rue n'étaient qu'une diversion pour masquer l'assassinat de l'Empereur. Le chef de la police vient d'être arrêté.

— Il fait probablement partie de la secte d'Ono... Ils vont le savoir, et aussi apprendre ce qui s'est passé. Ils vont se mettre à notre poursuite... Nous devons partir, Ary.

— Voyons, dis-je en m'asseyant près d'elle. Cela signifie que nous sommes sur la bonne voie.

— La bonne voie ? Mais sais-tu, toi, pourquoi Ono Kashiguri veut assassiner l'empereur du Japon ? Sais-tu à quel point c'est grave ? Et sais-tu seulement pourquoi il a tué le moine Nakagashi ? Pourquoi s'intéresse-t-il autant aux Chiang Min du Tibet ?

— Et toi, le sais-tu ?

Elle me dévisagea, l'air pensif.

— Tout a commencé lorsque le moine Nakagashi, qui faisait partie de la secte d'Ono, s'est infiltré au Beth Shalom, grâce à la geisha Yoko Shi Guya, alias Isaté Fujima, fille de maître Fujima, qui dirige le Beth Shalom. C'est ainsi que Nakagashi a appris que les Chiang Min – des anciens israélites de Chine – avaient retrouvé un homme enfoui dans les glaces. Celui-ci fut transporté au Japon, à la demande de maître Fujima. Avec Ono Kashiguri, ils ont voulu prendre le corps mais celui-ci avait été transporté au temple de maître Shôjû Rôjin pour y être caché.

– Mais pourquoi l'homme des glaces était-il dans le temple de maître Shôjû Rôjin ?

– Mais pour le protéger...

– De quoi ?

– De Ono et de sa secte. Shôjû Rôjin a bien dit que le moine Nakagashi était un éveillé. Entre-temps, il s'est donc aperçu qu'il était manipulé par Ono Kashiguri, et il a voulu cacher le corps. Quoi de mieux que le petit temple de son maître ?

– Et Ono Kashiguri, qui a compris la trahison du moine, l'a fait assassiner ainsi que sa maîtresse.

– Si nous n'avions pas été là, il aurait certainement repris le corps... Oui, c'est cela... A présent, il faut savoir quels sont les prochains objectifs d'Ono Kashiguri. C'est ce qu'il faut tenter de découvrir. Quel est le lien entre l'homme des glaces et l'empereur du Japon ? Pourquoi sont-ils les cibles de la secte d'Ono ?

Quelques instants plus tard, lorsque je cherchai à joindre maître Fujima, on me répondit qu'il était au puits d'Isuraï.

Je pris un taxi qui me mena au sanctuaire où se trouvait le puits, et j'y trouvai le calligraphe, assis au pied d'un arbre, sous la lune. Il était en train de griffonner quelque chose sur du papier de riz.

– Ah, dit-il en me voyant, voici Ary *San* ! Quel plaisir de vous voir...

Il était vêtu impeccablement comme la dernière fois que je l'avais vu, avec un nœud papillon, un col cassé et un superbe costume beige qui lui donnait une grande prestance. La lune pleine éclairait son visage, lui donnant des reflets anguleux. On aurait dit un personnage sorti d'un conte.

– Bonjour, Maître, dis-je. Je suis venu vous faire part des avancements de mon enquête... Je crois que votre fille et le moine Nakagashi ont été tués par les hommes d'Ono Kashiguri, de la secte d'Ono. Nakagashi n'est pour rien dans la mort d'Isaté comme vous le pensiez.

– Comment en êtes-vous arrivé à cette conclusion ?

– C'est votre fille qui a introduit le moine Nakagashi au sanctuaire de Beth Shalom... C'est là qu'il a appris qu'un homme avait été trouvé dans les glaces. Ce que je voudrais savoir, c'est si vous saviez que l'homme des glaces était hébreu, si vous saviez d'où il venait... De Qumran ? Et si vous saviez qu'il était un grand prêtre, un Cohen comme moi.

Je sortis de mon sac le plastron avec les onze pierres. Je lui montrai le diamant qu'il m'avait remis et qui s'emboîtait parfaitement dans l'écrin vide de la tribu de Zebulun. Le diamant étincela d'une lumière blanche, presque aveuglante.

Alors maître Fujima me montra la calligraphie qu'il était en train d'achever.

– Ici il est écrit : *daberu*, qui signifie « converser » en japonais.

– En hébreu, *daber* veut dire « parler ».

– Ici, j'ai écrit : *gai jeen*, cela veut dire « un non-Japonais ».

– *Goï* en hébreu veut dire « peuple ».

– Je suis convaincu que les Japonais anciens parlaient hébreu, dit maître Fujima. Je n'ai pas de preuve, mais un très grand nombre de coïncidences, trop grand pour que ce soit un hasard, vous comprenez ? Même les lettres hébraïques et les lettres japonaises se ressemblent.

– Qu'est-ce que cela peut bien vouloir dire ?

Maître Fujima me considéra un moment avant de répondre.

– Lorsque j'ai lu la Torah, Ary *San*, j'ai été très surpris d'apprendre l'existence des cérémonies religieuses de l'ancien Israël. Les fêtes, le temple, la valeur de la pureté, tout cela est identique pour les shintoïstes. C'est pour cette raison que je me suis passionné pour le judaïsme...

» Je suis persuadé que le Dieu de la Bible est aussi le Père de la nation japonaise. Regardez les fêtes du Japon : elles ressemblent tant aux fêtes de l'ancien Israël...

– Mais si vous avez découvert cela, pourquoi ne pas croire au Dieu de la Bible ?

– J'ai pensé à un moment me convertir, mais je ne l'ai pas fait : je voulais en fait retrouver la vraie religion shintoïste.

– Shintoïsme, comme la lettre *Chin*... Mais, à nouveau, quel est le sens de tout cela ? Et quel est le rapport avec Ono Kashiguri ?

– Je l'ignore, Ary, mais je sais qu'Ono et sa secte feront tout pour éviter qu'on le sache.

– Est-ce pour cette raison qu'ils voulaient l'homme des glaces ? Savait-il d'où il venait ?

– Il pensait qu'il était peut-être israélite.

– Tout cela est troublant en effet. Mais il reste une différence essentielle entre vous et nous, une différence fondatrice.

– Laquelle ?

– Les Japonais ne sont pas circoncis !

Maître Fujima m'observa gravement. Il y eut un silence avant qu'il ne dise :

– Il existe une rumeur selon laquelle la circoncision est pratiquée dans la famille impériale du Japon...

– Etes-vous en train de dire que la famille impériale du Japon serait d'origine hébraïque ?

– Il existe une légende selon laquelle le nom du dieu

d'Israël serait gravé sur un objet dans un temple shintoïste, le temple d'Isé. Seul l'Empereur a le droit de s'y rendre. On dit qu'il est d'origine divine et, qu'une fois par an, il y rencontre Dieu...

Cette nuit-là, lorsque je rentrai, Jane s'était endormie.

A nouveau, je l'observai : j'avais l'impression qu'elle ne m'appartenait plus. Et je me dis : quand pourrai-je à nouveau la tenir dans mes bras ? Quand me reviendra-t-elle ? Comme je me languissais d'elle...

Je m'endormis à son côté, en rêvant que je devais me rendre à une fête. J'arrivais très tard, juste avant le Chabbath. Je me rendais à la synagogue, mais c'était trop tard, le service était terminé.

IX
Le Rouleau d'Isé

Ecoutez, vous les sages !
Cultivez le savoir
Et vous les justes !
Faites cesser l'injustice
Et vous les intègres
Soutenez sans faillir l'indigent
Soyez envers lui indulgents
Ne méprisez guère les paroles des justes
Et les actes de vérité
Afin de répandre la sagesse et l'investigation du mystère
De scruter le vrai et de défier tous les oracles.

Rouleaux de Qumran,
Le Sage aux enfants de l'aube.

Le lendemain matin, j'ai reçu la visite de Toshio, que je n'avais pas revu depuis mon arrivée du Tibet, et qui paraissait fort agité. Il me lançait des regards pleins de considération et d'étonnement, comme s'il n'osait pas me dévoiler le motif de sa visite.

Enfin, lorsque je le pressai de parler, il me répondit que l'Empereur m'était reconnaissant, car je lui avais sauvé la vie lors de la fête de Gion.

— A présent, ajouta Toshio, il semble que l'Empereur désirerait t'accorder une faveur en guise de remerciement. Il voudrait savoir ce que tu souhaites recevoir.

— Dis-lui, monsieur Toshio, que je désirerais me rendre au temple d'Isé...

— Au temple d'Isé ? s'écria Toshio, l'air surpris. Mais tout le monde peut se rendre au temple d'Isé !

— Oh non, monsieur Toshio, répondis-je. Moi, je veux pouvoir entrer à l'intérieur du sanctuaire !

A ces mots, Toshio me regarda avec une sorte d'effroi, tout comme si je venais de proférer un abominable sacrilège.

— C'est impossible, impossible, bredouilla-t-il. C'est tabou... seul l'Empereur peut entrer dans le sanctuaire, une fois par an. Mais toi, monsieur Ary, tu n'as pas le droit !

– Dis-lui que c'est ma requête, s'il te plaît, monsieur Toshio.

Quelques heures plus tard, j'étais en route pour le sanctuaire d'Isé. J'avais laissé Jane au Beth Shalom en lui demandant de ne pas en sortir, sous aucun prétexte.

Le train monta et descendit à travers la forêt, s'enfonçant au milieu d'arbres gigantesques, avant d'arriver dans une vaste plaine, au pied de la montagne Kamiki et du mont Shimaki, où se trouve la préfecture de Mie. J'avais l'impression de pénétrer dans un monde nouveau, aux collines vertes et vallonnées, qui s'apparentait au monde des rêves ou à celui de l'enfance.

Le train s'arrêta dans la ville d'Isé, au bout de deux heures de voyage. Pour parvenir au temple, il fallait parcourir des rues étroites où s'alignaient des échoppes faites dans l'ancien style japonais.

Je montai les marches sculptées vers la porte Torri, dont les deux piliers sont faits dans du bois de pin et peints en rouge orangé. J'entrai par la porte toujours ouverte qui donnait sur le temple. Avec son parvis et son petit palais, cela me fit penser au temple de Salomon en miniature, tel qu'il était décrit dans les textes.

Le temple était bordé d'un jardin de sable où se trouvaient seulement quelques arbres et des touffes d'herbes et de fleurs. Une impression de solennité se dégageait de ce lieu, où circulait un cours d'eau avec ses méandres, au milieu desquels étaient de petits îlots de sable et des passerelles.

Les bambous se délassaient sur l'eau, éternellement. Les pins, les rochers, les arbres séculaires et les petites pierres paraissaient attendre les visiteurs depuis toujours. L'allée qui menait vers le temple était bordée de lanternes, de cinq cents lanternes de pierres. Je m'approchai de l'une d'entre elles : il y avait une étoile de David gravée dessus.

Que faisaient ces étoiles de David dans ce temple consacré à la déesse du Soleil, Amaterasu, adorée en tant qu'ancêtre de la famille impériale ?

Depuis les temps anciens, le temple d'Amaterasu est toujours resté à Isé, où il était reconstruit tous les vingt ans, en respectant avec la plus stricte exactitude le style ancien. Grâce à cette coutume, le style de l'ancienne architecture avait pu subsister, indemne, jusqu'à nos jours : réplique exacte d'un temple construit il y a deux mille ans.

Devant le temple israélite, il y avait deux piliers utilisés comme portes. On les appelait taraa. Certains étaient peints en rouge, pour rappeler le sang de l'agneau, dans la nuit qui a précédé l'Exode d'Egypte.

Le Saint des Saints israélite était situé à l'ouest du Temple. Dans le Temple de Salomon, il était à un niveau supérieur aux autres pièces. Il y avait aussi une coutume en Israël : dans le Temple de Dieu en Israël, et à la place de Salomon, se trouvaient deux statues de lions.

Il y avait à Isé deux sanctuaires, le Naïkû et le Geku, situés à six kilomètres de distance. Je devais me rendre au second, car il était consacré à la déesse Amaterasu, alors que le premier était dédié à la déesse des céréales.

J'entrai dans le jardin aux cyprès géants et aux camphriers.

Le gravier crissait sous mes pas. Le sanctuaire était protégé par une palissade de bambou. Nul visiteur ne pouvait franchir cette enceinte.

Je me retournai : c'était maître Shôjû Rôjin.

Il s'inclina en joignant les deux mains devant son visage.

Ceci était, dans l'ancien Israël, pour dire : je garde la promesse. Dans les écritures, on peut trouver le mot qui est traduit par « promesse ». Le sens original du mot en hébreu, est « frapper des mains ». Les anciens israélites frappaient des mains lorsqu'ils disaient quelque chose d'important.

Jacob s'est incliné lorsqu'il s'est approché d'Esaü.

– Tu es enfin arrivé chez nous, dit maître Shôjû Rôjin.
– Chez vous ?
– Nous sommes les gardiens du temple. Je suis le grand prêtre qui officie ici, sous l'autorité de l'Empereur, qui t'a permis d'entrer dans le temple d'Isé.

Il se tut. Puis lentement il me fit entrer dans la grande pagode de bois avant de se retirer, dans le même silence avec lequel il m'avait accueilli.

L'intérieur du sanctuaire était à peine éclairé par quelques bougies et l'encens diffusait une vapeur épaisse qui rendait les contours des objets très flous. Mais je reconnus sans peine les *mikoshi*, les sanctuaires portatifs que j'avais vus lors de la fête de Gion.

Sur les deux côtés du mur on avait gravé l'étoile de David. La structure de l'édifice était la même que celle du tabernacle de l'ancien Israël, divisé en deux secteurs : le premier était l'Endroit Saint, et le second le Saint des Saints. Le sanctuaire japonais était aussi divisé en deux parties.

Au fond de la pièce, il y avait une très belle table de bois sur laquelle étaient disposées des victuailles. Maître Shôjû Rôjin m'avait expliqué que les pèlerins qui venaient au temple y apportaient des *mochi*, du saké, des céréales, des légumes et des fruits, ainsi que de l'eau et du sel pour les offrir à la déesse en les posant devant le sanctuaire.

Leurs offrandes seraient mangées après le pèlerinage : un dîner avec Dieu.

Cela me rappela la table de bois dans le tabernacle des Hébreux où l'on disposait du pain, des céréales, du vin et de l'encens, avant que les aliments soient mangés par le prêtre.

Deux statues de lions gardaient la pièce dans laquelle se trouvait le Saint des Saints. Maître Shôjû Rôjin m'avait aussi expliqué qu'il n'y avait pas de lions dans le Japon ancien.

Je savais qu'aucun visiteur ne pouvait entrer dans le Saint des Saints. Seuls les prêtres shintoïstes avaient le droit de pénétrer dans l'Endroit Saint, à certains moments, lors de fêtes. Seul l'Empereur pouvait se rendre dans le Saint des Saints.

Celui-ci était situé à l'ouest ou au nord du sanctuaire, à un plus haut niveau que l'Endroit Saint. Pour y accéder, il fallait gravir quelques marches.

Sur le côté se trouvait une petite fontaine d'eau claire.
Je me lavai les mains et me rinçai la bouche.
Je m'approchai de la lourde porte de bois, entre les lions.
– Bienvenue, Ary.

A nouveau, maître Shôjû Rôjin inclina la tête. Je lui rendis son salut, je ne pouvais rien dire tant j'étais stupéfait de le voir ici, en ces lieux.

– Je te dois des explications, n'est-ce pas, Ary Cohen ?
– Si vous le désirez.
– Je ne pouvais pas te dire qui j'étais, Ary Cohen, tout comme l'Empereur doit resté caché et secret, sous peine d'être en danger de mort, comme tu le sais. C'est pourquoi je t'ai enseigné l'Art du Combat, afin de te donner les armes qui te permettraient d'arrêter nos ennemis de la secte d'Ono. Et je dois te dire que nous sommes très contents de ton travail. C'est pourquoi nous avons accepté de te recevoir ici.
– Je voudrais entrer dans la pièce secrète du temple.
Maître Shôjû Rôjin hocha la tête de haut en bas en souriant. A présent, j'avais l'habitude de cette mimique.
– Pourquoi pas ?
Le son de ma voix résonna longuement dans l'enceinte.
– Il faut l'accord des moines yamabushis, dit le Maître. Ce sont eux qui gardent la pièce sacrée.
– Mais j'ai obtenu l'accord de l'Empereur, n'est-ce pas ?
– Pour le sanctuaire, certes... mais pas pour la pièce sacrée.
– Où sont les yamabushis ?
– En ce moment, ils sont à Nagano, pour une fête, au grand sanctuaire shinto appelé Suwa-Taisha.

Je considérai la porte devant moi. J'étais si proche et, pourtant, il fallait encore attendre. J'étais presque tenté de passer outre, d'entrer. Pourquoi pas ?

En même temps que me venait cette idée, je pensai qu'engager un combat avec le Maître serait pure folie de ma part.

– Ce sont les yamabushis qui ont la clef de la porte, dit maître Shôjû Rôjin, comme s'il avait entendu mes pensées. Eux seuls peuvent te la donner. Personne d'autre ne la possède.

– Le Saint des Saints japonais est situé généralement à l'ouest ou au nord du sanctuaire, tout comme notre Saint des

Saints. Il est élevé, comme dans le Temple de Salomon. Et ces statues de lions, comme dans le Temple de Salomon... qu'est-ce que cela peut bien vouloir dire ?

» Même votre porte Torri ressemble à celle du temple israélite où il y avait deux piliers devant l'entrée. De plus, les portes Torri sont rouges, ce qui rappelle le sang badigeonné sur les linteaux la nuit précédant la sortie d'Egypte.

Maître Shôjû Rôjin s'inclina.

– La réponse est à l'intérieur...

– Et même votre coutume de vous incliner rappelle les Hébreux : on dit que Jacob s'est incliné en voyant son frère Esaü. Les juifs aujourd'hui se baissent en récitant des prières. Et vos tablettes de bambou, qui ressemblent aux tables de la Loi de Moïse ! Vous et nous... sommes les mêmes !

A nouveau, maître Shôjû Rôjin s'inclina ; cette fois, avec une sorte de respect.

Et moi, il fallait que je rentre dans le Saint des Saints. Oui, il fallait que je comprenne.

Lorsque je revins au Beth Shalom, tard dans la nuit, une surprise m'attendait. Je n'aurais jamais pensé le voir là, au bout du monde, dans cet endroit insolite. C'était mon père, qui était venu me rejoindre, bien entendu à l'instigation de Shimon Delam.

Lorsque je le vis, l'émotion m'étreignit le cœur. Il était semblable à lui-même avec sa chevelure drue, abondante, aux reflets argentés, et son regard sombre et intense. Il n'avait pas changé, mais moi il me semblait que j'avais vieilli.

– Il paraît que tu as besoin de mes compétences en matière

de paléographie. Il m'a dit que vous étiez dans ce... Beth Shalom ?

– Oui, en effet. Je t'expliquerai. A présent, nous pouvons consulter le manuscrit et, comme je l'ai expliqué à Shimon, je crois que je vais avoir besoin de toi... Mais je ne pensais pas te voir ici.

– Tu le connais : il ne m'a pas vraiment laissé le choix...

Je souris. Tant de choses s'étaient passées depuis la dernière fois où je l'avais rencontré. Tant de choses, oui. Et ce mystère dont j'étais en train de lever les voiles, un à un.

J'étais fatigué et affamé. Je montai voir Jane à qui j'appris que mon père était là. Nous avons dîné ensemble, dans un petit restaurant à côté du Beth Shalom, d'un bol de riz, de soupe *miso*, de fruits, d'épinards et de thé vert.

– Il y a autre chose, dis-je à mon père en lui tendant les notes que j'avais prises après la conversation avec maître Fujima au sujet de la langue hébraïque. Je voudrais avoir ton avis de scientifique sur une question qui te paraîtra peut-être totalement absurde...

– Je t'écoute.

– Voilà... Est-il possible que les Japonais soient juifs ?

Mon père fronça les sourcils et m'interrogea du regard, comme pour savoir si je n'étais pas en train de me moquer de lui.

– Je te l'ai dit, essaye d'envisager cette question d'un point de vue rationnel, scientifique, historique.

– Juifs, dit-il, ou... hébreux ?

– Oui. Serait-il possible qu'ils soient hébreux ? Quand seraient-ils venus au Japon ? Il y a plus de deux mille ans...

– Ah, dit mon père, et son visage à nouveau s'éclaira d'un sourire lumineux. Tu sais qu'à la mort de Salomon, Israël fut divisé en deux royaumes ; l'un était le royaume du Sud, royaume de Juda, qui comprenait Jérusalem, et qui était sous l'égide des tribus de Juda et de Benjamin. C'est de ce royaume que nous venons, nous les juifs. L'autre était le royaume du Nord, le royaume d'Israël. Le premier roi du royaume du Nord était Jéroboam, de la tribu d'Ephraïm, qui regroupait les dix autres tribus d'Israël.

» Cependant les deux royaumes se firent une guerre terrible, une guerre de frontières, et une guerre de pouvoir ; jusqu'au moment où le royaume du Nord fut lui-même secoué par une guerre civile intérieure qui s'acheva lorsque le roi Omri fut reconnu comme étant le roi du royaume d'Israël : c'était en – 881. Omri s'efforça de procurer la paix à son royaume. Il fonda une nouvelle capitale, Samarie. Il mit un terme à la guerre contre le royaume de Juda. Mais, pendant ce temps, la menace assyrienne commençait à planer sur le pays.

» A la mort d'Omri, son fils, Achab, fit un rapprochement avec le royaume de Juda pour prévenir la guerre avec l'Assyrie. Ce rapprochement fut précaire jusqu'au coup d'Etat militaire du général Jéhu, qui prit le pouvoir sur le royaume d'Israël.

» Ce fut alors que le roi Salmanasar III, roi d'Assyrie, attaqua le royaume d'Israël, en – 841. Israël fut réduit en peu de temps à l'état de vassal de Damas. Le dernier roi du royaume d'Israël s'appelait Osée. Après un siège de deux ans, il fut déporté, avec trente mille israélites. Ce qui restait du royaume d'Israël fut transformé en province assyrienne.

» Ce fut le résultat d'une des périodes les plus tourmentées de l'histoire d'Israël, avec au moins huit coups d'Etat durant lesquels les prophètes, Elie, Amos ou Osée, ne cessèrent de prédire la fin du royaume d'Israël. Désormais, et pour toujours, le peuple d'Israël se trouva séparé en deux : ceux qui étaient restés au pays et ceux qui étaient partis en exil, sur une terre étrangère. Les uns comme les autres, n'ayant plus d'Etat, risquaient de disparaître de l'Histoire.

– Qu'est-il advenu des tribus du royaume d'Israël qui furent exilées ?

– Nul ne le sait... Il n'y a pas de témoignage, pas de document, pas de vestige. Il est possible qu'après l'exil elles soient parties dans un pays lointain, plutôt que de revenir en Israël où elles avaient perdu la royauté... En vérité, l'Histoire a perdu leur trace, et on les appelle « les tribus perdues ». Mais...

Le regard de mon père s'alluma d'une lueur mystérieuse.

– Pourquoi pas le Japon ? Il existe des preuves que les Juifs ont voyagé le long de la route de la Soie. Oui... pourquoi ne seraient-ils pas arrivés jusqu'au Japon ?

Je savais que mon père était en train de préparer une fabuleuse histoire.

– Le livre qui raconte cette histoire est le quatrième livre d'Ezra, selon lequel les dix tribus du nord d'Israël sont allées à l'est et ont marché pendant un an et demi dans le pays. « *Il assemblera les exilés d'Israël, et rassemblera les dispersés de Juda des quatre coins de la terre* », dit la prophétie.

» Le mot "dispersés" est utilisé pour le peuple de Juda, mais le mot "exilés" est employé pour désigner le peuple d'Israël. Ceci est troublant puisque, comme je te l'ai dit, on n'a jamais su ce que sont devenues les dix tribus perdues d'Israël... On a retrouvé des traces de la présence hébraïque en Afghanistan, au Cachemire, en Inde et en Chine. Dans certains livres chinois, il est fait mention de la circoncision, au deuxième siècle avant Jésus. Les dix tribus d'Israël ont pu voyager vers l'est en passant par ces pays. Les signes de leur présence sont faibles. Quelques villages, ici et là. Où sont allées les tribus d'Israël ? Elles sont parties, les hommes ont traversé les pays, ils cherchaient la terre, une terre promise, et ils ont marché jusqu'à ce qu'ils trouvent un pays vide, habitable, d'où ils ne seraient pas chassés. Un pays à eux... où ils pourraient rétablir leur royauté... Quoi de mieux qu'une île ? Une grande île entourée d'eau, où ils n'auraient pas de problèmes de frontières ?

– Tu es en train de dire...

– Qu'il est possible historiquement que les Japonais soient des Hébreux...

– L'ancien nom de l'empereur « Jinmu », le premier empereur du Japon, est : « Kamu-yamato-iware-biko-sumera-mikoto ».

Mon père réfléchit un instant, me demanda de l'écrire, étudia la feuille :

– Cela peut vouloir dire en hébreu : « le roi de Samarie, le noble fondateur de la religion de Yahweh ». Cela ne signifie pas que « Jinmu » était le fondateur de la nation juive, mais que la mémoire hébraïque a persévéré à travers l'empereur Jinmu.

– On dit aussi que l'Empereur est circoncis... Cependant, il y a une différence considérable entre la religion shintoïste japonaise et le judaïsme.

– Laquelle ?

– Les Japonais sont polythéistes... Ils adorent les divinités appelées les kamis.

– Mais il ne faut pas oublier que les Hébreux, à cette époque, adoraient d'autres idoles... Ils ne croyaient pas seulement en Yahweh, mais en Baal, Astarté, Moloch et autres idoles païennes.

Mon père me regardait, l'air stupéfait, comme s'il venait de découvrir un nouveau manuscrit ; et celui-ci, de fait, était le plus étonnant que nous ayons eu entre les mains.

– Ce sont là des conjectures... Il faudrait une preuve...

– Laquelle ?

— Le manuscrit de l'homme des glaces trouvé chez les Chiang Min qui, eux aussi, ont probablement une origine hébraïque, si l'on en croit leurs rites et leurs coutumes...

— Et peut-être, ajouta Jane qui nous avait regardés pendant toute la discussion d'un air attentif, la pièce secrète du sanctuaire d'Isé.

Le lendemain matin, pendant que Jane se rendait à la police pour récupérer le fragment trouvé sur l'homme des glaces, mon père et moi avons pris un train rapide pour nous rendre à la préfecture de Nagano, où se trouvait le grand sanctuaire shintoïste appelé Suwa-Taisha. C'était la fête traditionnelle appelée Ontohsai, tenue le 15 avril chaque année par les yamabushis.

A côté du sanctuaire Suwa-Taisha, se trouvait le mont Moriya, *Moriya-san* en japonais. Les gens de la région de Suwa appelaient le dieu du mont Moriya *Moriya no kami* qui veut dire « le dieu de Moriya ».

A cette fête, un enfant était attaché par une corde à un pilier de bois et placé sur un tapis de bambou. Un prêtre shintoïste lui préparait un couteau, mais un autre prêtre venait et l'enfant était détaché. Ceci rappelait l'histoire selon laquelle Isaac, au chapitre 22 de la Genèse, avait été emmené au mont Moriah par son père Abraham pour être sacrifié, mais il fut détaché, après qu'un ange fut venu.

On nous expliqua que, dans les temps anciens, soixante-quinze daims étaient sacrifiés, parmi lesquels on en choisissait un auquel on coupait les oreilles. Selon la légende, le daim avait été préparé par Dieu, tout comme le bélier avait été préparé par Dieu pour être offert à la place d'Isaac. Lorsque nous interrogeâmes les moines sur l'origine du sacrifice, ils nous répondirent qu'ils ne la connaissaient pas, qu'elle était unique au Japon, et qu'elle leur paraissait étrange car le sacrifice animal n'existait pas dans la tradition shintoïste.

Après la fête, nous sommes restés dans le sanctuaire, où nous devions rencontrer les yamabushis.

Trois d'entre eux, qui savaient parler anglais, vinrent nous voir. Ils portaient des habits de lin blanc. Sur leur front, ils avaient la petite boîte noire en forme de fleur appelée *tokin*, maintenue à la tête par une corde noire.

– On dit qu'à l'origine, murmura mon père, les phylactères qui étaient placés sur le front avaient la forme d'une fleur.

– Bonjour, dis-je, en nous présentant aux moines. Nous sommes venus d'Israël.

– Je sais, dit l'un d'entre eux qui paraissait le plus âgé. Je suis Roboam. Vous venez de la part de l'Empereur. Vous lui avez sauvé la vie, et nous, les yamabushis, vous en sommes très reconnaissants, ajouta-t-il en s'inclinant et en joignant les mains.

– Vous avez une belle montagne...

– Les yamabushis considèrent la montagne comme un endroit saint où ils peuvent se former religieusement, répondit le moine.

– Nous aussi nous avons une montagne, au sommet de laquelle nous avons reçu les Dix Commandements.

Les moines se regardèrent alors que je parlais, se lançant des regards effarés.

– Qu'y a-t-il ? dis-je, me demandant si je n'avais pas proféré une bêtise ou quelque chose qui les avait offensés.

– Au Japon, dit le plus âgé, il existe la légende du tengu qui vit sur une montagne et qui était yamabushi. Il avait un nez prononcé et des capacités surnaturelles. Le ninja, qui est l'agent ou l'espion des temps anciens, va chez le tengu de la montagne pour obtenir des capacités surnaturelles. Le tengu lui donne une *tora-no-maki*, un rouleau de la *tora*. Le « rouleau de la *tora* » est le livre utile pour les temps de crise... Vous, Ary Cohen, vous ressemblez au tengu... Et votre père aussi !

Mon père et moi nous regardâmes, sans savoir si nous devions prendre cela comme un compliment. En tant que Cohen et fils de Cohen, par notre lignée, nous ressemblions peut-être aux Hébreux ?

– Nous les yamabushis, expliqua le plus jeune, nous prions pour que tout le peuple japonais revienne au Dieu de la Bible. Car il est aussi le père de la nation japonaise.

– Nous les yamabushis, renchérit Roboam, le plus âgé, nous pensons que nos ancêtres sont des juifs venus dans notre royaume, en l'an 700 avant Jésus-Christ, lorsque les dix tribus juives ont disparu.

– Dans la religion shintoïste, reprit le troisième moine, la déesse du Soleil, Amaterasu, est vénérée comme déité ancestrale de la Maison impériale du Japon, et comme suprême déesse de la nation du Japon. Le sanctuaire d'Isé est fait pour elle. Et vous, avez-vous une déesse ?

– Non, nous avons un Dieu.

– Il y a aussi le puits... Le puits d'Isuraï.

– Le premier roi du Japon s'appelait Hosée. Il a gouverné vers 730 avant notre ère.

– Le dernier roi d'Israël était Osée, au moment de l'exil assyrien des dix tribus d'Israël, dit mon père...

– Dans la secte des samouraïs, une légende raconte que leurs ancêtres sont venus au Japon de l'ouest de l'Asie, vers 660 avant notre ère...

– Le nom samouraï rappelle Samarie, intervint mon père.

– Mais comment pouvons-nous croire ce que vous nous

dites, m'étonnai-je, alors qu'il n'y a pas de preuve ? Y a-t-il des textes sacrés ?

— Non, répondit Roboam. Le livre japonais le plus ancien est le *Kojiki*, écrit en 712 après notre ère... En 645 avant notre ère, un événement très regrettable a eu lieu : un combat entre shintoïstes et bouddhistes, et pour finir, le clan Soga, pro-bouddhiste, a mis le feu à la librairie. Tout est parti en fumée ! C'est pourquoi les Japonais n'ont pas d'histoire véritable avant le huitième siècle. On dit que parmi les livres de la librairie, il y avait un *tora-maki*.

— Il ne vous reste que des rites. Ce sont eux qui ont gardé votre histoire, dis-je.

— Nous avons les *omikoshi*, nos arches d'alliance.

— Que vous transportez sur les épaules, comme les Hébreux. Celles des Hébreux avaient des chérubins au-dessus. Vos *omikoshi* ont des oiseaux d'or. Vous avez aussi votre robe de prêtre, qui ressemble à la robe de lin de nos prêtres.

— Mon fils et moi sommes des grands prêtres Cohen, dit mon père. Nous officions comme votre grand prêtre lors du jour du Yom Kippour. C'est pourquoi nous venons vous demander la permission d'entrer dans la chambre sacrée du temple.

A ces mots, les moines yamabushis se regardèrent comme s'ils se concertaient sur cette demande insensée, ahurissante.

— Qu'y a-t-il dans la chambre sacrée ? Le savez-vous ?

— Nous connaissons la taille de l'objet qui se trouve dans la chambre sacrée, et qui est de quarante-neuf centimètres. Nous n'avons pas le droit d'y entrer, et nous n'avons pas le droit de laisser qui que ce soit y entrer. Même l'Empereur n'a pas le droit de le voir.

— Je voudrais le voir, dis-je.

— Mais Ary Cohen, tu ne sais pas ce que tu dis, protesta le

plus âgé en hochant la tête d'un air catastrophé. Non, tu ne sais pas ce que tu dis.

– Après la défaite du Japon, expliqua le second, lors de la Seconde Guerre mondiale, un général l'a regardé et il est mort !

– Plus tard, dans les années cinquante, dit le troisième, des juifs et des Japonais appartenant à une amicale se réunissaient, sous l'égide du colonel Koreshige Inuzuka, pour parler de leurs relations et de l'amitié. La rencontre a eu lieu chez un juif, Michael Kogan, à Tokyo, avec sa sainteté Mikasa, membre de la famille impériale. La conversation a porté sur des mots hébreux et sur le temple d'Isé, et Mikasa a dit qu'il allait entrer dans la chambre sacrée. Cependant, il ne l'a jamais fait. Il avait trop peur des légendes...

– Quelles légendes ?

Roboam s'approcha de moi. Il ouvrit grand les yeux pour me dire :

– Tous ceux qui ont essayé ne sont jamais revenus ! Sauf Yuutarou Yano, un officier d'élite et un shintoïste passionné. Il a décidé de savoir la vérité. Yano a demandé à un moine yamabushi s'il pouvait entrer dans la chambre sacrée. Devant son refus, il a insisté. Tous les jours, il allait le voir pour lui refaire sa requête. Le moine, finalement ému par la passion de Yano, lui a permis secrètement de regarder, et Yano en est sorti. Il a dit qu'il avait vu des lettres, anciennes et mystérieuses. Mais il est devenu fou ! Il a terminé ses jours dans un hôpital psychiatrique.

– Et l'Empereur ? Il n'y est jamais entré ?

– L'empereur japonais fait le Daijou-sai après son accession au trône, lorsqu'il change ses vêtements en blanc et vient vers Dieu avec les pieds nus. Puis il reçoit l'oracle de Dieu et devient l'Empereur et le chef de la nation. Mais il n'entre pas dans la chambre sacrée.

Le Rouleau d'Isé

– Personne ne sait ce qu'il y a dans la chambre ?
– Nul ne le sait.
– Est-ce votre Dieu ?
– On dit que ce Dieu est apparu d'abord, qu'il a vécu au milieu de l'univers. Mais il n'avait pas de forme et on ne connaît pas ses traits.
– Il ressemble à notre Dieu qui est le Maître de l'univers, dit mon père.
– Nous devons entrer dans cette chambre, dis-je. Nous en avons le droit.

Je sortis de mon sac le plastron de l'éphod. J'avais replacé le diamant dans son écrin. Les douze pierres brillaient de mille feux.

La pierre de la tribu de Ruben, le rubis, la topaze de la tribu de Shimon, le béryl de Levi, la turquoise de Judas, le saphir d'Issacar, l'hyacinthe de Dan, l'agate de Naphtali, le jaspe de Gad, l'émeraude d'Asher, l'onyx de Joseph, le jade de Benjamin et le diamant de Zebulun, retrouvé sur l'homme des glaces, qui apporte la longévité...

Il y eut un silence. Les deux hommes se regardèrent à nouveau. Ils sortirent de la pièce et réapparurent après un long moment.

– Venez vendredi prochain au Beth Shalom, murmura Roboam. A ce moment, nous vous donnerons la clef. Mais soyez prévenus : ce sera à vos risques et périls !

Lorsque nous sommes rentrés à Kyoto, j'ai déposé mon père au Beth Shalom et je me suis rendu aussitôt au sanctuaire pour voir maître Shôjû Rôjin.

Pour une fois, celui-ci me reçut sans me faire attendre.

– Bonjour, Maître, dis-je.

– Bonjour Ary Cohen, répondit-il en m'observant attentivement. Aujourd'hui, je vois que tu n'es pas un cheval irascible.

– J'ai connu la compassion, répondis-je. J'ai perdu mon ego.

– Alors, je suis heureux pour toi, Ary Cohen. Cela veut dire que tu es heureux.

– Maître, je voudrais vous demander quelque chose...

– Je t'écoute.

– Pourquoi m'avoir caché que vous étiez yamabushi ?

– Est-ce que tu me l'as demandé ?

– Non.

– Alors, je ne te l'ai pas caché, répondit le Maître avec un sourire.

– C'est pour cette raison que vous vouliez que je vous enseigne mon art. N'est-ce pas ?

– Bien sûr. Nous les yamabushis, nous voulons tout connaître sur nos origines. Votre religion est notre religion.

– Non, dis-je. Car votre Dieu n'est pas notre Dieu.

– Crois-tu, Ary Cohen ? dit-il en me regardant au fond des yeux. Crois-tu vraiment ? Connais-tu seulement ton Dieu ?

– J'ai répété Son nom en méditation, dans chaque souffle je l'ai dit...

– Et quel est le nom de ce Dieu ?

– Mon Dieu a plusieurs noms.

– C'est donc qu'il est plusieurs.

– Mon Dieu s'appelle Elohim.

– Elohim est une forme plurielle de votre langue, n'est-ce pas, Ary ?

– Oui, dis-je, un peu troublé, et je redoutais la suite.

– C'est aussi une forme féminine ?

– Dans la Kabbale, Elohim est associé à la Sehinah ou la divine présence qui accompagne Israël ; cette présence est féminine mais elle se manifeste dans des formes différentes.

– Tu pensais que tu étais monothéiste, que tu croyais en un seul Dieu, et te voici avec tes « Elohim » qui sont des êtres divins... féminins ? Alors, Ary Cohen, tu crois vraiment que nous ne prions pas les mêmes dieux ?

– Et j'ai tenté de l'invoquer en prononçant Son nom, murmurai-je, les dents serrées. Je sais qu'il n'est qu'un.

– Tu l'as invoqué en prononçant Son nom ?

– Oui, dis-je, je l'ai presque fait venir... descendre.

– Mais voyons Ary Cohen, s'exclama Shôjû Rôjin, en prononçant Son nom, tu ne l'aurais *jamais* fait venir !

– Comment ? m'exclamai-je avec colère. Que dites-vous ? Pourquoi mettez-vous en cause mon Dieu ?

– Ah, je vois que tu es à nouveau en colère... Il te faudra encore du temps avant d'être sage... C'est seulement par la pratique et l'expérience que la sagesse divine t'appartiendra. Mais sache qu'elle ne peut pas descendre, Ary Cohen... Elle ne peut pas venir d'en haut... mais d'en bas... Non, elle ne peut pas descendre, non, elle ne peut que monter !

Lorsque je rentrai à l'hôtel, le soir, j'étais en proie à la plus grande confusion. Je répétais sans cesse les paroles du Maître sans parvenir à les comprendre. *C'est d'en bas qu'elle doit venir... Notre Dieu est pluriel... et féminin ?* Qu'est-ce que cela pouvait bien vouloir dire ? Quel était le message que maître Shôjû Rôjin tentait de me faire passer, et d'où avait-il ces connaissances ?

Je retrouvai Jane dans la chambre du Beth Shalom. Elle me dit qu'elle avait été chercher le fragment de manuscrit à la police. Le responsable n'avait fait aucune difficulté pour le lui remettre, ayant reçu l'appel de Shimon à ce sujet.

Elle l'avait aussitôt donné à mon père qui était déjà en train de l'étudier.

– Voyons, Ary, y a-t-il quelque chose qui ne va pas ? demanda Jane.
– Non, dis-je. Non...
– Tu as l'air bouleversé. Est-ce que tu me cacherais quelque chose par hasard ?
– Non... Je viens de voir maître Shôjû Rôjin, et...
– Et...

Je la fixai, sans arriver à trouver les mots.

– Et quoi ?
– Eh bien, il m'a dit que mon Dieu, notre Dieu, n'était pas celui que je croyais.
– Et qui est-il ?
– Il est plusieurs, il est féminin, il vient d'en bas, et non d'en haut... Voilà ce qu'il m'a dit...
– Et d'où sait-il tout cela ?
– C'est un yamabushi, Jane... Il possède un savoir hébraïque ancestral, un savoir que nous avons peut-être oublié ou perdu... Je ne sais pas, je ne sais plus... Je ne comprends plus rien...

Je la regardai, elle, la tentatrice. Elle me souriait à présent, et je sentais qu'elle était proche, toute proche de moi, à nouveau, qu'elle revenait à moi en revenant à elle. Au bout du monde, loin dans mes retranchements, elle s'était rendue, et elle était venue me chercher, me prendre, me voler mon cœur, dans tous mes égarements, mes errances, moi qui étais perdu dans la ville, hostile, dérangé, habité, voyagé, désarçonné.

J'étais à la lisière de la vérité, je croyais l'avoir atteinte, ou l'avoir touchée, mais j'étais captif de mes éléments, mes préjugés, embourbé, fasciné par la spirale de l'envoûtement, j'étais en dessous de mon idéal, et si près pourtant de le toucher, si près que j'avais atteint la grande illusion, malgré moi elle m'avait emporté et, tout d'un coup, je l'ai aimée.

– Tu te demandes qui tu es, à présent ? demanda-t-elle.
– Oui.
– C'est comme moi alors... Un désenvoûtement. Ou, comment dit Shimon ? Un *deprogramming* ? C'est cela ? Mais moi, je sais qui tu es.
– Qui suis-je ?
Elle s'approcha de moi et murmura à mon oreille :
– Tu es le lion de la forêt, le roi des animaux. Tu règnes sur tes sujets, tu crois que tu fuis, que tu es poursuivi, mais, en vérité, tu es posé sur ton territoire. Tu crois que tu es la victime de tes histoires, mais tu les considères de haut, tu les diriges, pendant que tous s'agitent à tes pieds. C'est comme si tu dormais, mais tu ne dors pas. C'est comme si tu rêvais, mais tu écoutes... D'un geste tu attaques et tu es toujours victorieux. Tu es terrible pour chacun, tu règnes sans crier gloire... Tu es le roi de mon cœur. Sur moi aussi tu règnes.

Un peu plus tard, nous étions en train de manger le repas que nous avions commandé dans la chambre. Une bougie était placée sur la table. Sa lumière douce donnait aux cheveux de Jane des reflets mordorés.

Il n'y avait personne d'autre que nous. Elle me regardait, attentive, du fond de ses yeux noirs brillants, et elle atteignait par ses gestes le secret de mon cœur.

Je pris ma respiration pour mieux la contempler... J'étais, en cet instant, en sereine harmonie avec l'univers, je ne faisais plus aucun choix entre vrai et faux, plaisant ni déplaisant. J'étais libéré du monde de l'illusoire. J'avais réussi à éliminer les obstacles engendrés par mon esprit, à surmonter les souffrances, les attitudes orgueilleuses, pour atteindre la non-pensée. Je m'étais défait de ma confusion ignorante afin de surmonter l'avidité, la haine et l'illusion, pour ne plus connaître la colère, la peine, la détresse, pour parvenir à la non-conscience du moi.

– Je dois te dire..., murmura Jane. Je me suis renseignée sur l'origine des lanternes au temple d'Isé.
– Alors ? D'où viennent-elles ?
– Elles ont été offertes à l'Empereur avant la guerre par le chef d'armée Makasa... qui était franc-maçon.
– Franc-maçon... Et l'Empereur ?
– Comme d'habitude, nul ne sait. Mais le fait que l'Empereur ait accepté ce cadeau tendrait à montrer qu'il avait lui-même des rapports avec les francs-maçons.
– Les lanternes dans le temple... Rappelle-toi, Jane, les Templiers[1]... Les francs-maçons entendent poursuivre le travail des Templiers qui poursuivent eux-mêmes le but de Hiram, l'architecte du Temple de Salomon : reconstruire le troisième Temple... Le Temple de Salomon, l'âme de Dieu sur la pierre. Il abritait le Saint des Saints, où Dieu lui-même résidait... Comme au temple d'Isé !
» Cela explique pourquoi il y a l'étoile de David : deux pyramides l'une sur l'autre. Celle qui pointe vers le haut est le symbole du pouvoir d'un roi : sa base repose sur la terre et son sommet atteint les cieux. L'autre représente le pouvoir

---

1. Voir *Le Trésor du Temple*.

du prêtre, établi dans les cieux et atteignant la terre. C'est la marque du double Messie. Le Messie prêtre et le Messie roi...

— On pourrait dire que...

— Que le troisième Temple a déjà été reconstruit...

— Et c'est le temple d'Isé ! Est-ce possible ?

— S'il a été construit par les francs-maçons, c'est possible... Cela explique la ressemblance étrange avec le Temple de Salomon. La même structure et, surtout, la présence de la chambre sacrée, le Saint des Saints !

— Ce n'est pas tout, poursuivit Jane. Je suis allée au laboratoire d'analyses.

— As-tu obtenu les résultats de l'examen du groupe sanguin ?

— En effet. Cet homme, d'après les analyses, pourrait être... soit japonais soit juif. Ils disent que les groupes sanguins des japonais et des juifs sont trop proches pour que l'on puisse donner une réponse plus précise.

Nous entendîmes des pas derrière la porte. Puis quelqu'un frappa.

— Ce doit être mon père ! Il a dû lire le manuscrit...

Je me précipitai pour ouvrir la porte. C'est alors que je vis mon père. Mais derrière lui, se profilait l'ombre d'Ono Kashiguri.

Il avait un sabre, qu'il brandissait dans le dos de mon père, tout près de sa tête.

— A présent, donne-moi ceci. Et vite.

— D'accord, acquiesça mon père.

— Comment ? dis-je.

– Ecarte-toi, Ary, cet homme est dangereux.

– Ary ! s'exclama Ono Kashiguri avec un sourire de satisfaction... Ary Cohen, répéta-t-il. Je vous retrouve. Le Messie des juifs, des Templiers et des francs-maçons... L'Antéchrist... Crois-tu pouvoir te mesurer à moi ? Croyez-vous vraiment que vous allez répandre votre propagande juive et effacer le bouddhisme au Japon ?

– C'est pour cette raison que vous avez tué Nakagashi ?

– Un disciple qui était un traître, murmura-t-il en regardant Jane. Je l'avais envoyé infiltrer le Beth Shalom et, en découvrant l'homme des glaces, il a été convaincu que Fujima avait raison, que le peuple japonais descendait des tribus perdues d'Israël ! Je lui ai demandé de détruire le corps, mais, au lieu de cela, il l'a remis à Shôjû Rôjin. Bien sûr que c'est moi qui l'ai tué... A présent, donnez-moi ce manuscrit.

Mon père lui tendit le parchemin. Mais lorsqu'il avança la main, d'un mouvement rapide, j'envoyai un coup de pied qui fit voler le sabre devant lui, dans la chambre. Saisissant le moment qui précédait le geste de mon adversaire, je courus pour prendre l'arme, mais il m'avait devancé. Nous avons combattu corps à corps pour l'avoir, mais elle vola derrière moi, traversant la fenêtre.

Il utilisait l'apparence et l'intention comme redoutables pièges, ainsi que les trente-six stratégies.

Il glissait à travers l'océan, en plein jour, il créait une apparence trompeuse à même de susciter chez moi une impression de familiarité, il m'épuisait sans effort, se forçait à dépenser mon énergie, alors même qu'il préservait la sienne, il me fatiguait en me faisant courir partout, il profitait de mes faiblesses, il feintait à l'est, frappait à l'ouest, il tentait de susciter la crainte et l'énervement, par le bouleversement, la frayeur provoquée par la surprise, par la contagion... rien n'y faisait. Il était très fort ; il maîtrisait parfaitement l'art du combat et ses années de pratique n'allaient pas être mises en défaut par mes faibles connaissances. Jane, pétrifiée, semblait ne pas pouvoir bouger.

J'évitai d'utiliser la pensée pour saisir d'instinct ce que je ne voyais pas et prêter attention aux moindres détails et, surtout, surtout, ne rien faire d'inutile.

Je ne pensais pas à la victoire. J'essayais de ne pas m'y attacher. J'évitais aussi de penser à la peur et l'émotion qui prenaient possession de moi.

Je pratiquai l'évitement, tentant de déjouer les manœuvres et de changer la nature du piège. Alors, je portai mon attaque sur le point qu'il tenait absolument à défendre : le parchemin...

Mais pour cela, pour prendre le dessus, il fallait que moi-même je me détache du parchemin, c'est-à-dire que je prenne le risque de le détruire.

Je saisis le parchemin que Jane avait à présent en main, l'huile qui se trouvait sur la table, et j'enduisis le parchemin d'huile. Puis je pris la bougie et je l'approchai du parchemin.

— Non ! dit-il, en s'arrêtant.

— Alors, dis-je à bout de souffle, partez...

— Vous croyez ? Vous croyez que vous êtes le meilleur dans l'art de la guerre ?

Ono Kashiguri m'observait comme s'il tentait de m'hypnotiser. Puis il tourna son regard vers Jane. Je cherchai mon père, mais il avait disparu.

— Jane, criai-je, bouche-toi les oreilles !

— Quoi ?

— Fais ce que je te dis !

Je fis de même. Je ne me trompais pas : Ono était en train de chercher son souffle depuis le *hara*, centre vital de l'homme situé au bas-ventre. Tous ses muscles étaient contractés, ceux de son visage également.

Il poussa un *Kiaï* d'une telle vibration que les verres volèrent en éclats, ainsi que toutes les vitres. Jane tomba inanimée.

– A présent, dites-moi qui est le plus fort ? dit Ono Kashiguri.

Je le regardai : dans la non-conscience, mon regard ne trembla pas.

– Donnez-le-moi tout de suite.

– Montagne et mer : il est mauvais de répéter toujours la même tactique, répliquai-je en prenant le briquet.

D'un geste brutal, je pris la bouteille d'huile et l'approchai de lui. Puis je pris la bougie... Tout son corps prit feu et il ne pouvait rien faire pour l'empêcher.

Dans la flamme qui le suffoquait, il poussa un hurlement.

– *Yuda !*

Je me précipitai sur Jane, toujours sans connaissance.

Quelques instants plus tard, Ono Kashiguri, gravement brûlé, était transporté à l'hôpital dans l'ambulance que nous avions appelée.

Jane revint à elle.

Elle semblait si choquée qu'elle avait du mal à savoir où elle se trouvait. Le fait d'avoir revu Ono Kashiguri semblait l'avoir à nouveau bouleversée, comme plongée dans une sorte de torpeur, ou d'état hypnotique. Je savais qu'il lui faudrait du temps pour se remettre tout à fait de son expérience de perte de soi.

Nous avons dû faire notre déposition auprès de la police, ce qui nous prit deux bonnes heures avant de pouvoir enfin retrouver mon père, qui nous attendait au Beth Shalom.

– Alors, dis-je. Le parchemin ?

Mon père me considéra, l'air embarrassé, comme s'il ne savait pas par où commencer. Sa main, qui tenait le parchemin, tremblait légèrement. Il semblait bouleversé.

– Alors ? répétai-je.

– C'est de l'araméen... un texte écrit par l'homme des glaces, probablement peu avant sa mort...

– Et si tu nous le traduisais...

Mon père prit le parchemin.

Voici les dix tribus parties en exil au temps du roi Osée, exilées au-delà de la rivière. Elles sont parties dans un pays lointain inhabité de l'homme où elles pourraient respecter leur loi, et la promesse qu'elles n'ont pas su tenir. Leur voyage fut très long et pénible, il dura plusieurs années jusqu'au pays de...

– Là, s'interrompit mon père, il y a un mot que je n'ai pas pu lire. *Arzareth*... Je pense qu'il s'agit de : *eretz aheret*, l'autre pays, ou encore : le pays lointain.

Puis il poursuivit, d'une voix tremblante :

– *Et moi, le grand prêtre Cohen, je suis venu leur dire qu'ils doivent quitter ces terres et revenir dans leur pays.*

» J'ai rencontré la première tribu, les Chiang. Ils m'ont dit que les autres sont allés encore plus loin vers la mer. Mais je ne pourrai pas poursuivre mon chemin, car j'ai été percé par la flèche du méchant prêtre.

» Cet homme ne voulait pas que je leur apporte la nouvelle. Il avait peur que notre peuple s'étende et domine sur cette terre.

» Blessé, je me suis réfugié dans la montagne, et j'écris ces mots pour dire ceci : "Un jour, un Messie viendra dans

la terre d'Israël, à présent, rentrez tous, toutes tribus, tout le peuple, rentrez dans votre pays !"

Fait par Moché, le grand prêtre Cohen, en l'an 3740...

— L'an 3740, dit mon père... Cela correspond à l'an 0 de notre ère.

Pendant un long moment, nous nous sommes regardés, sans rien dire. Nous étions comme pétrifiés devant cette voix antique, surgie du passé, du fond des temps, cette voix à la fois lointaine et familière, la voix de notre ancêtre qui avait voyagé jusque-là pour annoncer au peuple juif qu'il devait revenir sur sa terre.
Et qui avait échoué.

Mon père brisa le silence :
— Voilà. Cela explique pourquoi on a retrouvé le corps de cet homme au Tibet, avec un manuscrit de la mer Morte. Cet homme était le grand prêtre des esséniens, et il venait leur annoncer la venue du Messie afin que, selon la prophétie, tout le peuple revienne sur sa terre...
— Mais qui est ce méchant prêtre qui l'a tué ? demanda Jane. Qui est le meurtrier ?
Eberlué, je ne pouvais prononcer un seul mot.
— Ary ? demanda Jane. Ça va ?
— Je connais son identité, dis-je.

Les yeux de Jane et de mon père étaient fixés sur moi.
— Je sais pourquoi le lama au monastère Koré m'a expliqué qu'il avait un mauvais karma et qu'il avait tué un homme.

J'ai compris pourquoi il avait besoin de moi : pour réparer ce que son ancêtre avait fait à cet homme, mon ancêtre... Le méchant prêtre est l'ancêtre bouddhiste du lama. C'est lui qui a tué cet homme !

– Mais pourquoi ?

– Le lama m'a raconté qu'il avait tué un homme important, suffisamment important pour que, des générations plus tard, sa vie en soit influencée... Cet homme allait annoncer la nouvelle du retour et faire revenir les Hébreux sur leur terre, ou bien répandre le judaïsme en Asie... Il avait apporté avec lui des textes de la Bible, avec des instructions précises, afin que les rites ne se perdent pas et que le judaïsme survive à l'exil ! J'ai trouvé ces textes, dans la neige, au Tibet !

» Au lieu de quoi, en le tuant, le méchant prêtre du monastère Koré a empêché l'explosion du judaïsme-shintoïsme en Asie, au profit du bouddhisme, comme l'a montré l'Histoire !

– Cela explique aussi pourquoi, au retour de son voyage au Tibet, Ono Kashiguri a déclaré qu'il était le véritable Christ, dit Jane. Car il savait qui était l'homme des glaces. Il avait peur, comme le méchant prêtre, que la nouvelle que les Chiang et les Japonais sont des Hébreux se répande au Japon... Ce qui aurait ruiné le bouddhisme et bouleversé la nation japonaise !

– Mais oui... Il affirmait que Jésus-Christ avait été crucifié, mais que lui, le prochain Christ, ne serait pas crucifié, qu'il irait plus loin et répandrait la vérité sur le monde entier. En fait, il avait tout combiné pour masquer la vérité. Aujourd'hui c'est lui le méchant prêtre, l'Antéchrist !

En rentrant dans ma chambre, je téléphonai à Shimon pour lui rendre compte des événements qui venaient de se produire. Il écouta patiemment toutes mes explications.

Il me demanda des détails sur les armes de la secte, que je ne pouvais pas lui fournir, car la CIA était en train de procéder au démantèlement du réseau Ono.

Il y eut un silence au téléphone, puis j'entendis le bruit caractéristique du cure-dent.

– Et qu'est-ce qu'il y avait dans ce fameux manuscrit, Ary ?
– La vérité sur l'homme des glaces.
– Quelle vérité ? dit Shimon, d'un air gêné. Tu sais, je ne m'y connais pas très bien en archéologie... ni en religion.
– Tu n'as pas besoin de t'y connaître. Ce manuscrit a été écrit par un certain Moché Cohen, grand prêtre essénien qui n'est autre que l'homme que nous avons retrouvé. Il était venu en Asie pour annoncer la venue du Messie aux tribus disparues, qui sont venues s'installer au Japon après l'exil vers moins cinq cents... Ce qui veut dire que... les Japonais sont originellement des Hébreux ! Shimon ? Tu es toujours là ?

Au bout du fil, il n'y avait pas de réponse.
– Shimon ? insistai-je. Es-tu encore avec moi ?

Il y eut un murmure étouffé, puis j'entendis la voix rauque de mon interlocuteur.
– Je l'ai avalé..., souffla-t-il.
– Quoi ?
– Le cure-dent...

Cette nuit-là, dans le silence, j'aimai Jane. L'amour nous surprit au coin du feu, comme un rêve éveillé, des braises mal éteintes perdurèrent jusqu'au matin, la flamme de notre étreinte s'étira jusqu'à l'aube. L'amour diffusait son évidence comme jamais, comme une grande retrouvaille, un soupçon d'éternité.

Un instant j'avais l'impression d'être sorti de la vie trépidante, accablante, pour me retrouver au bout du monde, dans une perte de moi-même par laquelle enfin je me retrouvais...
Ô bienheureux !

Ce soir-là, je me rêvais unifié.
Ou peut-être n'était-ce pas un rêve ?

X
Le Rouleau du Temple

Dans ma gloire qui me ressemble ?
Qui connaîtra des souffrances telles que les miennes ?
Qui surmontera les maux semblables aux miens ?
Je n'ai pas reçu d'enseignement
Mais aucune science n'est comparable à la mienne.
Qui me contredira lorsque j'ouvrirai la bouche
Et qui combattra l'expression de mes lèvres
Qui la saisira, qui m'arrêtera, qui m'affrontera en justice ?
Car je compte parmi les dieux
En mon honneur siègent les fils du Roi.

Rouleaux de Qumran,
Rouleau de la guerre.

Le lendemain matin, je traversai le jardin moussu qui menait à la pagode du Beth Shalom. J'avais rendez-vous avec les yamabushis afin qu'ils me remettent la clef du temple d'Isé.

Je passai devant le lion au milieu des pierres arrangées en cercle. Les deux pattes en l'air, il était prêt à l'attaque. Il ne rugissait pas, ne faiblissait pas. A côté se trouvaient les deux rochers côte à côte, l'un contre l'autre, séparés par un mince espace. Je m'arrêtai un instant devant l'étang autour duquel se dressaient les arbres secs, immobiles, impavides.

On aurait dit une petite mer en miniature, avec quelques îlots de pierre, un paysage imaginaire d'une beauté insondable ; celle de l'homme qui maîtrise la nature, celle de la nature qui laisse place à l'homme.

Au fond du jardin j'aperçus la pagode à deux étages.

J'y entrai, après avoir lentement traversé le jardin éternel. Je sentais mon cœur battre, je tentais de contrôler le léger tremblement de mes paupières, j'étais dans un état de tension extrême, comme avant l'annonce d'une grande nouvelle.

Avant d'entrer, j'enlevai mes souliers. Je les déposai à côté de l'alignement de chaussures qui se trouvaient déjà là.

Enfin je pénétrai dans la salle silencieuse. Elle était obscure, il n'y avait que quelques lanternes pour l'éclairer, jetant des rais de lumière du bas vers le haut. La collection de chandeliers à sept branches luisait à la lumière des bougies. La copie de la Déclaration d'indépendance d'Israël avait des reflets de cuivre.

Au plafond, brillaient sombrement les douze lumières des douze tribus d'Israël.

Maître Fujima s'était avancé vers moi pour m'accueillir, comme il l'avait fait la première fois, par des paroles de bienvenue prononcées devant l'assistance. Mais cette fois, les visages ne m'étaient pas inconnus.

Tous étaient habillés de la même façon, avec des tuniques de lin fin tissé, des turbans de lin fin, entourés d'un cordon pourpre, des ceintures de pourpre, de violet, d'écarlate et de cramoisi. Tous les visages étaient tournés vers moi, impénétrables dans le silence profond du lieu. Mes pas résonnèrent sur le sol.

Il y avait maître Fujima, maître Shôjû Rôjin et ses trois fils, ainsi que les trois yamabushis, avec leurs petites boîtes noires sur la tête. Il y avait aussi Toshio, qui baissa le regard en me voyant comme s'il avait peur, mais le plus surprenant était la présence de mon père à cette table, et même s'il était loin de détonner dans cette assemblée de sages, je ne comprenais pas la raison de sa présence. Avait-il été invité par maître Fujima ? Dans ce cas, pourquoi ne me l'avait-il pas dit ? Quel était le sens de cette mystérieuse cérémonie ?

A côté de lui, se trouvait un homme que je ne reconnaissais pas, qui pouvait avoir une trentaine d'années. Le visage avenant, portant des lunettes rondes, il me sourit.

– Le prince Mikasa, le jeune frère de l'Empereur, a tenu à être présent, expliqua maître Fujima. Voyez-vous, il parle un hébreu parfait.

Le Rouleau du Temple

– Bienvenue Ary Cohen, murmura ce dernier, au nom de l'empereur du Japon... qui vous remercie encore de lui avoir sauvé la vie... Il vous fait dire... que les Hébreux venus au Japon en l'an – 500 étaient de la famille royale du peuple hébreu. Ce savoir, les empereurs se le transmettent de façon secrète et rituelle par la circoncision, de génération en génération, depuis toujours.

» A présent, vous savez ce qui est arrivé à notre peuple, lorsque la librairie impériale a brûlé : nous avons perdu tout notre passé, à cause de ce conflit terrible qui opposa les shintoïstes et les bouddhistes, entre le clan Mononobe et le clan Soga. Dans cette lutte, nous avons perdu notre mémoire avec l'incendie qui a brûlé toutes nos tentes et notre torak maki. Mais toi, Ary Cohen, l'Empereur a dit que tu pouvais nous rendre notre passé !

– Maintenant, Ary *San*, c'est à toi, dit maître Fujima en me tendant le pain et le vin.

Il me désignait la table et le siège vide qui m'attendait à un bout, où je devais m'asseoir et présider.

– Mais pourquoi moi ? dis-je.

– N'es-tu pas venu ici pour libérer les tribus perdues d'Israël ?

– Non ! dis-je en reculant d'effroi. Que dites-vous ?

Les visages étaient tournés vers moi, impassibles comme la mort.

– Vous vous trompez !.. Je ne suis pas venu pour sauver les tribus perdues d'Israël... Ce n'est pas pour cette raison que je suis ici...

– C'est pour cette raison, mais tu ne le savais pas, intervint maître Fujima. Ne souhaites-tu pas que tous les Japonais retournent au Dieu de la Bible car il est aussi le Dieu de notre nation ? La prophétie d'Isaïe dit : « Attention, ceux-là viennent de loin. Ils viennent du Nord et de l'Ouest, et ceux-là du pays de Sinim. » Nous sommes ceux du pays de Sinim !

– Nous voulons que tu nous fasses revenir sur notre terre ! dit Roboam, le vieux yamabushi.

– Pourquoi voulez-vous que ce soit moi ? dis-je. Je ne suis pas là pour vous...

– C'est toi qui t'es lancé à la poursuite du méchant prêtre Ono Kashiguri, dit maître Shôjû Rôjin.

– C'est toi qui as sauvé la vie de l'Empereur, dit le prince Misaka.

– C'est toi qui as su retrouver et déchiffrer le manuscrit de l'homme des glaces, dit maître Fujima.

– C'est toi qui as su résister aux tentations de la maison des geishas, murmura Toshio.

– C'est toi qui as tracé les lettres du Nom Divin avec le pinceau, dit maître Fujima. Ces traits n'étaient pas de simples lignes... C'était l'incarnation même du souffle...

– Et toi, que dis-tu ? demandai-je, en me tournant vers mon père. Pourquoi es-tu ici ? Ce n'est pas pour Shimon... N'est-ce pas ?

– C'est toi qui as insisté pour poursuivre ta mission dans les pays lointains, ainsi qu'il est dit dans nos textes, répondit mon père. *Toutes les nations reconnaîtront sa sagesse, et il sera le guide qui les instruira aussi.*

– C'est toi qui nous as demandé la clef de la chambre sacrée ! s'exclama le jeune yamabushi.

– Qui sait ce que tu pourrais y découvrir, dit maître Shôjû Rôjin... Qui le sait...

– Qui sait ce que tu vas découvrir..., ajouta maître Fujima.

Ce fut alors seulement que je remarquai l'homme à l'autre bout de la table. Je ne l'avais pas aperçu, car la pièce était sombre et son visage et sa silhouette se trouvaient dans l'ombre.

– Le douzième homme, murmurai-je. Le lama !

– Pour la première fois, murmura le lama en se levant, un homme, un *lion des hommes*, est proclamé suzerain des dieux... Tu sais, Jhampa, pourquoi je suis ici... Pour réparer l'acte terrible que j'ai commis envers le peuple d'Israël dans mon ancienne vie. Je suis ici pour les Chiang Min, les ancêtres des Tibétains, qui sont les descendants des Hébreux venus en Chine... Je suis ici pour la mémoire de tous les Japonais qui, par ma faute, ont suivi une autre voie que celle de leurs ancêtres et qui ont été dépossédés de leur héritage. Je suis ici pour toute cette mémoire qui s'est perdue. Nous savons que c'est toi, car tu es venu jusque dans notre monastère pour me poser la question qui tourmentait ma vie, c'est pourquoi je t'ai nommé « Jhampa », le bouddha du futur. Et c'est pourquoi, au nom des Chiang Min, je t'apporte ceci.

Il me tendit une tunique tissée d'or, de pourpre et de violet, ainsi que de fils écarlates : la tunique de l'éphod... Il y avait aussi deux épaulettes et une écharpe d'or sertie de pierres de cornaline, où étaient gravés les noms des dix tribus ; des chaînettes d'or pur en forme de torsade, deux rosettes d'or pur et deux anneaux d'or pour les deux bords du pectoral ; et un manteau ouvert avec une lisière et un ourlet de grenade, de pourpre, de violet et d'écarlate, de cramoisi et de lin fin.

La véritable tunique du Grand Prêtre selon la Bible !

– Tu la mettras lorsque tu te rendras au temple d'Isé...

Il y eut un silence. Tous me regardaient, j'étais assis au bout de la table. Le pain et le vin étaient posés devant moi, et je ne faisais plus un mouvement, ne sachant plus que faire.

Alors, Roboam le yamabushi se leva et me tendit la clef du sanctuaire.

— D'accord, murmurai-je. Je me rendrai au temple d'Isé car je n'ai pas peur. Et vous saurez, tous, qui je suis vraiment !

Je descendis à travers la forêt, au sein des arbres géants, avant d'arriver dans la vaste plaine, au pied de la montagne. J'avais le souffle court, mon cœur tambourinait contre ma poitrine. Je marchais vite. Je n'avais pas peur, je n'avais plus peur, simplement une sourde excitation qui m'envahissait, en même temps qu'une sorte de chaleur, de feu intérieur.

Je montai les marches vers la porte Torri, aux deux piliers peints en rouge orangé. Je traversai le jardin de sable, avec ses arbres, ses herbes et ses quelques fleurs. C'était le soir. On voyait les ombres bouger, on entendait le cours d'eau ruisseler dans les méandres.

Les pins, les rochers, les pierres formaient des silhouettes inquiétantes, on aurait dit qu'elles gardaient les lieux depuis toujours. Je traversai l'allée aux cinq cents lanternes, qui le soir étaient allumées comme des flambeaux pour un rituel mystique. Au ciel, il y avait les premières étoiles de la nuit, et la lune éclipsait doucement le soleil.

Le gravier crissait sous mes pas.

Je ne voyais plus rien. J'étais emporté par la colère que je tentais de dominer en ralentissant l'allure de mes pas, en essayant de calmer le tumulte de mon cœur, de chasser toutes les pensées qui peu à peu l'envahissaient. En ce moment, plus que toutes, il y en avait une : Jane, qui m'attendait, qui croyait en moi, elle aussi, et qui avait compris que je ne l'abandonnerais pas cette fois, pour rien au monde. C'était ce que je lui avais murmuré en la quittant avant de me rendre à Isé...

Je pensais avoir une mission, oui, en arrivant au Japon, et je l'avais accomplie, tant bien que mal. J'avais été chercher

Jane, je l'avais ramenée ; je l'avais sauvée du désastre. Mes pas, mes doutes, mes leurres m'avaient égaré, et par la méditation j'avais eu la force de me ressaisir et de perdre l'orgueil qui m'avait perdu. En cet instant, je n'avais plus d'ego, c'est pourquoi j'étais capable de me rendre au temple d'Isé et d'affronter la vérité.

J'entrai dans le temple.
Là, personne. L'intérieur du sanctuaire, éclairé par les bougies, était envahi par les vapeurs de l'encens, qui voilait les *mikoshi*, les sanctuaires portatifs, et la grande table de bois. Sur la table, était posée une couverture de peau de bélier teinte en rouge, une couverture de cuir fin et un rideau de voile, des pains d'oblation, des candélabres d'or pur, des lampes ainsi qu'un autel d'or, de l'huile d'onction et de l'encens aromatique.
Ce soir, il y avait un dîner avec Dieu... Et l'invité, c'était moi.

Je me dirigeai vers la seconde pièce, gardée par les deux statues de lions. Je gravis les marches, me rinçai les mains à la fontaine d'eau claire.
Enfin, je m'approchai de la lourde porte de bois, entre les lions.
On n'entendait pas un souffle et pourtant j'avais l'impression d'être suivi par une ombre. La nuit tombait, il se faisait tard sur le jardin avec ses arbres et ses eaux étroites autour du temple, il se faisait tard dans le sanctuaire d'Isé, et il était déjà tard sur la terre.
Je m'approchai de la porte sacrée. Je pris la clef que je mis dans la serrure. Je tournai la clef. Il y eut un cliquetis difficile, comme la percée du bois. La lourde porte s'ouvrit lentement en grinçant.

La pièce était vide.

Il n'y avait qu'une petite armoire de bois avec une porte à deux battants.

Je m'approchai et je l'ouvris.

L'objet était là, sur un présentoir. Je le pris sans trembler.

Un panneau de bois sombre et rectangulaire sur lequel étaient gravées les lettres.

Le *Yod*. Le *Hé*. Le *Vav*. Le *Hé*.

Le Nom de Dieu.

Je retournai le panneau.

Alors mon cœur rugit comme pour se détruire. Un vertige s'empara de tout mon être. Et, soudain, la vigueur me quitta, mon cœur s'épancha ; mes reins ne me soutenaient plus, mon bras était comme déboîté, je ne pouvais plus remuer la main. Mes genoux se liquéfièrent, sans que je ne puisse faire un pas de plus, et sans pouvoir le quitter des yeux.

L'autre côté du panneau de bois où était gravé le nom de Dieu était un miroir, un miroir étincelant de clarté lumineuse.

Il reflétait mon visage.

REMERCIEMENTS

Que soient remerciés Rose Lallier, dont la lecture et la vision me sont précieuses, Richard Ducousset et Françoise Chaffanel-Ferrand. Et pour tout ce qu'ils m'ont enseigné : Habib Khouri, mon maître de Kung-Fu, Paulo, mon maître d'épée, du dojo Training, ainsi que l'École de Ju-Jutsu Shiseitan.

Les traductions des textes de Qumran sont de Salomon Messas.

DU MÊME AUTEUR

Aux Éditions Albin Michel

Romans

QUMRAN
LE TRÉSOR DU TEMPLE
LA RÉPUDIÉE
MON PÈRE
CLANDESTIN

Chez d'autres éditeurs

L'OR ET LA CENDRE, roman, Ramsay
PETITE MÉTAPHYSIQUE DU MEURTRE, essai, PUF

*Composition I.G.S.-Charente Photogravure
et impression Bussière Camedan Imprimeries
en mars 2004.
N° d'édition : 22388. – N° d'impression : 041053/4.
Dépôt légal : avril 2004.
Imprimé en France.*